RIFLE PRETO

ALEX DAVIDSON

— JOHN GLENN, ROTEIRISTA, DIRETOR, PRODUTOR E SHOWRUNNER -- CUJOS CRÉDITOS INCLUEM *EAGLE EYE*, *THE LAZARUS PROJECT*, *ALLEGIANCE* DA NBC E *SEAL TEAM* DA CBS.

"As armas... são o terceiro protagonista da história realista de Davidson, desempenhando um papel tão importante quanto a humanidade de Cal e a ambição ardente de Lopez. Com personagens marcantes e ação memorável, os leitores ficarão grudados à medida que Cal e Lopez se aproximam de resolver o assassinato, com sua motivação saltando da página até o final... Os fãs de thrillers bem escritos com detetives memoráveis vão adorar este livro envolvente com um toque noir."
— BOOKLIFE PELA PUBLISHERS WEEKLY

"Davidson consegue construir um retrato complexo dos Estados Unidos que destaca as interseções entre corrupção, religião e poder governamental e explora o extremismo de direita, a radicalização da juventude branca e as leis frouxas sobre armas dos Estados Unidos. No final, o autor apresenta uma acusação muitas vezes poderosa da cultura americana das armas em todas as suas facetas, acompanhando o rifle que dá título ao livro, um AR-15 que muda de mãos ao longo da história."
— KIRKUS REVIEWS

"Black Rifle, escrito pelo autor Alex Davidson, é um romance policial meticulosamente fascinante, com atenção cuidadosa para retratar com precisão as questões sociais que assolam a América moderna... Classificação por estrelas: 5/5"
— SAN FRANCISCO BOOK REVIEW

"Alex faz um ótimo trabalho ao pintar uma história com passagens em prosa rica, muito mais parecida com um romance de Tom Clancy. Contar uma história apolítica enquanto lida com um tema político polêmico é sempre difícil, mas isso é feito com tanto cuidado que é impossível não ficar impressionado. Mal posso esperar pelo segundo volume."

— *MICHAEL FLAVIN, COPRODUTOR DE SUMMER OF '84*

Um Romance

PRÓLOGO

Arianna levou 5,4 segundos para morrer. Mas quando você está sangrando por causa de ferimentos a bala, é como se alguém tivesse colocado o mundo exterior em câmera lenta e acelerado o seu cérebro. Uma história pode ter centenas de começos diferentes, e ela se perguntou qual deles a havia levado a esse fim.

Ela poderia começar pelo primeiro. O início de sua vida, às 5h37 da manhã do dia 16 de outubro, no McAllen Medical Center. Afinal, não nascemos todos para morrer?

Ou talvez ela devesse começar com sua memória mais antiga. A maneira como seu pai pronunciava seu nome.

"Are"-ianna. Tão gutural e autoritário. Isso a fazia lembrar de um acorde de órgão profundo e assustador. O som que o inferno poderia fazer.

Ela preferia a vogal anterior a. "Air"-ianna. Dizer assim era como flutuar nas nuvens.

A dicção do pai era tão dura quanto ele. De que outra forma ele poderia ter nadado no pântano de sorrisos falsos e lágrimas que era Washington, D.C. durante todos aqueles anos, enquanto a mãe de Arianna a criava (se é que se pode chamar assim) em uma pobre cidade fronteiriça perto de Edinburg, no Texas? Era de lá que sua mãe e seu pai eram. Ela e a mãe se mudaram de volta para lá depois do divórcio. O pai jurou que nunca mais pisaria naquele lugar sem esperança, e nunca mais pisou. Foi lá que ela conheceu a igreja.

UM MISSISSIPPI.

SEU PAI NÃO chegou onde chegou sendo gentil. "Airy"-anna, por outro lado, não tinha um pingo de maldade. Ela não sabia dizer se isso era uma falha ou uma virtude. Em teoria, parecia ótimo amar tudo e todos, mas parte dela tinha certeza de que era uma fuga.

Ela era aquela a quem seus amigos ligavam para conversar sobre seus problemas, e lá estava ela, dando conselhos sábios, que geralmente eram apenas uma repetição de algum sermão que ela tinha ouvido e que nem ela mesma tinha certeza de ter entendido completamente.

Em seus momentos mais sombrios e íntimos, ela se perguntava: *não é a pessoa mais fraca que ama seus inimigos? Não é a mais forte que se mantém firme contra eles? O perdão (pelo menos às vezes) não equivale a covardia?*

Mas então ela se lembrava da igreja. E reprimia esses pensamentos. Sentia-se leve. E flutuava para longe.

DOIS MISSISSIPPI.

ELA SE LEMBRAVA de como sua mãe costumava chamá-la de "beleza quase mexicana". Sua mãe lhe dizia que havia algum traço de *gringo* nela, mas não sabia dizer exatamente de que tipo. Seus pais eram fluentes em espanhol, mas nunca lhe ensinaram, para que pudessem, como sua mãe dizia, "falar sobre você sem que você soubesse". Arianna ria e bufava ao ouvir isso. Ela era nerd e sabia disso. Óculos grossos de grau. Sardas claras salpicavam a pele cor de café ao redor do nariz e das bochechas. Em seu tempo livre, ela lia, preferindo romances de fantasia. Tolkien era seu favorito. A maioria das pessoas presumia, dada sua aparência e seus hobbies, que ela era uma aluna nota 10. Na verdade, suas notas eram péssimas.

Ela não culpava ninguém, mas sabia que não tinha a estabilidade que outras crianças tinham enquanto cresciam. Sua mãe era uma alcoólatra amorosa, mas negligente, e seu pai estava ausente. Afeto era uma língua estrangeira para ele. Ela se lembrava de ter fumado maconha pela primeira vez aos dez anos. Sua primeira experiência com álcool aconteceu na sexta série. Aos quinze, ela estava completamente sóbria. A maioria das outras crianças criadas da mesma forma que ela teria sorte se chegasse aos vinte anos sem antecedentes criminais, dependência química ou certidão de óbito.

Mas essas crianças nunca conheceram a igreja.

Três Mississippi.

Foi por isso que ela se mudou para Los Angeles. Pela igreja. Ela encontrou um emprego ruim como recepcionista em uma lanchonete da moda no centro da cidade, ganhando o salário mínimo mais gorjetas. Mudou-se para o único lugar que podia pagar — um lugar ruim em South Central — e dividia seu tempo 70/30 entre a igreja e as tarefas de recepcionista.

No início, a mudança para Los Angeles foi estressante. Ela

não tinha certeza se se encaixaria. Felizmente, o hipsterismo estava na moda, e o que eram os hipsters senão geeks aspirantes com uma veia desdenhosa? Ela sabia que já tinha o lado geek. Algumas idas à Urban Outfitters com seus amigos da igreja, algumas tatuagens com versículos da Bíblia e pronto: missionária hipster instantânea. Ela se encaixou perfeitamente.

Mas, para alguém que cresceu tão rápido, ela se preocupava em ser ingênua. Acreditava que a resposta para todos os problemas, não importa quão complexos ou multifacetados fossem, era o "amor". Uma noção tão simples quanto abstrata.

QUATRO MISSISSIPPI.

ELA PENSOU EM SEAN, de Tipperary, que conhecera no mês anterior, quando ele a ajudou na parada de ônibus da Central com a 7ª Avenida, depois que ela fora assaltada e teve seu celular roubado. Ele se mudara para Los Angeles com o sonho de se tornar cineasta.

Depois de denunciarem o assalto à polícia, ele a convidou para tomar um drinque. Ela recusou e o convidou para ir à igreja. Ela disse a si mesma que era para que ele pudesse ser salvo. Definitivamente, não porque ela o achava bonito.

Ela havia trocado mensagens com ele momentos antes. Quando ainda tinha toda a vida pela frente. Ela estava em seu pequeno apartamento térreo.

Você foi à igreja?

Não.

Por quê?

Em retrospecto, ela deveria ter olhado duas vezes para o grande veículo preto que se aproximava na rua, do lado de fora de sua janela com grades.

Eu pensei que você não falava espanhol.

Lol. Por que você acha que eu escrevi "por k"? Por que você não foi?

Ela deveria ter prestado atenção.

Pergunte-me em espanhol.

Punk. Vou perguntar em irlandês. Po-Ta-Toes. Ferva-os. Amasse-os! Coloque-os em um ensopado!

Talvez ela tivesse ouvido o assassino no corredor.

Você está citando O Senhor dos Anéis? Você sabe que irlandeses e hobbits não são a mesma coisa, certo?

Você poderia ter me enganado.

Ela poderia ter ouvido os passos se aproximando.

Estou prestes a entrar no cinema.

Nossa. O que há com você e o cinema? Você não tem Netflix?

O streaming será a morte do cinema! Boa noite!

Arianna sorriu e começou a digitar "boa noite", mas só conseguiu chegar à letra "n" antes que os tiros a interrompessem.

A mensagem dela ficou incompleta. Nunca seria enviada nem recebida.

Cinco Mississippi.

E enquanto estava deitada no chão do seu apartamento, com o coração bombeando sangue precioso através de feridas escuras causadas por balas, ela se perguntou: *Onde estão os anjos? A luz brilhante?* Por que ela sentia tanto frio?

Ela nunca pensou que seria assim. Nunca imaginou que se sentiria tão sozinha. E, em seus últimos momentos, ela ficou apavorada com a ideia de que Deus era uma grande farsa e que ela havia vivido sua vida como uma covarde.

PARTE UM

COMPRE UMA ARMA

1

Ele era conhecido como Cal, embora ninguém soubesse o que isso significava.

Ele estava colocando bandagens pretas Everlast nas mãos. Não lutava boxe desde que aquilo aconteceu. Um único evento que ele nem conseguia lembrar, mas que foi responsável pelos últimos quatro anos miseráveis de sua vida. Anos que ele nunca esqueceria. Dizem que a guerra é um inferno. Bem, a prisão também é.

Cal enrolou as bandagens nas juntas dos dedos.

Essa foi a primeira coisa que a polícia fez, ele se lembrava. Quando o levaram naquela noite, há quatro malditos anos. Eles fotografaram seus nós dos dedos. Disseram que o segurança que ele socou havia sido atingido com tanta força que era como se o coitado tivesse caído de uma janela do terceiro andar. Eles poderiam ter dito qualquer coisa. Ele não tinha ideia do que diabos estavam falando. Não se lembrava de nada.

Ele prendeu a bandagem com velcro no pulso e calçou as luvas de treino de 450 gramas.

Não, não foi tirar fotos dos nós dos dedos, ele se lembrava

agora. A primeira coisa que os policiais fizeram naquela noite foi fazer o teste do bafômetro. Ele soprou 0,3.

Um cara com quem ele cumpriu pena se chamava Vinny. Ele acordava todas as manhãs com vontade de comer um hambúrguer, mas não podia ser qualquer hambúrguer. Quando estava em liberdade, Vinny atravessava a cidade de carro, passando por uma dúzia de outras lanchonetes fast-food, só para chegar a um restaurante Wendy's específico, porque jurava pela mãe que os hambúrgueres daquele lugar eram diferentes. Nada parecido com qualquer outro hambúrguer do planeta. Nem mesmo com outros Wendy's. Eram os melhores hambúrgueres do mundo e ele precisava comer um.

Todos os dias.

O problema com esse Wendy's era que ele ficava no distrito da luz vermelha.

Vinny era viciado em sexo.

Ele não acordava pensando: "Hoje vou fazer sexo". Na verdade, na maioria dos dias, ele acordava jurando que não faria isso. Mas ele simplesmente não conseguia ficar sem aquele maldito hambúrguer. Daquele maldito Wendy's. Ele realmente acreditava que tinha um sabor diferente.

Como os alcoólatras dizem que os cigarros têm um sabor mais fresco nas lojas de bebidas.

Os viciados são mestres em se enganar.

Cal não fumava. Na verdade, ele quase nunca bebia. Mas quando bebia, era a 160 km/h, assim como tudo na vida dele. Não era de propósito e ele não culpava ninguém pelos seus problemas. Os freios dele não estavam cortados, ele nasceu sem freios.

Cal subiu no ringue. Foi como voltar para casa depois da faculdade.

Seu oponente tinha cerca de 15 quilos a mais que ele, mas socar não tinha a ver com tamanho. Você não golpeia com o punho, você golpeia com todo o corpo. Era assim que Bruce Lee conseguia dar um soco de 2,5 centímetros e as garotinhas russas no YouTube conseguiam atravessar troncos de árvores.

Para dar um soco de verdade, ele precisava ter controle absoluto sobre si mesmo. Tudo precisava estar em perfeita harmonia. Só existia o presente, e o ringue era o universo. Cal estava completamente consciente e no controle.

Como Deus.

Cal era um viciado. Mas sua droga não era tabaco, bebida ou mulheres.

Seu oponente lançou um jab e Cal deslizou para a esquerda, girou na ponta dos pés e impulsionou sua força através do corpo como um recipiente pressurizado. Movendo o pulso para a frente, ele acertou os dois nós dos dedos da mão direita no rosto do oponente.

Quando seu oponente caiu de costas no tapete, o cérebro de Cal liberou uma enxurrada de dopamina e ele se sentiu eufórico.

O vício é como a roleta russa. Você gira o tambor. Você fica chapado. Você gira novamente. Você continua jogando e, mais cedo ou mais tarde, leva um tiro. Todo viciado leva.

MIRANDA E CAMILLA estavam deitadas na cama, passando um baseado. Ambas estavam sem roupa ou, melhor dizendo, "nuas em bela vulgaridade", como Miranda costumava dizer. Era assim que Camilla avaliava o quanto Miranda estava chapada. Pela floreiosidade de sua linguagem. Miranda não era uma pessoa floreios.

"Tive um sonho ontem à noite", disse Miranda, com o baseado brilhando entre seus dedos. "Foi horrível. E estranho. Acordei chorando. Eu estava em uma montanha-russa com meu cachorro de infância. Ele pulou dos meus braços. Eu o vi sendo arrastado pelos trilhos."

Miranda deu uma tragada. Segurou a fumaça quente e almiscarada da maconha nos pulmões. "Pesquisei e parece que significa a perda de alguém próximo a mim." Ela exalou.

"Você não tem ninguém próximo", disse Camilla.

Miranda sorriu. "Apenas meus inimigos." Ela beijou Camilla na bochecha.

Se você tivesse dito a Miranda quando ela era criança que um dia ela estaria na polícia, ela teria perguntado o que você estava fumando. Ela cresceu no leste de Los Angeles com sua mãe e quatro irmãs. Ela gostava de dizer que a única vez que os policiais apareciam era para prender ou deportar pessoas de pele morena.

Ela via sua mãe trabalhar duro dia e noite fazendo tamales que ela e outras pessoas do bairro vendiam em barracas de rua sem licença. Miranda via a educação como um caminho para sair da pobreza. Ela estudou muito, entrou na Cal State LA, onde se formou em Ciência Política. Ela via a política como a melhor maneira de mudar o sistema. Então, imagine sua surpresa quando o sistema bateu à sua porta. A ATF a recrutou diretamente da faculdade. Disseram que precisavam de pessoas como ela.

Miranda deitou na cama observando Camilla vestir um terno escuro e enrolar o hijab na cabeça.

Camilla podia sentir os olhos de Miranda sobre ela. "Não faça isso", disse Camilla.

"Eu só ia perguntar: por que esconder esse cabelo lindo? Especialmente em nome de pessoas que acham que devemos ser apedrejadas até a morte?"

"É isso que você não entende, Miranda. Não é em nome das *pessoas*." Camilla se dirigiu à porta.

"Tenha uma boa noite. Amo você!", gritou Miranda atrás dela. A porta batida foi a única resposta que ela recebeu.

O trabalho de Camilla fazia com que ela entrasse e saísse a qualquer hora. Assim era a vida de uma cirurgiã ortopédica. Ela nasceu na Nigéria. Depois que seu pai se formou em medicina pela Universidade de Ibadan, ele mudou-se com a família para os Estados Unidos para continuar seus estudos na Universidade do Sul da Califórnia.

Miranda e Camilla se conheceram há quatro anos, quando Miranda visitou o Cedars-Sinai por causa de uma lesão na mão. Ela tinha acabado de terminar uma missão na força-tarefa conjunta do FBI/ATF contra o terrorismo, tentando ligar o contrabando de armas na fronteira mexicana ao terrorismo islâmico. A operação não deu frutos. Frustrada com as autoridades por exercerem suas energias nos lugares errados, Miranda deu um soco na parede. Na verdade, Miranda *atravessou* a parede *com o soco*, fraturando o segundo e o terceiro metacarpos e es, ficando três semanas com os dedos engessados e, finalmente, marcando uma consulta com seu ortopedista.

Camilla não conseguia entender. "O que você esperava conseguir batendo em um objeto inanimado?", ela perguntou. Miranda disse para ela pensar nisso como uma metáfora para a aplicação da lei. Inútil na melhor das hipóteses; inadequado na pior.

Miranda costumava brincar que, após o 11 de setembro, as agências federais de aplicação da lei correram para contratar mais pessoas negras e pardas, embora a maioria dos tiroteios em massa e atos de terrorismo doméstico fossem perpetrados por homens brancos raivosos e com pênis pequenos. Camilla não gostava quando Miranda fazia comentários como esse. Ela acreditava que os profissionais da aplicação da lei não deveriam se envolver em políticas de identidade.

As duas moravam no loft de Miranda no centro de Los

Angeles de forma não oficial. Camilla ainda mantinha seu próprio apartamento em Santa Monica para manter as aparências. Ou pelo menos era o que ela dizia a si mesma. Ela não podia ignorar o fato de que, embora morassem juntas há quase dois anos, o loft parecia nunca ter sido ocupado. As paredes estavam vazias. Os móveis eram escassos. Não havia uma única fotografia. Tudo no lugar era transitório.

Camilla consertava coisas quebradas. Era o seu trabalho. A sua paixão na vida. Às vezes, ela se perguntava se era isso que realmente via quando olhava para Miranda. Algo quebrado. Uma vida para consertar. Seu pai sempre lhe ensinou que, se um corpo pode ser curado, então uma alma também pode. Miranda, por outro lado, sempre via o pior nas pessoas. Até mesmo em si mesma.

Horas depois de Camilla sair para o trabalho, Miranda ainda estava deitada na cama, tentando decidir o que fazer com o resto da noite. Ela estava cansada, mas não com sono. Ela poderia trabalhar, mas, a essa altura, já estava muito chapada. Ela poderia fumar mais, mas sentia que já estava chapada o suficiente. Ela pensou sobre Camilla. Por que ela sempre a antagonizava? Ela tinha que admitir que achava excitante quando sua namorada, normalmente tão imperturbável, ficava irritada. Era luxúria, ela sabia.

Qual é a diferença entre luxúria e amor? ela se perguntou. Como ela poderia se apegar emocionalmente a alguém com quem discordava tanto?

Quando seu celular tocou, foi um alívio. Embora — e provavelmente porque — nunca demonstrem, as pessoas mais duras muitas vezes sentem a solidão mais profunda. "Agente Lopez."

"Miranda. É Bob Greco." Bob era um agente especial do escritório do FBI em Los Angeles. Eles haviam trabalhado juntos na operação de contrabando de armas no México e ele estava tão amargurado com toda a situação quanto ela. Ambos concordavam que seu SAC, Mark Scarpelli, era um político oportunista mais preocupado em bajular seus chefes do que em pegar os bandidos.

"O que se passa?"

"Houve um tiroteio."

"Há tiroteios todos os dias, Bob. Por que a ATF se importa com este?"

"É melhor você vir aqui."

Miranda pensou sobre isso. Ela ainda estava bastante chapada.

"Me dê vinte minutos." Ela desligou o telefone, foi ao banheiro e lavou o rosto com água fria. Depois de secá-lo, colocou colírio nos olhos e enxaguou a boca com enxaguante bucal.

Chegou ao prédio de apartamentos da Arianna dezanove minutos depois, com o casaco da ATF, sentindo-se fresca como uma margarida. A área estava isolada com fita policial e luzes vermelhas e azuis piscavam.

Greco estava esperando do lado de fora. "Treze mortos. Alguém limpou o prédio inteiro."

"Tudo bem." Miranda colocou um pedaço de Dentyne na boca.

"Ainda não falei com o seu SAC. Queria que você visse primeiro."

Miranda assentiu, entrou no prédio e passou pela primeira porta à direita.

Buracos de bala marcavam a sala. A garota morta estava ao lado do sofá. Miranda mastigou a goma, calçou luvas de nitrilo e se aproximou.

Os olhos escuros e vazios de Arianna fitavam o teto.

"O nome dela é Arianna Barros", disse Greco. "O pai dela é Marco Barros."

Miranda parou de mascar. Seus olhos se voltaram para Greco.

"Sim", disse Greco.

O olhar de Miranda voltou para a garota morta. Ela notou uma pequena tatuagem de crucifixo no pulso dela.

"Isso precisa ser tratado da maneira certa", disse Greco. "Quando pessoas poderosas estão envolvidas, as investigações podem ficar complicadas. Dada a natureza do crime, a ATF deveria estar envolvida, mas não confio naquele saco de merda do SAC que você tem aí. Só vou trabalhar com você nisso."

"Se você não tivesse um pau, eu transaria com você", disse Miranda. Greco era provavelmente o único policial de quem ela realmente gostava. "Vamos trabalhar", disse ela.

Quando Miranda voltou para seu loft, o sol estava nascendo e Camilla tinha acabado de conseguir dormir depois de um longo turno noturno alimentado por cafeína.

"Acabei de ser designada para a filha do senador Barros", disse Miranda ao entrar no quarto.

Camilla se orientou e sentou-se. "O quê?"

"Tiroteio no sul de Los Angeles. A filha do senador Barros estava entre as vítimas."

"Que horror", disse Camilla.

Miranda colocou sua caixa de arquivos sobre a mesa da cozinha. "Essa garota", disse ela, balançando a cabeça. "Mudou-se para cá com uma igreja pentecostal. Você sabe como são esses fanáticos por Jesus. Anti-gays. Anti-direitos das mulheres. Eles defendem uma América onde você e eu não existimos."

Camilla viu uma foto da cena do crime. Uma jovem latina bonita, com um ar meio nerd, manchada por respingos de sangue. "Quantos anos ela tinha?"

Miranda estava indignada demais para ouvir a pergunta de Camilla. "E nem me faça falar do Marco Barros", disse ela. "Nenhum político aceitou mais dinheiro da NRA. Ele é uma das principais razões pelas quais a ATF é uma das agências policiais com menos financiamento do país. Agora eu devo dar um tratamento especial ao filho de um pastor de direita?"

Camilla voltou a olhar para a foto de Arianna. Um rosto humano olhando para ela.

"Preciso estar em Washington ao meio-dia, horário local", disse Miranda ao terminar de jogar roupas na mala. "Não sei quando voltarei." Ela deu um beijo rápido na boca de Camilla e saiu correndo pela porta.

C al sempre odiou matar caras gordos. Você podia descarregar um pente inteiro neles e eles ainda assim não caíam.

Mas era isso que Pat Roti queria.

A primeira vez que Cal conheceu Pat, Cal trabalhava no setor privado há apenas alguns anos. Ele tinha acabado de fazer um trabalho para um chefe de cartel mexicano que irritou as pessoas erradas em Washington. Veja, a CIA faz operações secretas, mas Pat é o cara que a CIA chama para fazer o trabalho sujo que nem mesmo eles tocam. Eles chamam isso de "Beyond Black" (Além do Negro). Pat tem amigos nos cantos mais sombrios do mundo.

Da maneira como Cal se lembra, foi assim que aconteceu. Ele vai para a cama uma noite, dormindo como um bebê. Quando percebe, acorda no porta-malas de algo estranho. Suas mãos estavam amarradas e ele tinha um saco na cabeça, sem a menor ideia de como tinha chegado lá. Eles devem ter drogado ele de alguma forma, e ele era um filho da puta cuidadoso. Eram pessoas sérias.

Essas pessoas sérias o levaram para algum local secreto e o

sentaram em uma sala forrada de espuma. Quando tiraram o saco de sua cabeça, ele viu um velho italiano com um terno azul impecável e olhos azuis penetrantes sentado à sua frente. Com cerca de 60 anos. Um pouco acima do peso, mas em boa forma.

Foi assim que ele conheceu Pat Roti.

Mais tarde, Cal descobriu que Pat cresceu em Chicago, em um lugar chamado Patch. Esse lugar já não existe mais, mas antes dos anos 70 era um enclave italiano. Era uma época em que os mafiosos controlavam Cuba e assassinavam presidentes. Mas Pat era inteligente demais para se juntar à máfia de Nova York ( ). Com suas habilidades, ele poderia facilmente ter se tornado um padrinho, mas os mafiosos são motivados pelo dinheiro. Pat sempre foi motivado por algo maior.

De volta à sala à prova de som, Pat fez seu discurso. Até hoje, Cal ainda sorri sempre que pensa nisso.

"Quando eu era criança, tinha um cachorrinho chamado O'Connor. Eu amava aquele cachorrinho, com seu nariz molhado e rabo peludo sempre abanando. Ele fazia uma coisa engraçada: quando você acariciava sua cabeça, uma orelha caía para a frente e a outra se curvava para trás." Pat riu com uma cordialidade inquietante.

"O'Connor. Um cachorro e tanto. Leal até o fim. Mas ele também era selvagem. Começou perseguindo gatos, pombos ou cadelas no cio, depois passou a morder o leiteiro. Antes que eu percebesse, ele estava roubando galinhas e bifes do Fulton Street Market. Eu costumava amarrar O'Connor quando saía durante o dia, sabe, para mantê-lo fora de encrencas. Esse vira-lata mastigava a porra da coleira! Finalmente, a vizinhança se cansou. Então, os policiais me disseram que não podiam mais me ajudar. Da próxima vez que pegassem O'Connor, eles o sacri-ficariam. Matariam meu cachorro! Dá para acreditar?

"O que eu poderia fazer? Dei um beijinho em O'Connor e dei um banho gostoso nele. Escovei seu pelo e dei uma galinha deliciosa para ele comer. Então, levei O'Connor para o beco atrás da minha casa e, com uma espingarda de chumbo, atirei nos olhos dele.

"O'Connor gritou e chorou desesperadamente, mas depois disso, sabe o que aconteceu? Ele parou de perseguir pombos, gatos ou cadelas no cio. Parou de agredir o leiteiro e assaltar vendedores ambulantes. Ele era cego, mas então enxergou. Ele se comportou. E eu sempre fiquei feliz por poder fazer esse favor a ele."

Pat recostou-se na cadeira. Cruzou as pernas e dobrou as mãos no colo.

"Olho para você e me lembro de O'Connor. E me pergunto: que favor posso fazer por um cão selvagem que corre descontrolado pela vizinhança?"

Cal nunca esqueceria como os olhos de Pat o penetravam. Azuis como cristal, mas de alguma forma negros como carvão.

"Pablo Escobar costumava dizer às pessoas *plato o plomo*", disse Pat. "Prata ou chumbo. Você pode trabalhar para mim..." Pat deu de ombros. "Ou pode escolher a outra opção. A escolha é sua." Ele se levantou e saiu calmamente da sala.

Cal imediatamente adorou o cara e nunca mais trabalhou para ninguém desde então.

Claro, isso foi tudo antes da noite, quatro anos atrás, em que Cal ficou bêbado e rachou a cabeça de um segurança. Um cara como Pat poderia facilmente ter resolvido a situação, tirado ele dessa enrascada, mas Cal não aceitou. Ele *queria* cumprir sua pena. Até hoje, ele não sabia dizer bem por quê.

Não havia fantasmas. Isso ele sabia. Cal não sentia culpa pelas vidas que tirou. Um soldado segue ordens e era isso que ele era: um soldado. O que ele fez não foi assassinato; foi execução.

Era sancionado e, portanto, legítimo.

Ele certamente nunca decidiu que as pessoas que matou

deveriam morrer. Ele não era o homem, nem mesmo o dedo. Ele era apenas o gatilho a ser puxado. Mas algum coitado ganhando quinze dólares por hora para cuidar de um bando de bêbados e ter a cabeça arrancada? Isso era culpa dele. Isso ele sabia.

Talvez Cal quisesse ver se a prisão o mudaria. Ajudá-lo a curar seu vício. Talvez, apenas talvez, ele pudesse ser reabilitado.

Depois que saiu, ele tentou arrumar um emprego diurno. Suas opções se resumiam a soldador ou fast food. Ele sabia qual queria, mas o soldador parecia muito com uma arma em suas mãos, então ele aceitou o emprego no fast food. Os hambúrgueres o faziam pensar em Vinny, o viciado em sexo.

E ele quase conseguiu sobreviver. Infeliz e anestesiado. Mas sentia falta do ringue de boxe. Era como uma pedra no sapato. Uma coceira no meio das costas que nenhum dos seus braços conseguia alcançar.

Ele não se sentia ele mesmo sem isso. Não conseguia se concentrar. Não se reconhecia no espelho.

Mas ele se manteve afastado. Ele temia que isso pudesse ser um gatilho. Até que finalmente se convenceu: *"Só uma vez. Qual é o mal?*

Eu consigo controlar. A fera. Eu consigo matá-la.

Ele prendeu a última bandagem com velcro em torno do pulso e calçou as luvas. Ele entrou no ringue. Foi como voltar para casa depois da faculdade.

Sua mente ficou clara. Suas ansiedades desapareceram. Pela primeira vez em quatro anos, ele se sentia confortável no mundo. Ele era Cal novamente.

Seu cérebro liberou níveis de dopamina equivalentes aos da cocaína quando seu punho esmagou a cabeça do oponente.

Naquela mesma noite, Pat ligou e Cal aceitou o trabalho.

O nome do alvo era Victor "Kilo" Cortes. Cal não sabia quem ele era ou por que ele tinha que morrer, apenas as especificações. 1,78 m e pouco menos de 136 kg. Ele havia desaparecido há três semanas e o rastro havia esfriado. Ele tinha um irmão chamado Hector em San Diego, que também era seu advogado criminal.

Cal foi autorizado a oferecer a Hector 50 mil dólares pela localização do irmão. Se Hector recusasse, Cal estava autorizado a fazer a outra coisa.

Hector morava em uma fazenda espanhola de quatro milhões de dólares em La Jolla. Cal tocou a campainha e perguntou por Hector. Ele veio até a porta. Era baixo, gordinho e bem vestido.

"*Plata o* plomo", disse Cal. Hector franziu a testa.

Às vezes, eles escolhiam *plata*. Às vezes, escolhiam *plomo*. Mas ele nunca perguntava duas vezes.

Cal descobriu que Kilo estava escondido no deserto de Sonora, perto de Slab City. "O último lugar livre na Terra." Uma comunidade de aposentados, invasores e viciados em drogas que viviam em uma base militar desativada.

Cal dirigiu pelo assentamento empoeirado no deserto, habitado por almas perdidas. Viciados, malucos, boêmios, artistas. Seu Range Rover se destacava entre os trailers enferrujados, murais decadentes e tudo o que era tingido com tie-dye. Ele não ficaria lá por muito tempo. Hector lhe deu o número do telefone descartável que Kilo estava usando e ele conseguiu localizá-lo pelo GPS. Ele passou pelos últimos marginalizados e desajustados e seguiu em frente pelo deserto.

Cal sabia que era preciso um tipo especial de psicologia para fazer o que ele fazia, e estava preocupado por não ter mais isso. Ele estava afastado há um tempo. Fez um esforço consciente para mudar. E não estava ficando mais jovem. Mas que se dane. Quando chega a sua hora, chega a sua hora, era assim que ele via as coisas. Ele com certeza não iria passar o resto da vida virando hambúrgueres.

Esses eram os pensamentos que passavam pela sua cabeça

(além de como era chato matar caras gordos) enquanto ele estava sentado no Range Rover com os faróis apagados no meio do deserto escuro. Ele observou o trailer de viagem de Kilo com binóculos de visão noturna. Ele os abaixou e aparafusou um silenciador no cano de sua Heckler & Koch Mark 23.

Ele sempre foi muito exigente com seu equipamento. Tratava cada trabalho como um casamento e escolhia sua arma como um homem escolheria uma esposa. Para este trabalho, ele escolheu a HK. Era uma arma militar. Ele podia confiar nela.

Potência e silêncio eram necessários para esta missão. A HK tinha um calibre .45 ACP, um dos calibres mais potentes disponíveis para uso em uma arma com silenciador. A precisão não era um problema, pois ele seria capaz de se aproximar do seu alvo, embora a HK também fosse uma arma muito precisa, caso Shamu tentasse fugir.

Por fim, era uma arma grande e pesada, pesando 39,36 onças. Se disparar duas dúzias de balas no homem gordo não fosse suficiente, ele ainda poderia espancá-lo com ela. Era improvável que chegasse a esse ponto, mas ele havia aprendido desde cedo a remover a palavra "improvável" de seu vocabulário.

Ele era o Arqueiro Estoico. Não tinha passado nem futuro. Havia apenas o momento presente. Ele sabia que, por mais preciso que fosse ao disparar sua flecha, o vento poderia mudar ou seu alvo poderia se mover. Algumas coisas sempre estariam fora de seu controle.

No entanto, deveria ser uma tarefa fácil. Um único alvo em um local remoto, sem segurança. Pat nunca teria enviado Cal para uma missão como essa antes de ele ir para a prisão. Ele sabia que o velho estava testando as águas. Ele estava tão preocupado com a capacidade de Cal de cumprir a missão quanto Cal estava.

Cal calçou um par de luvas de nitrilo, saiu do Range Rover e rastejou em direção ao trailer. Ele espiou pela janela. Uma TV

LED era a única fonte de luz no interior. Ela revelou Kilo, sentado em uma poltrona reclinável como um monte de argila. Ele estava dormindo. Ele estava assistindo *a Inception*.

Há algo de irônico em dormir durante Inception, pensou Cal. Era essa a palavra certa? Irônico? Talvez apenas engraçado. Cal se perguntou o que Kilo estaria sonhando.

Ele abriu a fechadura da porta do trailer com facilidade, entrou e contornou o homem gordo adormecido. Em seguida, apontou a HK com silenciador para a nuca de Kilo e puxou o gatilho.

A arma disparou e um pedaço do couro cabeludo de Kilo voou da cabeça dele como um animal atropelado na estrada.

Cal abaixou a arma e houve um silêncio e uma quietude terríveis por um momento.

Então Kilo grunhiu e voltou à vida. Assustado por ter metade da cabeça arrancada, ele se levantou de um salto, virou-se, viu Cal, gritou e avançou. O trailer balançou quando Kilo derrubou móveis e avançou. Cal levantou a arma e disparou contra o corpo enorme de Kilo, mas toda aquela gordura luxuosa amorteceu os tiros.

Kilo derrubou Cal, envolveu suas mãos em torno de seu pescoço e gritou enquanto apertava sua garganta.

É engraçado as coisas que a gente percebe quando está tendo a vida sufocada.

Para Cal, foi uma tatuagem de um pedaço de brócolis no antebraço direito de Kilo. Seria esse seu último pensamento? Perguntar-se por que um homem gordo faria uma tatuagem de brócolis? O único alimento que ele provavelmente nunca comeu? Que diabos?

Cal lutou para levantar o cano de sua HK até a maçã de Adão de Kilo. Ele apertou o gatilho. Sangue jorrou da garganta de Kilo e seu corpo ficou mole. Cal precisou de toda a sua força para tirar aquele peso enorme de cima dele.

Ele apontou a HK novamente para o corpo de Kilo e puxou o gatilho. *Clique. Clique.*

Ele estava fora de combate. Então, ele recarregou a arma. E disparou mais doze tiros contra Kilo, só para ter certeza absoluta de que ele estava fora de combate.

Trabalho fácil.

Cal deixou o corpo de Kilo no trailer revirado. Pat mandaria limpadores. Cal era apenas uma pequena engrenagem em uma grande máquina.

No fim das contas, ele não era responsável.

Mas ele não podia negar que gostava disso. Matar. Havia catarse na ira.

Ele pensou que talvez fosse diferente desta vez. Talvez fosse mais difícil para ele. Como se uma alma fosse algo que você pudesse levar para a oficina ou cultivar como um animal de estimação. Foi por isso que ele aceitou o trabalho, lembrou a si mesmo. Para ver se tinha mudado na prisão. Se tinha sido "reabilitado".

Viciados são mestres em se enganar.

Na viagem de volta para Los Angeles, ele parou em um Wendy's, pediu um hambúrguer e pensou em Vinny, porque por que diabos não?

3

Miranda acreditava que todos os políticos eram sociopatas e, na opinião dela, nenhum era mais sociopata do que Jimmy McClean.

Jimmy McClean era o senador júnior do Texas. Ele havia conquistado seu primeiro mandato graças, em grande parte, à influência do senador Marco Barros. Ele era amigo íntimo da família Barros e conhecia Arianna. Diziam que, se Marco Barros tivesse um filho, seria Jimmy McClean.

McClean foi criado em um orfanato católico em Galveston, Texas. Aos dezoito anos, ele se alistou na Marinha. Ele serviu em duas missões e foi condecorado com a Navy Cross por bravura.

Ele voltou para casa, formou-se em economia pela Universidade do Texas em Austin com o apoio financeiro das Forças Armadas e, aos trinta anos, começou a fazer campanha.

Ele era um desconhecido. Um garoto sem nome, do qual ninguém jamais tinha ouvido falar. Sem dinheiro, sem influência. Nenhum de seus oponentes o levava a sério. Mas McClean sabia tudo sobre guerrilha.

Ele construiu sua base de seguidores no Twitter. Publicou seus discursos e comícios de campanha em seu canal no

YouTube. Criou uma rede social online para que seus apoiadores se conectassem, se organizassem e fizessem doações.

Ele conquistou apoio em todos os níveis. Sua mensagem se espalhou. As pessoas doaram algo mais valioso do que dinheiro. Elas doaram seu tempo. Organizaram comícios para ele em todo o estado.

Era algo estranho. McClean estava, de alguma forma, tornando legal para os jovens votarem nos republicanos.

Ele era moderado e progressista. Tinha a reputação de ser um unificador. Os democratas podiam trabalhar com ele e muitos até gostavam dele.

Ele também era jovem, bonito e carismático. A câmera o adorava e ele adorava a câmera.

Jimmy McClean. Herói de guerra. Galã. O futuro.

Era tudo perfeito demais para Miranda. A mentira americana de "alguém que se ergueu com o próprio esforço". Como se ele tivesse sido criado em algum laboratório republicano.

Seu histórico era impecável. Mas Miranda também tinha ouvido os rumores. Diziam que Jimmy era um grande mulherengo. Mais JFK do que Ronald Reagan do que qualquer um no partido gostaria de admitir.

Miranda odiava hipócritas.

Mas, acima de tudo, era aquele sorriso. Era isso que ela provavelmente mais odiava. Aquele sorriso falso de astro de cinema sempre estampado em seu rosto bonito e idiota.

Mas quando Miranda conheceu Jimmy McClean pela primeira vez no corredor do lado de fora do escritório de Marco Barros, ele não estava sorrindo. Ele estava furioso, e sua indignação parecia autêntica. Ele queria sangue e não se importava com o custo. Ele disse a Miranda e Greco que estava disposto a seguir a investigação aonde quer que ela levasse. Ele não dava a mínima para quem ele teria que pisar ou como isso poderia prejudicá-lo politicamente.

Ele iria até mesmo contra a NRA, se fosse necessário.

Isso fez Miranda gostar um pouco menos dele. Talvez ele não fosse apenas fachada. Ela discordava de sua política, mas era sempre revigorante conhecer um político que realmente acreditava em *algo*. Ela apreciava a honestidade e a paixão em uma pessoa.

A diferença entre um psicopata e um sociopata é que um sociopata tem consciência, embora seja do tamanho de um grão de areia. Talvez Arianna fosse o grão de areia de McClean.

McClean acompanhou Miranda e Greco até o escritório de Barros. As persianas estavam fechadas e o ar estava pesado com os aromas caros e amadeirados de mogno e uísque envelhecido.

Marco Barros não se levantou da mesa quando eles entraram. Não estendeu a mão. Nem mesmo fez contato visual. Ele estava desalinhado em seu terno Brooks Brothers amarrotado. Como uma nota de cem dólares amassada.

Já fazia quatorze horas desde que sua filha havia sido assassinada.

Miranda e Greco sentaram-se à sua frente. Havia uma vitrine com uma Colt Peacemaker antiga na estante atrás dele. *Como um pênis em exposição*, pensou Miranda.

McClean fez as apresentações. Marco ouviu tudo. Sem falar. Com um olhar distante e sem vida nos olhos. Miranda e Greco começaram com as perguntas habituais. Como estava Arianna nos dias que antecederam a sua morte? Alguma coisa suspeita? Alguma razão para alguém querer magoá-la?

"Além de ser filha de um senador poderoso?", McClean interrompeu com uma careta. Ele respirou fundo e se recompôs. "Ela havia sido assaltada algumas semanas antes. Jogada no chão em um ponto de ônibus por causa do iPhone."

Miranda estava apenas ouvindo pela metade. Ela estava estudando Marco. Por que ele a deixou morar naquele bairro?

"Eles pegaram o assaltante?", perguntou Greco.

"Sim. Mas Ari não quis prestar queixa", disse McClean.

Os olhos de Miranda permaneceram fixos em Marco. Esse homem sabia fazer discursos. *Ótimos* discursos. Ele poderia vender um copo d'água para um homem se afogando. Foi assim que um garoto latino pobre de Edinburg cresceu e se tornou o senador sênior do Texas. Então, por que ele não disse uma palavra?

O que ele tinha medo de dizer?

"Por que ela não quis prestar queixa?", perguntou Greco.

"Ela era assim mesmo. Sempre via o mundo através de lentes cor-de-rosa", disse McClean.

"'Olhos de Anjo'", Marco deixou escapar.

McClean e Greco se viraram para ele.

"Era assim que Jimmy a chamava. 'Olhos de Anjo'."

Marco começou a chorar. McClean interveio. "Por que não terminamos a entrevista no meu escritório?", disse ele. Ele disse a Marco que voltaria para dar um retorno.

Ao se dirigir para a porta, Miranda olhou para Marco. Ele era conhecido por sua habilidade de ajustar a realidade às suas opiniões. Os fatos nunca eram absolutos. A verdade era sempre relativa. Mas isso não era algo que ele pudesse ajustar ou distorcer. Sua filha se fora e nunca mais voltaria.

A jovem e bonita secretária de McClean acompanhou Miranda e Greco até o escritório dele e fechou a porta atrás deles. Ao ver o escritório de McClean, Miranda lembrou-se por que não suportava aquele homem. A sala era dominada por uma grande bandeira americana e uma mesa de pau-rosa ainda maior. Por toda parte, havia fotografias emolduradas de McClean posando com vários políticos, dignitários, líderes mundiais e celebridades. A quantidade era impressionante. *Este é um homem completamente obcecado com sua imagem*, pensou Miranda.

Eles se sentaram em frente a McClean. Ele parecia ridículo

atrás de sua mesa, cercado pelas fotografias. Como um sumo sacerdote em um templo dedicado a si mesmo.

"Houve um total de treze mortes", disse Greco. "Uma delas foi de um traficante conhecido."

"Então Arianna foi o quê? Dano colateral?", perguntou McClean com mais do que um tom de indignação.

"Ainda não sabemos", disse Greco.

"Ela se mudou para Los Angeles para trabalhar para uma igreja. Isso está correto?", perguntou Miranda.

McClean franziu a testa. "Você acha que aquela seita teve algo a ver com a morte dela?"

Miranda notou a palavra "seita" e o desprezo em sua voz quando ele a disse.

"Você tem alguma testemunha ocular?", perguntou McClean.

"Por enquanto, não", disse Greco.

"Você tem alguma pista? DNA?"

"Ainda é muito cedo na investigação", disse Greco.

"Então, o que você tem?"

"Temos uma arma", disse Miranda.

McClean se animou na cadeira.

"Vocês têm a arma?"

"Não. Temos um *tipo* de arma", disse Miranda. "Arianna foi morta por um rifle do tipo AR-15. 5,56 x 45 milímetros, alimentado por carregador, refrigerado a ar..."

"... semiautomática, operada a gás, versão civil da M16", disse McClean.

"Por meio de um processo chamado estriamento, podemos comparar as balas do atirador com a arma", disse Greco. "Portanto, estamos ordenando que qualquer AR-15 usado na prática de um crime em todo o país seja estriado."

"O problema é que o AR-15 é o rifle mais comum nos Estados Unidos", disse Miranda.

"É isso? É tudo o que você tem?", disse McClean.

Os olhos de Miranda pousaram em uma fotografia de McClean e quatro outros soldados, posando com seus M27s em alguma vila iraquiana. Sorridentes como idiotas. *Isso sim é uma foto idiota*, ela pensou.

Ela deu de ombros. "Trezentos milhões de armas nos Estados Unidos com pouca ou nenhuma regulamentação, senador. E você quer que encontremos apenas uma."

O rosto de McClean estava vermelho. Miranda não sabia dizer se ele queria bater nela, mas esperava que sim.

Depois que Miranda e Greco foram embora, McClean voltou para Marco para apresentar seu relatório. Ele não mencionou o agente antagônico da ATF, que lhe pareceu muito menos apolítico do que qualquer agente da lei deveria ser.

Ele disse a Marco que os dois lhe pareciam indivíduos dedicados, determinados a levar o assassino ou assassinos de Arianna à justiça. Ele disse que não tinha dúvidas sobre suas capacidades. Ele disse a Marco que ele estava em boas mãos.

Era uma mentira e Marco sabia disso. Ele sabia que McClean estava tentando protegê-lo. Que ele não queria que ele sofresse mais do que já estava sofrendo.

McClean queria ficar e beber com Marco, mas Marco disse-lhe para ir para casa.

4

Brandan já detestava trabalhar nas noites de sexta-feira, mas esta estava se revelando pior do que o normal.

Quem diabos pede cem hambúrgueres para viagem? Brandan deveria sair às oito, mas agora tinha que ficar até mais tarde para organizar e embalar o pedido, o que era um verdadeiro saco, porque ele tinha que ir à academia.

Além disso, o idiota do hambúrguer chegou quinze minutos atrasado. Brandan o avaliou. Um metro e oitenta e cinco, na casa dos trinta, não devia pesar mais do que 77 quilos molhado.

Brandan tinha vinte e quatro anos e 90 kg de puro músculo sob uma camada de tatuagens. Ele se matava de trabalhar para ter um físico de fisiculturista. Sem falar no custo dos esteróides. Ele *parecia* durão. As pessoas tinham medo dele e ele gostava disso.

Mas esse cara não. Ele nem olhou duas vezes para ele. Agiu como se Brandan fosse igual a qualquer outra pessoa. E isso o irritou profundamente.

Por que diabos esse cara de aparência normal se achava tão legal? Ele não via como Brandan parecia perigoso?

Era a mesma sensação que ele tinha com seus pais. Eles

também não o levavam a sério. Queriam que ele saísse de casa, mas como esperavam que ele pagasse aluguel com o salário de um garçom de lanchonete?

Além disso, ele estava economizando para comprar uma arma. Ele queria a Kimber 1911 .45 ACP que o Bowery King deu a John Wick em *John Wick: Capítulo 2*. A coisa parecia um Rolex.

Então eles o levariam a sério.

E John Wick nem consegue agachar com três placas, pensou Brandan.

"Busca para Cal", disse o idiota.

Brandan levou as bandejas de alumínio para fora e as colocou na parte de trás do Range Rover de Cal. Ele observou Cal se afastar. *Não sabe com quem está se metendo*, pensou Brandan, enquanto voltava para dentro.

As ruas cobertas por tendas pintaram um quadro de desespero e miséria humana. Frascos, seringas usadas e lixo espalhavam-se pelo pavimento como folhas tóxicas de outono. Cal estacionou seu Range Rover no lugar de sempre: um terreno baldio, cercado por uma cerca de arame enferrujada e irregular entre postes inclinados.

Seus clientes habituais estavam esperando. Cal abriu a parte de trás do Range Rover e distribuiu os hambúrgueres. A maioria aceitou com gratidão. Outros pegaram sua refeição de forma rude. Alguns tentaram roubar uma segunda porção e xingaram e cuspiram nele quando ele não permitiu. Cal não se ofendeu e não fez julgamentos. Ele entendia os demônios.

Depois de servir seus clientes habituais, Cal pegou o restante das bandejas de hambúrgueres e caminhou por Skid Row, distribuindo refeições para quem quisesse.

Cal fazia isso quase todas as semanas. Às vezes era pizza, frango frito ou burritos. Ele sempre guardava a última refeição.

Ele encontrou o fuzileiro naval do lado de fora de sua barraca, sentado em uma caixa de leite virada. A tatuagem da

USMC em seu braço magro estava borrada devido à perda de peso. Sua barba estava suja. Assim como seu cabelo despenteado. Ele não estava mais apático do que o normal, sentado ali atordoado, literalmente observando o mundo passar por ele.

Cal sabia que um dia ele viria e o fuzileiro naval não estaria mais lá. Que os opioides o matariam. Provavelmente em breve. Mas Cal não pregava.

Cal não estava ali para salvar almas. Apenas para estar na linha de frente do campo de batalha com seus irmãos e irmãs de armas.

Ele entregou ao fuzileiro naval o último hambúrguer e sentou-se com ele. Os dois nunca haviam trocado uma única palavra.

O treinamento de Cal em técnicas de interrogatório lhe ensinou que 55% da linguagem de uma pessoa está em seu corpo. 38% está no tom e na inflexão da voz. Apenas 7% está nas próprias palavras.

Cal e o fuzileiro naval não precisavam usar palavras. Eles se entendiam. Então, sentaram-se em silêncio.

CAL ERA UM garoto em Boston. Dezesseis anos. Ele passava cada segundo que podia na academia de boxe local. Ele gostava porque não se tratava realmente de lutar contra o adversário. A verdadeira batalha era contra si mesmo. Você lutava contra a dor. Você lutava contra a exaustão. Você lutava para respirar. Você lutava para permanecer consciente. Você lutava para permanecer na luta.

Era pouco antes do meio-dia. Cal não se lembrava para onde estava indo. Havia um homem. Magro e nervoso. Ele estava espetando placas de rua e galhos de árvores com um lápis. As pessoas atravessavam a rua para evitá-lo. Cal não ia atravessar a rua.

O homem viu Cal e o ameaçou. Disse que tinha matado muitas pessoas — com seu lápis nº 2.

O homem era o agressor. O homem estava errado. Mas ele era obviamente um doente mental ou um viciado fora de si, ou ambos.

"Você realmente quer fazer isso?", perguntou o homem.

Cal poderia ter agido com dignidade. Em vez disso, ele disse: "Sim".

O homem deu uma facada nele com o lápis.

Então Cal o espancou. Mesmo depois que o homem implorou para que ele parasse.

Isso foi antes de Cal saber sobre a guerra. Cal se arrependeu de muito poucas coisas que fez na vida. Mas ele se arrependeu disso.

CAL ACENOU EM despedida para o fuzileiro naval e levantou-se da caixa de leite. Ele caminhou por Skid Row. As pessoas que moravam ali eram todas veteranas. Elas podem nunca ter servido nas Forças Armadas, mas estiveram na guerra. Doença mental, dependência química, trauma, abuso.

Eram veteranos de suas próprias guerras.

Eram o seu povo.

Quando Cal voltou para seu Range Rover, pensou na lanchonete. Havia um motivo para ele ter decidido distribuir hambúrgueres naquela semana. Tinha a ver com um telefonema que ele recebeu de Pat Roti horas antes.

"Tenho um trabalho para você", disse Pat. "É a garota Barros."

5

Miranda examinou o arquivo de Sean fora da sala de interrogatório. Ele era um cidadão irlandês com um visto de seis meses. Sem antecedentes criminais. Pelo menos, não nos Estados Unidos.

Ele estava sentado curvado sobre a mesa surrada. Miranda entrou e sentou-se à sua frente.

"Sean McGuire, sou a agente especial Miranda Lopez, da ATF. Gostaria de fazer algumas perguntas sobre Arianna Barros."

Sean acenou com a cabeça.

"Você está ciente do que aconteceu com a Srta. Barros?"

Ele acenou com a cabeça novamente.

"Sei que você trocou mensagens com ela na noite em que ela foi morta?"

"Sim."

"Qual era a sua relação com ela?"

Sean deu de ombros. "Não sei bem como definiria."

"Vocês eram amigos?"

"Éramos *amigáveis*."

"O que isso significa?"

"Significa que eu não diria que éramos amigos."

"Por que não?"

Ele deu de ombros novamente. "Eu era um estranho."

"Um estranho? Você está falando da igreja? Valorous?"

"Ela queria que eu fosse ao culto. Fui uma vez. Não voltei."

"Por que não?"

"Não era para mim."

"Não é religioso?"

"Eu não diria isso."

"Você é muito bom em dizer o que não diria."

Sean baixou os olhos. "Não é uma igreja."

"Como assim?"

"Eles se aproveitam. Jovens que vêm para Los Angeles com grandes sonhos acabam indo parar lá, enchendo os bolsos dos pastores. É como se fossem vítimas de lavagem cerebral ou algo assim."

"Você tirou todas essas conclusões depois de uma única visita?"

"Se você não acredita em mim, vá verificar por si mesmo. Estou dizendo, há algo errado nisso."

"E a Arianna? Por que você acha que ela acabou indo parar lá?"

"Não sei." Sean balançou a cabeça. "Eu gostava dela. Sabia que nunca daria certo. Ela estava muito envolvida com aquela igreja ou algo assim. Mas eu não queria pensar nisso. Ela era engraçada, doce, inteligente. Ela me fazia querer ser melhor. Aquela maldita igreja. Aquele maldito ex..."

Miranda ergueu os olhos das suas anotações. "Que ex?"

Sean olhou para ela com os olhos arregalados.

ESAU GONZALEZ SENTOU-SE em frente a Miranda na sala de interrogatório com um olhar vazio. Ele usava brincos pretos e um piercing no nariz. Miranda notou as tatuagens que cobriam seus braços. Imagens de arcanjos matando demônios. Judite decapitando Holofernes. Jefté sacrificando sua filha. Um Cristo torturado e particularmente ensanguentado na cruz.

"Você namorou Arianna?", perguntou Miranda.

"Sim", disse Esau, com os olhos vazios.

"Por quanto tempo?"

"Alguns meses. Mas já éramos amigos antes disso."

"Você não parece muito chateado com a morte dela."

"Ari, assim como eu, faz parte de uma igreja destemida de homens e mulheres que seguem o coração de Deus. Nossa visão é infiltrar-nos *em Lost* Angeles, destruir as correntes que a prendem e reconstruí-la do zero, tudo para a glória de Deus. Por isso, estaríamos dispostos a morrer.

O pastor Zach é o nosso general. Ele está nos liderando, seu exército, contra o diabo e, em nome de Jesus, derrubaremos os portões do inferno."

"Estamos aqui para falar sobre Arianna", disse Miranda.

"Ari era a pessoa mais gentil e bonita que já conheci. Eu a amo. Mas a vontade de Deus é real. E nunca está errada."

Ele olhou para ela com olhos negros ardentes.

Miranda notou uma tatuagem nas costas da mão dele. Uma espada e uma luz brilhante com as palavras: "A BATALHA JÁ COMEÇOU".

UMA FAIXA PRETA cobria a entrada da boate na Spring Street, no centro de Los Angeles. A palavra "VALOROSO" em letras vermelhas, como uma bandeira de guerra.

Era domingo de manhã e os pecadores estavam nas camas uns dos outros, dormindo para curar a ressaca do MDMA. Nas duas horas seguintes, esse antro de devassidão pertencia aos justos.

Miranda pegou um panfleto de um dos sorridentes recepcionistas na porta. Eles usavam camisas pretas com a marca registrada da igreja Valorous, um V, estampada no peito.

Uma banda de jovens na casa dos vinte anos tocava rock cristão no palco da boate, enquanto lasers de LED dançavam sobre a congregação.

No centro do palco havia um grande crucifixo de madeira com o símbolo Valorous brilhando em neon que mudava de cor.

O público era composto principalmente por jovens. Piercings, tatuagens e as últimas tendências da moda urbana. Eles levantavam os braços em adoração, dançavam e se empurravam. Estavam sob o efeito de uma droga mais antiga. Uma forma mais antiga de ecstasy.

Então o show terminou e, em algum lugar entre as luzes estroboscópicas e as máquinas de fumaça, o pastor Zach apareceu no palco. "Onde estão meus doadores alegres?", ele gritou. A multidão rugiu.

O Pastor Zach era um cara magro. Não devia ter mais de 1,65 m. Ele tinha um rosto de astro de cinema. Ele tinha quarenta e poucos anos em Los Angeles, o que significava que parecia ter trinta e poucos. Ele usava um corte de cabelo de cem dólares, penteado para trás, e vestia uma camiseta curta, jeans skinny desbotados e tênis Adidas vintage de cano alto.

Tudo nele gritava "posador", mas esses jovens o adoravam.

"2 Coríntios 9", disse a pastora Kelly ao se juntar ao marido no palco. Seu cabelo loiro descolorido, típico das garotas da Califórnia, não era de uma cor barata. Ela usava jeans justos, tênis Converse Chuck Taylor com salto de 7,5 cm e uma camiseta curta. *Uma gata total*, pensou Miranda. "Cada um deve decidir em seu coração quanto dar. E não dê com relutância ou por pressão. Pois Deus ama quem dá com alegria."

Ficou imediatamente óbvio que eles eram um casal. Eles eram muito parecidos para não serem. Os pastores Zach e Kelly pareciam narcisistas para Miranda, e o que mais um narcisista quer além de transar consigo mesmo?

"Doadores alegres, deixem-me ouvir vocês mais uma vez!", disse o pastor Zach.

A plateia gritou em adoração.

"Onde está David Smith?", perguntou o pastor Zach. Uma mão se levantou na plateia. "Quando David chegou à Valorous, ele ganhava o salário mínimo e tentava lançar uma startup de tecnologia. Mesmo assim, ele doava generosamente e agora tenho o prazer de dizer que a empresa de David se tornou um sucesso fenomenal!"

Aplausos e gritos de adoração.

"E quanto a Cynthia Ramirez? Sua filha estava doente", disse o pastor Kelly. "Os médicos disseram que ela não iria sobreviver. Mas Cynthia doou para Valorous e agora sua filha está curada. 'Pois Deus ama quem doa com alegria!'"

Mais aplausos eufóricos. Alguns chorando.

"Eu sei que vocês passaram por muita coisa", disse o pastor Zach. "Desesperança. Depressão. Pensamentos suicidas. Mas Jesus pode curá-los."

"Agora há duas maneiras de fazer doações", disse o pastor Kelly. "Preenchendo o envelope que está debaixo do seu assento e entregando sua oferta a um dos nossos valiosos funcionários. Eles são pessoas simpáticas e sorridentes, vestidas com camisas pretas."

Um holofote iluminou os funcionários da Valorous. Sorrisos amigáveis e olhares distantes.

"Ou você pode enviar sua doação por mensagem de texto para este número."

Um número de telefone apareceu na tela atrás dela.

Miranda olhou para o rapaz que operava o projetor. Era Esau.

Olhos firmes.

Dois buracos negros.

Após o culto, a congregação tomou café e comeu cupcakes. Miranda abordou os pastores e explicou que era uma agente federal investigando o assassinato de Arianna Barros, e eles disseram que ficariam felizes em responder a quaisquer perguntas que ela tivesse. Eles se sentaram com ela em uma das cabines VIP da boate.

"Você conseguiu assistir ao nosso culto?", perguntou o pastor Zach.

"Sim."

"Lamentamos que tenha sido em circunstâncias tão terríveis", disse o pastor Kelly.

"Quer um café ou um cupcake?", perguntou o pastor Zach.

"Gostaria de começar."

"Claro."

"Qual era a função de Arianna na sua igreja?", perguntou Miranda.

"Ela trabalhava na creche, ensinando crianças de dois e três anos sobre Jesus.

Ela era uma membro dedicada da nossa congregação. Nós a víamos quase todos os dias", disse o pastor Kelly.

"E há quanto tempo ela estava na sua igreja?"

"Cerca de três anos."

"Por que ela se juntou a vocês?"

Os pastores trocaram olhares cautelosos.

"Ela foi salva", disse o pastor Zach, como se isso explicasse tudo.

"Vou precisar de uma resposta melhor do que essa."

"Ela aceitou Jesus Cristo como seu senhor e salvador pessoal", disse o pastor Kelly.

Miranda estava irritada. "Ela tinha algum inimigo? Alguém que pudesse querer machucá-la?"

"Ninguém que saibamos", disse o pastor Zach.

"Gostaria de examinar os registros da sua igreja."

Os pastores fizeram uma pausa. O pastor Zach limpou a garganta. "Tenho certeza de que isso seria muito perturbador. Afinal, temos uma igreja para administrar. O Senhor nunca descansa." Ele fez outra pausa. "Você tem um mandado?"

"Eu esperava que vocês simplesmente cooperassem."

"Estamos cooperando", disse o pastor Kelly.

"Então não precisará que eu vá buscar um mandado."

"O que isso tem a ver com nossas finanças?", perguntou o pastor Kelly.

Miranda inclinou a cabeça. "Eu não disse finanças. Eu disse registros."

"Registros, finanças. Tanto faz!", disse o pastor Kelly, com um tom mais agressivo.

O pastor Zach colocou a mão calmamente no colo dela e olhou para Miranda. "Isso pertence a Deus. Não a você."

"Mas ele fez isso", disse Miranda.

O pastor parecia confuso. "O quê?"

"Você disse: 'O Senhor nunca descansa'. Ele descansou. No sétimo dia."

O pastor Zach franziu a testa. "Bem, *nós* nunca descansamos."

"Quanto você pagou a ela?", perguntou Miranda. "Ela trabalhava na sua creche, certo? Sei que ela também fazia fotografias para a sua linha de roupas cristãs."

"Somos uma organização sem fins lucrativos. Ela era voluntária", disse o pastor Zach.

"Na verdade, ela pagava *a você*. Um dízimo de 15% de seus ganhos, todos os meses. Isso está correto?"

"Desculpe. O que isso tem a ver com a investigação?", perguntou o pastor Zach.

"É o seguinte. Quando Arianna era mais jovem, ela era rebelde. Bebia, fumava um pouco de maconha. Então, de repente, tudo mudou. Ela se juntou à sua igreja, mudou-se para Los Angeles e deu tudo o que tinha para você."

"Ela deu para Jesus."

"Há algo faltando. Acho que você sabe o que é e acho que não quer me contar."

"Estou começando a me sentir perseguido", disse o pastor Zach.

"Não estou aqui para perseguir ninguém. O IRS, por outro lado, pode questionar suas férias no Havaí e sua mansão em Huntington Beach. Tudo depende do quanto você está disposto a cooperar."

O pastor Zach sorriu com desdém para ela. "Nós amávamos Arianna. Francamente, estou ficando com a impressão de que você não se importa com ela. Acho que você deveria ir agora. Fique à vontade para levar um cupcake para a viagem."

O casal levantou-se da cabine e voltou para o seu rebanho.

Se Miranda parecia dura, era porque cresceu entre pessoas sem voz. Ela sabia o que era ser impotente e suas opiniões lhe davam força. Ela aprendeu a dura lição ainda jovem de que os fracos — aqueles que comprometiam suas crenças — eram atropelados.

Era uma receita para a sobrevivência, mas também para a solidão.

As pessoas não entendiam por que ela não podia simplesmente seguir o programa. Por que ela sempre tinha que tornar tudo tão difícil? Bastava ficar calada e ser agradável.

Ela temia o dia em que Camilla inevitavelmente a deixaria,

assim como todos os outros haviam feito. Ela havia superado os outros, mas não tinha certeza se sobreviveria à perda de Camilla.

CAMILLA SEMPRE COZINHAVA AOS DOMINGOS. Era a única noite em que ela insistia para que Miranda se sentasse e jantasse com ela. Miranda podia faltar durante o resto da semana. Mas não aos domingos.

"Onde você está?", perguntou Camilla do outro lado da mesa de jantar.

Miranda estava distraída, pensando nos pastores. Ela suspirou. "Estou sob muita pressão."

"Tudo bem." Camilla abaixou a cabeça e franziu a testa.

Miranda comeu um pedaço de frango de um dos espetos *de suya*. Ela havia deixado o espeto parado por tanto tempo que o frango havia esfriado e ficado duro.

"Como está indo a investigação?", perguntou Camilla.

"A única pista é o rifle. Sinto como se estivesse procurando uma agulha num palheiro no meio de um campo minado. Se isso não der certo, pode arruinar minha carreira."

"Como o senador está lidando com isso?"

"Não muito bem."

"Não consigo imaginar. Perder um filho assim."

"É verdade. Mas também é meio que culpa dele."

"Como assim?"

"Marco Barros e pessoas como ele se opõem a qualquer forma de regulamentação do porte de armas. Odeio dizer isso, mas, quer dizer, colhemos o que plantamos, certo?"

Camilla balançou a cabeça. Ela deixou cair o garfo no prato e levantou-se da cadeira.

"O quê?", disse Miranda.

Camilla caminhou até uma das caixas de arquivos de

Miranda, tirou a fotografia da cena do crime de Arianna e colocou-a sobre a mesa de jantar.

"Olhe para esta foto. Eu sei que é mais fácil não sentir nada. É mais seguro. Mas ela é um ser humano. Você pode não concordar com a política dela, ou com a de sua família e amigos, mas ela não merece justiça?"

"Não faça isso."

"Fazer o quê?"

"Transformar isso em algo sobre ela. Quando isso é sobre você."

"Eu?"

"Sinto muito se você acha que não está recebendo atenção suficiente ultimamente, Camilla, mas eu tenho estado ocupado."

Camilla balançou a cabeça e atravessou a sala.

"Aonde você vai?"

"Acho que não devo vir aqui por um tempo."

Miranda observava impotente enquanto Camilla reunia suas coisas. Ela queria dizer para ela esperar. Queria dizer: *"Eu te amo"*. Mas de que adiantaria? Ela acreditaria nela? O que eram palavras sem ação?

Camilla deixou Miranda sozinha no loft, olhando para a fotografia de uma menina morta, sabendo que, se quisesse ter Camilla de volta, primeiro teria que fazer justiça por Arianna.

6

Marco Barros era um homem poderoso. Cal não podia estragar esse trabalho. Ele estava em South Central, do lado de fora do prédio onde ficava o apartamento de Arianna. Eram duas da manhã. Já fazia duas semanas desde o tiroteio, e o local estava lacrado. Ele não via sentido em invadir o local. Duvidava que encontraria algo que os federais, com suas equipes forenses, não tivessem encontrado.

O que ele precisava era de uma testemunha. É claro que os federais não tinham encontrado nenhuma. Mas Cal tinha uma vantagem que eles não tinham.

Ele não era um federal.

Esse bairro era o que a polícia chamava de "Área de Alta Intensidade de Tráfico de Drogas". Ninguém falava com os policiais porque não eram eles que policiavam o bairro. As ruas tinham olhos.

Uma civil como Arianna não saberia sobre eles, mas eles a conheciam. Eles conheciam todos em seu território — civis, soldados, viciados, empresários para extorquir — então, se um estranho aparecesse, eles teriam notado.

Cal só precisava encontrá-los.

Não demorou muito para ele avistar o garoto na esquina. Ele não devia ter mais de dezesseis anos. Era alto e magro como um lutador de kickboxing, com queixo quadrado e olhos frios. Usava um boné azul dos Dodgers, jeans largos e estava sem camisa. As letras "M" e "S" estavam tatuadas em letras grandes na parte superior das costas. Abaixo delas, os números "1" e "3" eram igualmente proeminentes na região lombar e, no meio de tudo isso, havia uma bandeira salvadorenha azul e branca brilhante.

Não era exatamente uma propaganda subliminar.

"E aí?", disse o garoto da esquina, quando Cal se aproximou.

"Preciso falar com o seu chefe." Cal sabia que não adiantava questionar o garoto da esquina sobre o tiroteio. A única pessoa em posição de lhe dar informações era o cara que comandava aquele quarteirão.

O garoto da esquina o encarou com raiva.

"Só quero conversar." Cal estendeu uma nota de cem dólares. Depois de um momento, o garoto da esquina pegou a nota e acenou para Cal segui-lo.

Ele levou Cal até o final do quarteirão e, embora o bairro parecesse estar adormecido, ele sabia que estava sendo observado. Eles pararam em frente a um prédio abandonado. A placa na porta estava solta. O garoto a retirou e a segurou para Cal.

Cal entrou em um labirinto de decadência e deterioração. Escuro e profano. Caminhou em meio ao mau cheiro. Umidade e sujeira. Frascos e seringas estavam espalhados pelo chão imundo. Eles quebravam sob seus pés como uma camada de gelo.

O garoto estava atrás dele e Cal sabia que ele estava tentando pegar sua arma. Ele sabia que isso era uma possibilidade. Os jovens sempre têm algo a provar.

Cal estava prestes a se virar e quebrar o braço do garoto em três lugares, quando algo o impediu. Alguma força invisível. Isso deteve sua mão. Ele deixou o garoto sacar a arma.

Ele pensou em como o céu estava azul no dia 11 de setembro. A aleatoriedade disso. A aleatoriedade disso. De um céu azul claro. Parecia adequado. Um assassino de assassinos, de reis e ditadores. Morto por um jovem criminoso com uma pistola barata. Ele estava cansado de esperar pelo destino. Que fosse isso, que fosse isso. Essa única ação aleatória e violenta. Um microcosmo da existência. O menino levantou a arma na nuca de Cal.

Era isso? Era para isso que tudo tinha servido? Sua guerra finalmente havia acabado?

Ele deveria chorar?

Um choro soa igual em qualquer idioma.

O riso também.

O mesmo acontece com uma bala.

O garoto puxou o gatilho.

PARTE DOIS

GLÓRIA E DIVINDADE

7

R yan estava no topo do mundo.

Alto por causa da maconha, latas de cerveja nos porta-copos. O rádio tocando John Cougar Mellencamp. É impossível não amar os clássicos. Seu melhor amigo, Jeff, estava no banco do passageiro. Eles aceleravam pelas estradas secundárias em ruínas do Arizona em seu Ford Bronco 1996.

Havia um local isolado onde os alunos do ensino médio iam beber e fumar. Num campo perto de um pasto de vacas. Ryan estacionou o Bronco e se preparou.

Hoje era a noite. Finalmente, porra.

Ryan tinha dezoito anos e tentava perder a virgindade com qualquer coisa que tivesse batimento cardíaco e um buraco desde o sétimo ano. Mas hoje à noite, ele tinha algumas caixas de cerveja e um saco de maconha que trocara com um cliente (Ryan também era uma espécie de pequeno empresário) e Corey e Kyle queriam festejar.

Corey e Kyle eram garotas, embora tivessem nomes de meninos. Elas faziam coisas que as outras garotas não faziam.

Ele ouviu dizer que Nick Nunez festejou com elas e que elas

lhe colocaram uma venda nos olhos e se revezaram para fazer sexo oral nele. Queriam que ele dissesse quem era melhor nisso, como se fosse uma competição ou algo do tipo.

Quando Kenny Carpenter voltou da faculdade, ele transou com Corey ou Kyle, Ryan não se lembra com qual dos dois, em cima de seu Honda Accord branco. Ele exibiu a mancha de maquiagem espalhada no capô do carro por semanas.

Essas garotas eram uma aposta certa, pensou Ryan, enquanto observava o gado pastar sob o sol da tarde. Se ele não conseguisse perder a virgindade com uma delas, mais valia transar com uma das vacas.

Enquanto Ryan e Jeff esperavam Corey e Kyle chegarem, eles discutiram quem ficaria com qual e se isso realmente importava e se deveriam tentar trocar depois e ficar com as duas. Eles reclamaram sobre como precisavam conseguir identidades falsas para poderem entrar nos bares, porque as garotas nos bares estavam sempre bêbadas e então eles poderiam transar o tempo todo.

Ryan disse a Jeff para diminuir o ritmo com as cervejas, porque elas eram para as garotas.

Depois de cerca de uma hora, Ryan mandou uma mensagem para Kyle perguntando onde eles estavam, mas não obteve resposta.

Quando o sol começou a se pôr, Ryan percebeu que eles tinham sido abandonados.

Que se danem. As mulheres só servem para uma coisa mesmo.

Eles beberam as cervejas e ficaram cada vez mais bêbados.

Atiraram pedras nas vacas.

Quando já tinham bebido cerca de dez cervejas cada um, Jeff pegou em um monte de fezes de vaca e atirou-o a Ryan, rindo como um idiota. Ryan retribuiu. Em breve, estavam a ter uma luta de estrume bêbada, como se fosse o Natal das fezes de vaca.

Depois que as cervejas acabaram, eles tiraram as camisas e começaram a brincar de dar tapas uns nos outros no escuro. Batendo nos pontos fracos dos corpos um do outro. Quando sua energia se esgotou, eles caíram no chão, doloridos, sujos e bêbados.

"Malditos idiotas", disse Ryan.

"É, cara. Estou com muito tesão", disse Jeff.

"Você sempre pode foder uma vaca."

NA MANHÃ SEGUINTE, Lance estava no fogão da cozinha fazendo bacon e ovos quando seu neto desceu as escadas cambaleando e entrou na cozinha, fedendo a cerveja e cocô de vaca.

Lance não mencionou os olhos vermelhos de Ryan nem o cheiro de álcool que emanava de seus poros. Ele ignorou as marcas vermelhas em forma de mão nos braços e no rosto dele.

"Bom dia", disse Lance. "Café da manhã?"

"Não, obrigado", disse Ryan, saindo pela porta. Lance o observou pela janela da cozinha. *Provavelmente indo para aquele maldito celeiro de novo*, pensou Lance.

Lance não entendia seu neto. Ele achava que ele era muito estranho. Mas, novamente, relacionamentos não eram o forte de Lance.

O pai de Lance lutou na Segunda Guerra Mundial e depois passou o resto da vida bebendo para tentar esquecer o que havia vivido. Ryan jogava videogames da Segunda Guerra Mundial e gritava e aplaudia enquanto explodia nazistas ou aliados, dependendo do lado em que estava jogando. Lance achava tudo isso incrivelmente perverso.

Lance nunca culpou seu pai por estar ausente nem guardou rancor dele, mas jurou que seria melhor para seu próprio filho. O problema era que ele não sabia como. Ele nunca tinha sido cuidado, então como poderia cuidar de alguém? Ele e seu filho, o pai de Ryan, tinham um bom relacionamento, mas havia uma barreira. Uma distância que ele nunca conseguiu diminuir. Ele o criou da melhor maneira possível e agora estava tentando fazer o mesmo com Ryan, mas, no fim das contas, os homens da família Sheehan tinham que encontrar seu próprio caminho.

Ryan teria que encontrar o seu próprio caminho.

RYAN E LANCE moravam juntos em uma fazenda abandonada de cem acres no Arizona. A família já havia criado gado, mas quando outras fazendas começaram a usar trabalhadores sem documentos, eles não conseguiram competir e se recusaram a se adaptar. O lugar ficou em ruínas. Hoje, parecia uma cidade fantasma em expansão. As estruturas de madeira, outrora brilhantes e coloridas, tinham desbotado e escurecido. Estavam caídas e curvadas como velhos enrugados. O seu exterior estava a apodrecer, revelando a estrutura interna.

Ryan passou por portões de metal corroídos pela ferrugem e postes de cerca lascados que se erguiam da terra em ângulos irregulares.

Ele tinha ouvido falar dos dias de glória, quando a fazenda ainda prosperava. "Os Sheehans costumavam mandar nesta cidade", seu pai lhe contara. "Podíamos entrar em qualquer bar e nunca pagar por uma bebida."

Se o nome Sheehan fosse respeitado como antes, eu já teria conseguido o que queria, pensou Ryan.

Atrás de um curral empoeirado, tomado por capim-algodoeiro, ficava um velho celeiro abandonado. Suas dobradiças enferrujadas rangiam e gemiam como algo acordado da hibernação quando Ryan abriu a grande porta de madeira.

Lá dentro havia um paraíso de armas. Rifles, espingardas e pistolas meticulosamente organizadas e armazenadas nos antigos estábulos. Tão bem lubrificadas e polidas que pareciam brilhar à luz do sol que entrava pela porta aberta do celeiro.

Metálicas e resistentes. Com cheiro de óleo de arma e liga metálica. Todo aquele rancho abandonado poderia desabar, mas as armas permaneceriam. Elas eram feitas de um material mais resistente.

O Ford Bronco preto de Ryan estava estacionado no centro do celeiro. Na noite anterior, ele percebeu que o veículo vibrava sempre que ele pressionava o freio.

Ele usou um macaco para levantar o Bronco e removeu cada roda, uma de cada vez. Ele examinou as pastilhas de freio, os rotores e as pinças. Tudo parecia estar bem. Poderia ser o motor, o que significava que ele teria que levá-lo ao velho Arturo. Era a única oficina mecânica que ainda existia na cidade.

Ryan tinha acabado de comprar o Bronco de um vendedor do Armslist. Eles se encontraram para que Ryan pudesse comprar algumas armas de fogo e o cara incluiu o Bronco no negócio por apenas mil dólares.

Ryan não conseguia acreditar na sua sorte. Era como se o vendedor estivesse a oferecê-lo.

No final das contas, ele gastou pouco menos de três mil dólares na Bronco 96, um rifle AK TR3, uma Beretta 92FS, uma Desert Eagle .44 Magnum e um revólver Ruger .380.

E um rifle AR-15.

8

Quando Russ conheceu D'Andre, ele sabia como seria fácil fazer dele sua presa.

O pai de D'Andre ensinava cálculo para alunos do oitavo ano no bairro de West Lawn, em Chicago. Quando um aneurisma cerebral o matou inesperadamente, D'Andre tinha 14 anos e ele e sua mãe não ficaram com muito. Eles já viviam no limite. O magro salário de professor do pai e o dinheiro que a mãe ganhava como assistente social deveriam ser suficientes para uma vida relativamente confortável em West Lawn, mas os pais de D'Andre estavam economizando para a faculdade dele. Isso significava que tudo era racionado.

Após a morte do pai de D'Andre, sua mãe se deparou com uma escolha: usar o fundo para a faculdade para continuar com o estilo de vida a que estavam acostumados ou se mudar para um bairro mais acessível. Então, D'Andre e sua mãe se mudaram da relativa segurança de West Lawn para Englewood, na zona sul de Chicago. Era um dos bairros mais perigosos da cidade.

O pai de D'Andre o ensinou a sempre fazer a coisa certa. Ele era um homem gentil e ensinou D'Andre a ser um homem gentil.

Mas homens gentis não sobrevivem em Englewood. Em Englewood, "fazer a coisa certa" pode levar você à morte.

Russ sempre acreditou que, se tivesse nascido em outro lugar, talvez tivesse tido uma chance. Mas isso era Englewood. Russ nunca conheceu seus pais. Ele foi criado no sistema. Foi no lar adotivo da Srta. Simmons, aos 12 anos, que ele conheceu Tyreek. Tyreek era cinco anos mais velho que Russ. Ele acolheu Russ sob sua proteção. Ele lhe ensinou tudo o que ele precisava saber sobre o tráfico de drogas.

Foi Tyreek quem apresentou Russ a AK.

Russ lembrava-se de uma das últimas coisas que Tyreek lhe disse antes de morrer. Eles estavam andando pela rua. Tyreek estava jogando sua fiel bola de goma. Era uma peculiaridade que ele costumava fazer.

"Todo mundo tem medo aqui", disse Tyreek. "É por isso que agem dessa maneira. Brigando com os vizinhos. Mas eles entenderam tudo errado. Seu vizinho não é seu inimigo. O inimigo é a polícia. Você tem que cuidar de si mesmo e dos seus, porque ninguém mais vai fazer isso. É por isso que os negros atiram uns nos outros.

"A polícia é pior do que as gangues. A única vez que eles aparecem é para armar, espancar, prender ou atirar em um negro. Quero que você me prometa, cara, que se a polícia de gatilho fácil aparecer por aqui causando problemas, você vai fazer uma coisa. Correr. Apenas correr."

Russ fez a promessa.

Alguns meses depois, Tyreek foi baleado pelas costas enquanto fugia da polícia. Os policiais disseram que confundiram o celular descartável em sua mão com uma arma.

D'Andre se mudou para Englewood no primeiro ano do ensino médio. Ele era um peixe fora d'água.

Nessa época, Russ trabalhava para AK em tempo integral. Ele havia aprimorado uma mente maquiavélica. Ele estudou como e por que os gangsters eram baleados ou presos. Ele não queria ser assim. Ele sabia que D'Andre não fazia parte de nenhuma gangue, e isso era uma sentença de morte por aquelas bandas. Ele também sabia que o garoto era introvertido e estudioso.

Russ entendia que os tagarelas eram eliminados. Era preciso escolher as palavras com cuidado nesse jogo. E não se tratava de vídeos de rap e tiroteios. Tratava-se de administrar um negócio. Caramba, até mesmo AK fez cursos de administração na City College of Chicago. Quanto mais ele pensava nisso, mais mais ele decidia que ele e D'Andre poderiam realmente construir algo. D'Andre era inteligente. Ele poderia usar isso. Tudo o que Russ precisava fazer era ensiná-lo. Então, Russ colocou D'Andre sob sua proteção.

Ele ensinou D'Andre da mesma forma que Tyreek o ensinou.

Russ apresentou D'Andre a AK.

Antes que D'Andre percebesse, ele já fazia parte do grupo.

No GRAMADO DA frente da casa, eles colocaram uma placa com a foto de um homem asiático sorridente e as palavras "VOTE EM CHARLIE YU PARA VEREDITO".

"Repita", disse Russ.

"Megalodon", respondeu D'Andre.

"Você está me dizendo que existe um tubarão do tamanho do dirigível da Goodyear?"

"Havia. Mas não existe mais."

"É assim que são essas ruas. Tudo o que um negro pode fazer é se afogar."

D'Andre riu. "Você nunca viu o oceano."

Eles se aproximaram da porta da frente da casa e bateram. Um homem negro na casa dos cinquenta anos atendeu. Ele vestia shorts de ginástica e uma camiseta branca com uma mancha marrom no peito. Ele avaliou os dois meninos.

"O que vocês querem?"

Russ entregou uma prancheta ao homem. "Estamos aqui para inscrever você para votar."

"Que diabos você está falando?"

"Por ordem da AK", disse Russ.

Os olhos do homem da camiseta manchada se arregalaram. "Vocês são do AK?"

"Nós transmitimos a mensagem dele", disse Russ.

"Os manos do Spooky estão por aí", disse o cara da camiseta manchada.

Russ lançou um olhar fulminante. O de camiseta manchada quase se borrou todo. "Só estou informando vocês. Todos sabem que estou com o AK. Dane-se o Spooky. Me dê isso."

Stained Tank Top pegou a prancheta e preencheu suas informações.

"A eleição é na próxima segunda-feira", disse Russ. "Vocês vão votar em Charlie Yu para vereador. Se não o virmos lá, voltaremos. Só que desta vez, não teremos pranchetas."

Stained Tank Top acenou com a cabeça rapidamente.

Enquanto Russ e D'Andre se afastavam, o de camiseta manchada gritou para eles: "Certifiquem-se de que AK veja meu nome!"

D'Andre e Russ seguiram para a casa seguinte e colocaram outro cartaz no jardim da frente. "VOTE EM CHARLIE YU PARA VEREADOR."

"Então, como você se tornou Mega?", perguntou Russ.

D'Andre deu de ombros. "Tem que estar armado, eu acho. O poder está na arma."

"Você está errado."

"Você já ouviu falar da Ku Klux Klan?", perguntou D'Andre. "Você sabe por que esses brancos começaram essa merda? Foi para desarmar os negros livres após a Guerra Civil. Eles não queriam que os negros tivessem rifles."

Russ riu. "Meu amigo está sempre lendo. Armas, cara. Isso é coisa de rua. O que você acha que os AKs estão fazendo por aqui?"

D'Andre deu de ombros. "Tentando fazer com que esse chinês seja eleito."

"Tentando colocar um amigo na prefeitura", disse Russ. "Tirar essa merda das ruas, transformar isso em uma máfia. Armas não são nada. O poder, meu amigo, está no voto."

Eles terminaram de colocar o cartaz. Russ apontou para a casa e disse a D'Andre: "Você faz esse aqui."

D'Andre bateu na porta da frente. A Srta. Evelyn atendeu. Ela tinha 75 anos e usava um andador. Usava um turbante para cobrir a cabeça calva e um moletom por necessidade, não por escolha. Sua saúde estava se deteriorando e seus movimentos eram limitados.

"Posso ajudá-los?", ela perguntou.

D'Andre mudou o peso do corpo. "Hum... Estamos aqui para inscrever você para votar."

Um filhote de terrier espiou curiosamente por trás da Srta. Evelyn.

"Já estou registrada", respondeu a senhora Evelyn.

D'Andre gaguejou. "Não... Estamos aqui para inscrevê-la..."

"Eu já estou registrada."

"Não. *Nós* inscrevemos você", disse D'Andre. "Você vota em quem *nós* mandarmos."

"Jovem, você entende como funciona a votação?"

"Isso vem diretamente da AK", disse D'Andre.

"Você não pode entrar na cabine de votação comigo", disse a Srta. Evelyn. "Você não tem controle sobre em quem eu voto."

Os dois meninos ficaram perplexos. D'Andre olhou para Russ.

Sem saber o que mais fazer, Russ se inclinou para a frente e agarrou o cachorrinho.

"O que você está fazendo?!" gritou a Srta. Evelyn.

"Vaca. Se o Charlie Yu não ganhar a eleição para vereador, eu mato o seu cão!" disse Russ.

"Devolva-o!" A Srta. Evelyn estendeu a mão. D'Andre levantou a camisa, revelando a .38 em seu cinto, e a Srta. Evelyn recuou.

"Vamos embora", disse Russ para D'Andre. Ele se virou e foi embora, com o cachorrinho chorando em seus braços.

"Que diabos? Cara, você está machucando ele", disse D'Andre.

"É só um cachorro."

"Dê aqui." D'Andre pegou o cachorrinho de Russ e acariciou sua cabeça até que ele parasse de chorar.

Russ riu dele. "Seu novo cachorrinho!"

9

Os irmãos de Arturo traficavam drogas.

Eles nasceram na pobreza no condado de Santa Cruz, no Arizona. Seus pais eram ilegais e foram deportados quando Arturo tinha treze anos. Ele e seus dois irmãos mais velhos fugiram dos Serviços Sociais e viveram nas ruas. Foi durante esse período que os irmãos conheceram *La Federación*.

O mais velho, Rogelio, trabalhava na construção civil durante o dia. Ele era trabalhador e profissional e acabou sendo promovido a encarregado. Seu capacete escondia a tatuagem de teia de aranha espalhada pelo couro cabeludo. Sua camisa de botões escondia a mulher de seios grandes e sem blusa tatuada em seu braço.

O irmão do meio, Eugenio, trabalhava para o irmão na construção civil e no tráfico de drogas. Eugenio costumava se drogar com seu próprio estoque. Arturo lembrava-se de se perguntar por que Eugenio deixava a unha do dedo mínimo tão comprida, como a de uma menina. Agora ele entendia que era para que Eugenio nunca ficasse sem meios para usar cocaína. Qualquer outro chefe teria dispensado Eugenio, mas não Rogelio. Ele era da família.

Os irmãos ganhavam um bom dinheiro. A contrapartida era a liberdade deles. *A Federação* era dona deles e exigia lealdade absoluta. Uma vez dentro, você não tinha outra família além *da Federação*. Eles esperavam que você matasse sua própria mãe, se assim fosse ordenado. Mas Arturo nunca acreditou que seus irmãos fossem capazes de fazer algo assim.

Durante toda a sua juventude, Rogelio e Eugenio cuidaram de Arturo. Ele sabia que um dia teria que começar a trabalhar para *a Federação*. Ele não tinha opinião formada sobre isso. Era assim que as coisas eram. E quando esse dia chegou, ele entendeu que seria deles para o resto da vida. *A Federação*. A única saída era a morte.

O engraçado é que o tiroteio de Rogelio com a polícia não tinha nada a ver com o tráfico de drogas. Rogelio se divorciou de uma boa mulher apenas para passar por um relacionamento tóxico após o outro. Fume cigarros suficientes e você terá câncer.

Arturo não gostava da mulher que Rogelio assassinou. Ele achava que ela era uma pessoa muito má. Mas não achava que ela merecia ser espancada até a morte daquela forma. Seu corpo jogado em um canal como lixo comum.

Rogelio estava fugindo para a fronteira quando a polícia o alcançou. Ele tinha uma Uzi e uma Magnum .44 no banco do passageiro da frente, além de seu rifle Remington 742 Wood-master no banco de trás.

Não foi uma perseguição em alta velocidade, de forma alguma. Rogelio estava abaixo do limite de velocidade durante a maior parte do trajeto. A cada poucos quilômetros, ele parava e dava alguns tiros nas viaturas policiais iluminadas que o seguiam a uma distância segura. Ele causou alguns milhares de dólares em danos e atirou na cabeça de um policial. Mas então seu carro ficou sem gasolina e os policiais dispararam 58 tiros contra ele.

Regra número um ao fugir pela fronteira: encha o tanque primeiro.

Eugenio não sabia o que fazer sem o irmão mais velho. Ele estava como um cão sem dono. Seu problema com drogas piorou, ele perdeu o emprego e, mais grave ainda, *a La Federación* começou a vê-lo como um risco. Duas semanas após a morte de Rogelio, Eugenio se enforcou no armário do quarto.

Com a morte de seus irmãos, morreu também a perspectiva de Arturo trabalhar no tráfico de drogas. Seus irmãos eram sua única conexão com aquele mundo e, mesmo que ele conseguisse estabelecer o contato, por que *La Federación* iria querer trabalhar com alguém cujos irmãos haviam se mostrado tão pouco confiáveis?

O que estava bom para Arturo. Ele não queria trabalhar para eles. E não precisava. Porque seus irmãos haviam escrito testamentos, deixando-lhe tudo o que tinham.

Depois de reembolsar a cidade pelos danos causados pela violência de Rogelio e pagar à família do policial que ele atirou na cabeça, não era muito dinheiro, mas era o suficiente para Arturo abrir uma pequena oficina mecânica. Um negócio honesto. O trabalho era duro e incansável. Dezoito horas por dia, seis dias por semana. Igreja aos domingos.

Ele conheceu uma mulher chamada Valery e eles tiveram uma filha. Ele era um marido bom e leal e um pai amoroso. Quando sua filha completou dezoito anos, ele a enviou para a Academia Americana de Artes Dramáticas, em Nova York, para perseguir seu sonho de se tornar atriz. Quando era menino, ele nunca, em um milhão de anos, poderia ter imaginado algo assim.

Sempre que pensava nisso, ficava com lágrimas nos olhos.

E ele agradecia aos seus irmãos e rezava por suas almas.

Eles foram vítimas das circunstâncias. Perdoe-os.

Todos os dias, Arturo agradecia a Deus pela vida que lhe havia sido concedida.

O dinheiro pode não comprar a felicidade, pensava ele, *mas pode comprar esperança, e a esperança pode mudar uma pessoa.*

Um pouco de dinheiro pode mudar tudo.

ARTURO ABRIU ÀS cinco da manhã. Quando chegou ao trabalho, os migrantes já estavam vasculhando as lixeiras de reciclagem e os contêineres ao lado da garagem. Outros empresários locais chamariam a polícia ou, pior ainda, *a migração*, mas Arturo os deixou em paz. Ele só queria poder fazer mais por eles. Mas eram muitos. Compre uma refeição para uma pessoa e logo você estará alimentando uma pequena cidade.

Três horas e meia depois, Ryan chegou no Bronco. Arturo sempre tentava não julgar as pessoas, mas, para ser sincero, ele não gostava de Ryan. *Um gringo* rico que nunca precisou trabalhar para conseguir nada. Nascido em terceiro lugar e achando que tinha feito um triplo.

Mas Arturo sabia que esse tipo de pensamento era tóxico. Ele acreditava em sempre ver o melhor nas pessoas. Acreditava que as pessoas podiam mudar, que todos nós éramos, em maior ou menor grau, vítimas das circunstâncias.

Então, ele cumprimentou Ryan com um sorriso. "Olá, senhor Sheehan!"

"Oi, Arturo."

"Veículo novo?"

Ryan assentiu. "A porcaria toda treme sempre que eu piso no freio. Acho que é o motor."

"Bem, vamos dar uma olhada."

Arturo levantou o capô e pegou sua lanterna. Levou menos de cinco minutos para diagnosticar o problema.

"Você precisa de um carburador novo", disse ele. "Tenho a peça aqui. Posso consertar agora mesmo, se quiser."

"Quanto custa?"

"Cem."

"Quanto tempo isso vai levar?"

"Talvez uma hora."

"Tudo bem, então."

Ryan observou os ilegais vasculharem as lixeiras e os contêineres de reciclagem. *Como ratos*, pensou ele.

"Posso pegar sua moto emprestada? Preciso ir a um lugar."

"Claro, amigo."

O CENTRO DE recrutamento da Marinha ficava em um shopping center no meio do deserto. Uma fina camada de areia cobria tudo. Ryan estacionou a moto de Arturo do lado de fora.

Sua reunião era com o sargento da Marinha Edwin Gutiérrez. Eles haviam feito uma entrevista preliminar por telefone e agora se encontravam pessoalmente para discutir os próximos passos.

O sargento levantou-se da mesa quando Ryan entrou e apertou-lhe a mão com firmeza. Ryan ficou imediatamente impressionado com o homem. O seu uniforme bege estava perfeitamente passado, com sete pregas meticulosas. Três nas costas, duas no peito e uma em cada manga. O seu corte de cabelo curto e rente era impecável. Ele parecia os bonecos de ação com que Ryan brincava quando era criança.

Porra, G.I. Jose, pensou Ryan.

Ryan acreditava que era possível julgar um livro pela capa. A maneira como uma pessoa se apresentava ao mundo era uma escolha que revelava seu caráter. A aparência do sargento Gutiérrez retratava valores fundamentais que Ryan admirava: disciplina, honra e respeito.

Ryan estava ansioso para passar no teste de aptidão física e seguir os passos desse homem, e disse isso ao sargento.

"Passar no seu teste físico não é o problema", disse o sargento.

Ryan ficou confuso. "Problema?"

"Seus registros médicos indicam que você passou algumas semanas no hospital há alguns anos. Reabilitação de drogas, bem como tratamento psiquiátrico."

O rosto de Ryan ficou triste. "Meus pais faleceram."

"Eu entendo. Infelizmente, os fuzileiros navais estão proibidos de aceitar qualquer pessoa com histórico de doença mental."

"Doença mental? Meus pais morreram. Foi repentino e eu..."

"Eu entendo", disse o sargento com simpatia. "Mas essas são as regras. Elas são rígidas."

Os olhos de Ryan ficaram distantes. De repente, ele ficou hiperconsciente da gravidade da Terra. Ele podia sentir seu peso, sufocante, sufocando-o, e não conseguia suprimir a resposta natural do seu corpo. A raiva irrompeu do fundo do seu estômago.

Seus olhos se concentraram na etiqueta com o nome do sargento. "Minha família lutou em todos os grandes conflitos americanos desde a Guerra Revolucionária", disse Ryan. "Lutamos e morremos por este país." Ele se inclinou para a frente, os olhos estreitados, o rosto rosnando. "Você ao menos nasceu aqui?"

Antes que o sargento tivesse a chance de reagir, Ryan saiu furioso pela porta.

LANCE LEMBROU-SE DA estação das monções no Vietnã. Nem sempre conseguiam receber comida por helicóptero devido ao clima, então dependiam de armadilhas caseiras. Ele se lembrou da primeira vez que capturou um babuíno. Ele ia jogá-lo fora, mas os outros rapazes do seu esquadrão disseram para ele não fazer isso. Eles comeram a carne crua.

Ele se lembrou de quando o sargento McCullough foi transferido para seu esquadrão de fuzileiros. McCullough tinha 21 anos e acabara de se formar em West Point. Era sua primeira vez no serviço ativo. Ele não gostava muito de comer carne de macaco, então usou seu vasto conhecimento em sobrevivência adquirido em West Point para preparar um ensopado de legumes.

Lance e os outros o alertaram para não comer vegetais no Vietnã, mas ele não deu ouvidos.

Devia haver algo psicoativo no que ele preparou, porque depois de comer, ele enlouqueceu.

Alguns dos rapazes queriam deixá-lo na selva, mas foram derrotados na votação.

Eles amarraram e amordaçaram McCullough e o arrastaram com eles.

À noite, quando acampavam, amarravam-no a uma árvore.

O filho e a nora de Lance, mãe e pai de Ryan, morreram em um acidente de carro na véspera de Natal. Eles estavam bêbados quando foram atingidos por outro motorista bêbado. Todos morreram. Depois do acidente, Ryan começou a lembrar muito Lance do sargento McCullough.

Mas Lance não podia abandonar Ryan na selva ou amarrá-lo a uma árvore. Ele era o avô de Ryan. Seu único parente vivo. Então, ele mandou o menino para um hospital psiquiátrico.

Lance havia passado algum tempo em um depois da guerra. Ele sabia que não era uma cura. Ele ainda tinha pesadelos, mesmo depois de todos esses anos. Ele ainda estava abalado. Mas ele não sabia o que mais fazer.

Ryan entrou furioso e histérico e saiu sedado e distante. Se ele não tinha superado a morte repentina e inesperada dos pais, pelo menos tinha conseguido enterrá-la. Na experiência de Lance, isso era o máximo que uma pessoa podia esperar.

RYAN ACELEROU A MOTO no estacionamento de Arturo e parou com um guincho. Arturo o cumprimentou com um sorriso amigável.

"Tudo pronto, señor."

Sem dizer uma palavra, Ryan empurrou uma maço de notas de vinte para a frente e arrancou as chaves do Bronco da mão de Arturo.

Ele se virou e marchou em direção ao seu veículo, então parou, voltou-se para Arturo e acenou com a cabeça para os imigrantes que vasculhavam os materiais recicláveis.

"Você não deveria deixá-los fazer isso", disse Ryan. "Isso só os incentiva."

Ryan entrou no Bronco, bateu a porta atrás de si, ligou o motor e levantou poeira ao sair em alta velocidade do estacionamento.

Arturo já tinha ouvido falar sobre transtornos mentais. Ele tinha lido sobre crianças que os cartéis usavam no México. Todas perturbadas pelas coisas que tinham visto e sido forçadas a fazer. Bipolares, antissociais, esquizofrênicas, com TEPT.

As crianças no México recebiam aconselhamento. Talvez o gringo só precisasse de aconselhamento? Arturo sempre via o lado bom das pessoas.

10

D 'Andre estava caminhando com sua bandeja de comida pela lotada cafeteria do colégio quando percebeu uma garota bonita em uma das mesas sorrindo para ele. Ele olhou para trás por cima do ombro enquanto passava, depois sentou-se sozinho em uma mesa. Ele sempre ficava na sua quando Russ não estava por perto.

Ele deu uma mordida no hambúrguer sem sabor que estava em sua bandeja.

"Você está olhando para a minha namorada?", disse Lamar.

D'Andre ergueu os olhos do hambúrguer e olhou para o rapaz corpulento de 18 anos que estava em pé diante dele.

"Eu não sabia que ela era sua namorada", disse D'Andre.

D'Andre voltou calmamente sua atenção para o hambúrguer de carne borrachuda.

"Seu idiota", disse Lamar, afastando-se com arrogância.

D'Andre mastigou a carne plástica. Ele se inscreveria em faculdades em breve. Ele tinha feito as contas. Mesmo com o dinheiro que sua mãe tinha economizado, ele sabia que ainda precisaria de ajuda financeira. Ele tinha aprendido o suficiente durante seu tempo em Englewood para saber que nunca queria ficar sob o domínio de ninguém. E sua mãe poderia fazer muito com aquele dinheiro para si mesma. Tudo o que ela fazia era trabalhar. Ela merecia um pouco de felicidade na vida. Além disso, como ele poderia entrar em uma faculdade decente vindo deste lugar? Ação afirmativa? Dane-se isso. Ele não estava disposto a ser o negro da vitrine de alguma faculdade ou universidade. Um maldito mascote para os brancos se gabarem.

Foi então que Lamar jogou a lata de refrigerante pela cafeteria, acertando D'Andre na lateral da cabeça.

D'Andre não hesitou. Ele pulou da mesa e derrubou Lamar. Todo o refeitório ficou louco enquanto D'Andre espancava Lamar, descarregando sua raiva, dando uma surra nele.

D'Andre teria sido suspenso, mas Lamar se recusou a dizer uma palavra ao diretor. Não foi por qualquer senso de honra, mas por medo de ser rotulado de delator, o que era um destino pior do que a morte naquele bairro.

D'Andre terminou o dia letivo e voltou para o duplex onde morava com sua mãe, Rosslyn.

O cachorrinho da Srta. Evelyn sempre pulava e latia alegremente quando ele voltava da escola. D'Andre não tinha dado um nome a ele. Não achava certo. Não cabia a ele dar um nome.

A mãe de D'Andre deixou um bilhete para ele na geladeira. *"Fui trabalhar no turno da noite. O jantar está na geladeira. Amo você. Mamãe."*

Rosslyn havia sido demitida do seu emprego de assistente social devido a cortes no orçamento. Agora ela trabalhava em uma lanchonete 24 horas, até encontrar algo melhor.

D'Andre abriu a geladeira, pegou um prato de macarrão coberto com molho vermelho e colocou no micro-ondas por três minutos.

A campainha tocou.

"E aí, e aí!", disse Russ quando D'Andre atendeu a porta. "Ali, seu filho da mãe!"

D'Andre parecia confuso.

"Você não viu?", perguntou Russ.

Russ pegou seu celular e reproduziu um vídeo do YouTube em que D'Andre espancava Lamar no refeitório. "Cara. Você está bombando!"

O micro-ondas apitou.

D'Andre dividiu a refeição em duas tigelas e ele e Russ devoraram pequenas porções de macarrão fumegante aquecido no micro-ondas.

Depois de comer, Russ disse que precisava fazer um trabalho para AK e saiu, deixando D'Andre sozinho com o cachorrinho da Srta. Evelyn. D'Andre estava acostumado a ficar sozinho e nunca achou que isso o incomodasse, mas tinha que admitir que estava grato pelo cachorrinho.

Eram duas da manhã quando Rosslyn voltou para casa após o turno. D'Andre ainda estava acordado. Ele já tinha terminado o dever de casa, mas não conseguia dormir, então decidiu começar o da semana seguinte. Não que isso realmente importasse. A maioria das crianças da sua turma não se preocupava em fazer o dever de casa, então o professor nunca verificava.

D'Andre detestava ver sua mãe com o uniforme de garçonete. Rosslyn estava na casa dos quarenta, mas parecia muito mais velha, especialmente depois de um turno noturno.

"Querido? O que você ainda está fazendo acordado?", ela perguntou.

"Não consegui dormir."

"Você comeu?"

D'Andre assentiu. O cachorrinho da Srta. Evelyn estava enrolado em uma bola aos seus pés. Ele havia dito à mãe que o cachorro era um vira-lata que ele havia resgatado.

"Como foi o seu dia?", ela perguntou ao sentar-se à mesa da

cozinha, tirar os sapatos antiderrapantes e massagear a sola do pé direito. "Aconteceu alguma coisa emocionante?"

"Não."

Ela acenou com a cabeça para o livro didático de D'Andre. "O que é isso?"

"Álgebra 2."

"É sexta-feira à noite."

D'Andre deu de ombros.

Ela sorriu. "Estou orgulhosa de você."

D'Andre baixou os olhos.

Ela exalou e levantou-se. "Bem, vou para a cama. Tenho que acordar cedo amanhã."

"Você trabalha demais."

"Estou mandando você para a faculdade. Faça sua parte, eu farei a minha. Combinado?"

D'Andre hesitou. "Sim, mãe."

"Tudo bem, então." Ela mancou até o quarto.

NA MANHÃ SEGUINTE, Russ apareceu com um pouco de lo mein. Sua namorada, Shanay, tinha conseguido recentemente um emprego em um restaurante chinês no Loop, então Russ conseguiu o contato. Ele e D'Andre sentaram-se na sala de estar com pauzinhos e baldes de ostras. O cachorrinho da Srta. Evelyn sentou-se aos pés deles.

D'Andre pegou um pouco de lo mein com os pauzinhos e o moveu no ar. Eles observaram a cabeça do cachorrinho seguir o movimento. Eles riram quando D'Andre fingiu jogar o lo mein e o cachorrinho se virou e procurou por ele.

Finalmente, D'Andre deixou cair o lo mein aos seus pés e observou o cachorrinho devorá-lo.

"Ele é um filhote faminto, não é?", disse Russ.

D'Andre deixou cair mais lo mein. Ele acariciou o cachorrinho enquanto ele devorava a comida. Então o cachorrinho olhou para eles e começou a choramingar.

"Acho que ele precisa fazer cocô", disse Russ.

Eles levaram o cachorrinho para o gramado da frente. D'Andre o colocou na grama.

"Tudo bem. Faça suas necessidades", disse D'Andre.

O cachorrinho cheirou o gramado em círculos.

"Vamos lá, garoto. Caga logo", disse Russ.

Finalmente, o cachorrinho se agachou e D'Andre e Russ comemoraram.

"Isso mesmo, cachorrinho..."

Os tiros os interromperam.

D'Andre contou seis deles.

Ele se jogou no chão, olhou para cima e viu Lamar na calçada, segurando uma .38. Eles se entreolharam, então Lamar se virou e correu pela rua.

D'Andre verificou se tinha ferimentos de bala. Ele ficou surpreso ao não encontrar nenhum.

Então ele viu Russ, deitado de bruços no gramado, seu corpo se contorcendo, sangrando ao lado do cachorrinho assustado da Srta. Evelyn.

11

O sol mal estava nascendo quando Ryan caminhou até o celeiro e começou a carregar o Bronco com armas e munições.

Embora não fosse à igreja desde o funeral dos pais, ele ainda se considerava cristão. Se não espiritualmente, pelo menos socialmente. Enquanto empilhava as armas na parte de trás do Bronco, ele pensou na história de Davi e Golias. E se Davi tivesse sido forçado a entregar suas armas? Onde estaríamos então? Até mesmo a Bíblia era a favor das armas.

Ele foi um dos primeiros a chegar ao centro cívico. Tinha mais mercadoria para descarregar do que a maioria dos outros vendedores. Era conhecido nos círculos das feiras de armas como o Kid devido à sua idade. Eles divertiam-se com o seu entusiasmo por tudo o que fosse relacionado com armas e com o seu espírito empreendedor. Ame o que faz e nunca trabalhará um único dia na sua vida.

Ryan sempre dizia que algumas das melhores pessoas que conheceu estavam nas feiras de armas.

As portas abriram às nove da manhã e as pessoas já estavam esperando.

Ele vendeu um rifle Ruger American para um homem chamado Dan Peterson. Era um presente para o filho do homem. Seu primeiro rifle, para que pudessem caçar juntos.

Wilbert Holland comprou uma Mauser 1896 antiga. Ele era colecionador de armas raras e ficou emocionado com a descoberta.

Ryan recomendou a Ruger LCRx .38 Special para Karla Lane, que procurava algo pequeno o suficiente para caber em sua bolsa, mas potente o suficiente para afastar um agressor quando ela saísse do seu trabalho de garçonete às duas da manhã.

Ele distribuiu seu cartão de visita aos clientes. Apenas seu nome, número de telefone e as palavras inofensivas "Vendas Privadas".

Sua última venda do dia foi pouco depois da hora do almoço, para um cara branco gordinho, com rosto de bebê, óculos e uma tatuagem "We the People" estampada em seu ante-braço carnudo. Ele disse que seu nome era Jesse. "Como Jesse James."

Depois de Jesse, Ryan fechou a loja e passou o resto do dia visitando outros estandes, conhecendo pessoas e distribuindo cartões.

Em todos os outros lugares, Ryan se sentia esquecido e igno-rado. Tratado como um pária, um perdedor, um fracasso. Após a morte de seus pais, ele não conseguia sentir a presença de Deus em lugar algum. Mas aqui, entre pessoas com ideias semelhan-tes, ele sentia um senso de comunidade. Era aqui que ele era feliz.

Esta era a igreja de Ryan.

JESSE LEVOU SUAS compras pelo estacionamento do centro cívico até seu trailer surrado. Ele abriu a porta e colocou as caixas de munição para dentro primeiro.

O trailer já estava cheio de armas de fogo do chão ao teto, mas Jesse sempre conseguia arranjar espaço para mais.

Era tanto a trabalho quanto a lazer. Todos os anos, Jesse tirava férias para viajar pelo país, visitar feiras de armas e estocar munição.

Jesse acrescentou suas últimas compras ao seu inventário. Duas espingardas, algumas pistolas e um AR-15 muito bonito. Ele ficou tão impressionado com o quanto estava bem limpo e cuidado que decidiu guardar o cartão de visita do vendedor. Ryan Sheehan.

Jesse foi para o banco do motorista e ligou o motor. O trailer roncou e saiu do estacionamento. Sua placa de Indiana amassada e enferrujada parecia estar pendurada por um fio.

Jesse decidiu que iria procurar um restaurante para comer algo antes de seguir para o norte. Ainda havia mais algumas feiras de armas que ele queria visitar no caminho de volta para casa.

12

D'Andre comeu cereal. Uma imitação de Fruity Pebbles que cheirava a remédio. Eram seis da manhã e ele não dormia desde o tiroteio. Já fazia dois dias.

Russ ainda estava no hospital. Ele estava em estado crítico, mas estava vivo, então pelo menos isso era bom. Mas essa era a única boa notícia.

D'Andre desejava que Lamar soubesse atirar. Ele desejava que Lamar tivesse acertado ele em vez de Russ, como ele pretendia. Isso teria tornado as coisas muito mais simples. Mas agora, ele sabia, as coisas estavam prestes a ficar muito difíceis.

Rosslyn entrou com seu uniforme de garçonete. Ela olhou para o filho com olhos tristes. "Você dormiu?", perguntou.

"Sim", mentiu D'Andre.

"Você não precisa ir à escola hoje", disse ela. "Eu posso ficar em casa também, se você quiser."

"Vá trabalhar, mãe. Eu estou bem."

"Tem certeza?"

"Não se preocupe. Eu vou para a escola."

Ela deu-lhe um beijo na cabeça. "Graças a Deus que não foste tu."

D'Andre baixou os olhos.

Depois que sua mãe saiu, D'Andre escovou os dentes e vestiu um moletom. Ele colocou a mochila nos ombros, puxou o capuz e se dirigiu para a escola. Ele estava na metade do caminho quando um Chevy Malibu parou ao seu lado e Shanay gritou do banco do motorista. "AK precisa falar com você."

Ela usava grampos no cabelo, calças pretas e uma blusa vermelha chinesa com estampa de flores de ameixa.

D'Andre apertou a alça da mochila nos ombros. "Tenho aula."

Shanay se virou e abriu a porta traseira do Malibu. "Entre no carro, porra."

D'Andre subiu no banco de trás ao lado do bebê de Shanay, Russell Jr., em sua cadeirinha. Shanay dirigiu até uma garagem velha e enferrujada em uma parte abandonada da cidade. Eles saíram do carro e Shanay disse a um dos caras que estava na frente para ficar de olho em RJ. D'Andre manteve a cabeça baixa e a seguiu para dentro.

TODAS AS MANHÃS, Alonso Karr comprava laranjas na loja da esquina. Ele examinava cuidadosamente cada uma delas. Jimmy, o dono da loja de sessenta anos, tinha fama na vizinhança de ser mal-humorado, mas nunca quando AK aparecia. Ele sempre reservava as laranjas mais frescas para ele.

AK perguntou uma vez a Jimmy: "Ei, Jimmy. Por que você não vende produtos orgânicos aqui?"

Jimmy deu de ombros. "Quem vai pagar cinquenta centavos a mais pela mesma laranja? A primeira regra para administrar um negócio é: dê às pessoas o que elas querem."

"Eu entendo", disse AK.

Ele próprio era um empresário. Não se importava com o produto, apenas que vendesse.

AK passava os trinta minutos seguintes a percorrer o seu território. Era o seu habitat e ele era o predador no topo da cadeia alimentar, mas parecia vaguear pelo bairro como um observador triste. A sua ronda terminava sempre na casa do filho da Sra. Simmons. Ela ficava radiante quando via AK. Ele entregava-lhe as laranjas frescas.

"Deus te abençoe, Alonso."

Depois da casa da Srta. Simmons, AK passava por uma série de casas geminadas vazias e indefinidas até chegar à garagem abandonada.

Os funcionários da AK eram quase exclusivamente jovens negros do sexo masculino. Smurf supervisionava-os enquanto eles embalavam crack em frascos. AK conhecia Smurf desde que eram crianças na casa da Sra. Simmons. O seu nome verdadeiro era Chris, mas chamavam-lhe Smurf porque o Adderall que ele gostava de cheirar tornava o seu muco azul.

AK passava alguns minutos circulando pelo andar como um capataz. Seus funcionários o cumprimentavam enquanto trabalhavam. Quando estava satisfeito, ele ia para a sala ao lado, pegava seu Kindle e estudava a tarefa daquela semana da City College of Chicago. Ele estava na metade de um capítulo sobre o Modelo IS-LM, aprendendo como o mercado de bens econômicos interage com o mercado de fundos emprestáveis, quando Smurf acompanhou Shanay e D'Andre até a sala.

AK guardou seu Kindle e gesticulou para que D'Andre se sentasse à mesa, em frente a ele. "Você sabe por que está aqui?"

D'Andre assentiu.

"Que diabos aconteceu?"

D'Andre não conseguiu falar.

"Cara, você precisa de um tradutor?"

D'Andre recuou, depois cuspiu a resposta. "Eu briguei com um cara chamado Lamar na escola. Não foi nada demais, mas ele veio na minha casa, armando confusão."

"O que você disse para o policial?"

"Não disse nada."

"Tem certeza?"

"Juro, AK."

"Esse Lamar anda com o Spooky."

"Que desrespeito, cara!", disse Smurf. "AK, precisamos dar uma lição nesses caras!"

"Então, o que você está esperando?", disse Shanay. "Dê a arma ao cara para que ele possa cuidar do assunto."

Shanay estendeu a mão para pegar a Glock 9 mm que estava sobre a mesa, mas AK a afastou.

"Russ era um dos meus melhores ganhadores", disse AK. "Não basta que um cara tenha se dado mal com isso." Ele se virou para Smurf. "Vai ter churrasco este ano?"

Smurf sorriu. "Não ouvi nada diferente."

"Acho que este é o ano", disse AK.

"Claro que sim!", disse Smurf.

Shanay parecia confuso. "O que você quer dizer com 'churrasco'?"

AK tirou um maço de dinheiro e começou a tirar notas de cem. "Vocês dois vão até Indianápolis comprar armas. Do tipo que quando você atira em um cara, ele não se levanta mais. Glock 22s, AR-15s." Ele entregou o dinheiro a Shanay.

"AK. Que churrasco?", perguntou Shanay.

AK acenou para Smurf.

"Todo dia 4, o Spooky faz um churrasco no Jackson Park com toda a sua turma", disse Smurf.

"Não vamos pegar só esse filho da puta do Lamar", disse AK. "Vamos matar todo o grupo e depois tomar os pontos deles."

D'Andre se mexeu na cadeira. Os olhos de AK se voltaram para ele. Ele conseguia farejar fraqueza como um cão de caça.

"Algum problema, mano?", disse AK.

"Não", disse D'Andre, tentando manter a calma.

"Você está dentro?"

"Estou dentro."

"Então vamos lá."

D'Andre levantou-se da cadeira e dirigiu-se para a porta com Shanay.

"Ei, Nay-nay", disse AK. "Espere um minuto."

Shanay ficou para trás enquanto D'Andre saía da sala.

"Como está o Russ?", perguntou AK.

"Ele atirou. O que você acha?", ela disse.

"E você?"

"Como estou o quê?"

"Como você está?" Ele apontou para sua blusa vermelha com flores de ameixa. "Você está linda como uma gueixa."

"Geisha é japonesa, idiota. Este é o meu uniforme de trabalho."

"Você faz massagens ou algo assim?"

"Eu trabalho em um restaurante."

"Por quê?"

Shanay deu de ombros. "A vadia precisa ganhar a vida."

"Você sabe que eu poderia cuidar de você."

"Não vamos ter essa conversa, AK."

AK estendeu a mão para apalpar o traseiro de Shanay, e ela bateu na mão dele.

"Russ, meu amigo", disse ela.

"Russ, meu mano", ele disse.

"Não. Ele é só a sua desculpa para chegar ao Spooky."

AK sorriu. "Sim. Ele também é isso."

Shanay zombou.

"Mesmo que ele sobreviva, nunca mais será o mesmo", disse AK.

Shanay balançou a cabeça. "Russ vai ficar bem", disse ela e caminhou até a porta.

D'Andre estava esperando na parte de trás do Malibu de

Shanay com RJ. Mesmo sendo apenas um bebê, a criança já se parecia com Russ. D'Andre observou o bebê dormir e ficou triste.

Shanay saiu furiosa da garagem, sentou-se no banco do motorista, olhou para D'Andre e franziu a testa.

"O que você está fazendo no meu carro?", ela perguntou.

D'Andre deu de ombros. "Achei que você fosse me dar carona para a escola."

"Cara, eu tenho trabalho."

D'Andre suspirou e saiu do carro.

"Esteja pronto amanhã de manhã às nove", disse ela pela janela do carro. "Você e eu vamos viajar."

Shanay acelerou.

Gary, Indiana, fica a aproximadamente 40 km de Englewood, Chicago, e a apenas 30 minutos de carro, dependendo do trânsito. É conveniente porque não há lojas de armas em Chicago.

Quando Sal abriu a Patriot Guns em um shopping center na fronteira entre Indiana e Illinois, ele recebeu muitas críticas das autoridades, especialmente dos nazistas da ATF. Principalmente quando suas armas começaram a aparecer em cenas de crime na área de Chicago.

O raciocínio de Sal era: "Não posso ler mentes". Todos os seus clientes eram maiores de idade e passaram pela verificação de antecedentes. Ele estava em total conformidade com a lei. O que eles faziam com as armas depois de saírem da loja não tinha nada a ver com ele.

O que ele deveria fazer? Recusar um cliente porque ele "parecia" um criminoso ou membro de gangue? Como é a aparência de um membro de gangue? Isso não seria perigosamente próximo de discriminação racial?

Sal era policial. Ele detestava a hipocrisia dos liberais. Então, quando a campainha tocou e Shanay e D'Andre entraram em sua loja, ele não fez nenhum julgamento. Para ele, eram apenas mais dois clientes como qualquer outro e ele lhes venderia qualquer coisa que quisessem, dentro dos limites da lei.

"Olá, pessoal", disse Sal com seu melhor sorriso de vendedor. "Como posso ajudá-los hoje?"

Os dois ficaram parados perto da porta, tímidos. "Quero comprar algumas coisas", disse Shanay.

"Claro", disse Sal, entregando-lhe uma prancheta. "Preencha isso, por favor."

Enquanto Shanay preenchia o formulário, D'Andre contemplava os rifles que revestiam as paredes da loja e as várias armas de mão atrás do balcão de vidro. O robusto estoquista estava de costas para ele, empilhando caixas de munição.

Shanay terminou de preencher a prancheta e a devolveu a Sal.

"E sua identidade, por favor."

Shanay entregou a Sal uma carteira de motorista de Indiana.

"Ótimo. Dê-me um minuto para verificar tudo", disse Sal enquanto digitava as informações dela no banco de dados NICS Background Check em seu computador.

"E este é o seu endereço atual?", perguntou Sal.

"Mm-hm."

Após um momento, a verificação de antecedentes deu negativo.

"Ótimo", disse Sal, devolvendo a carteira de identidade. "Está tudo pronto. No que você está interessada hoje?"

"Vou dar uma olhada sozinha", respondeu Shanay.

"Fique à vontade", disse Sal com um sorriso.

Shanay pegou a lista que AK havia escrito para ela e saiu para dar uma olhada na seleção da loja.

Sal olhou para D'Andre. "E você, jovem?"

"Estou bem", disse D'Andre.

"Tem certeza de que não quer pelo menos dar uma olhada?", perguntou Sal, indicando a vitrine com várias armas de fogo. "Você ficaria surpreso com o preço acessível de algumas dessas peças."

"Tenho apenas 18 anos", disse D'Andre.

"Entendo", disse Sal. "Nesse caso, você está restrito a armas longas."

"Armas longas?"

"Espingardas. Rifles."

D'Andre pareceu surpreso. "Posso comprar um rifle?"

"Ou uma espingarda. Sim, senhor", disse Sal, oferecendo uma prancheta a D'Andre.

"Não estou com minha identidade."

Sal franziu a testa e retirou a prancheta. "Legalmente, não posso ajudá-lo se você não tiver um documento de identidade." Então, ele apontou para o seu ajudante. "Mas o Jesse pode."

O estoquista de bochechas rechonchudas virou-se e olhou para D'Andre através dos óculos.

"Oi. Sou Jesse. Como Jesse James", disse ele com um sorriso.

D'Andre achou que a tatuagem "We the People" em seu antebraço parecia fora de lugar. Como uma coleira com pontas em um cachorrinho.

Jesse acompanhou D'Andre pelo estacionamento do shopping até seu trailer.

"Veja, Sal é um revendedor licenciado", disse Jesse. "Ele tem que verificar antecedentes e seguir todas essas outras regras. Mas eu sou apenas um cidadão comum, então posso vender para você sem nenhuma dessas complicações."

Eles entraram no trailer. D'Andre ficou tonto com a quantidade de rifles e espingardas que Jesse tinha guardado ali.

"Isso não é ilegal?", perguntou D'Andre.

"Você está dizendo a verdade sobre ter dezoito anos, certo?"

"Sim."

"Então, isso é totalmente legal", disse Jesse. "Me avise se você vir alguma coisa que goste."

D'Andre não sabia por onde começar. Todas as armas pareciam iguais para ele. Ele não sabia distinguir entre uma espingarda e um rifle. Quando Jesse falava sobre armas de mão, ele usava palavras como .22 LR, .38 Special, .45 ACP. Era como se ele estivesse falando chinês.

Então D'Andre viu o rifle preto. Ele reconheceu o design de filmes como *Scarface, Platoon, Heat*. Aquilo o atraiu como uma luz na neblina. E embora não soubesse o nome, parecia tão familiar e americano para ele quanto torta de maçã.

D'Andre segurou o AR-15 nas mãos.

D'ANDRE E Shanay colocaram as armas recém-adquiridas na parte de trás do Malibu de Shanay. Shanay havia comprado um pequeno arsenal. Cinco rifles, três espingardas, uma dúzia de pistolas e munição par . D'Andre temia que seu AR-15 se perdesse entre as outras armas, então ele viajou com ele no banco da frente.

Cerca de dez minutos depois, eles estavam na I-90 e Shanay encostou no acostamento.

"O que você está fazendo?", perguntou D'Andre.

Shanay pegou um rifle semiautomático do tipo AK-47 no banco de trás. "Venha", disse ela ao sair do carro.

D'Andre relutantemente a seguiu até a floresta ao lado da rodovia.

Ele já tinha ouvido tiros antes, mas nunca tinha disparado uma arma. Ele sabia que os filmes estavam errados. O som era mais parecido com um estalo alto do que com um estrondo. Shanay disparou três tiros em uma árvore. Os carros que passavam pela rodovia nas proximidades abafaram o som. Além disso, não havia mais ninguém por perto para ouvir.

Então foi a vez de D'Andre. Ele levantou o AR-15, sem saber o que esperar.

Ele puxou o gatilho e o cano explodiu. Suas pupilas se dilataram. O oxigênio correu para seus músculos. Seus hormônios dispararam e seu cérebro se encheu de cortisol e adrenalina, serotonina e dopamina. Agressividade e êxtase. O rifle recuou em seu ombro e sua bala rasgou o tronco da árvore.

Ele ficou ali tremendo. As palmas das mãos suadas. O coração batendo forte. Segurando o rifle. Fundindo-se com ele. A sensação... Era divindade.

Enquanto os dois dirigiam o resto do caminho de volta para Chicago, D'Andre não conseguia se lembrar da última vez que se sentira tão relaxado. Ele sentou-se no banco do passageiro e observou o pôr do sol lançar um manto calmante de vermelho e amarelo sobre o Lago Wolf e, por um momento, pareceu esquecer os problemas que o aguardavam na estrada à sua frente.

Shanay olhou para ele por trás do volante. "Sabe, Russ sempre fala sobre você. Como você está sempre lendo e tal. Você já leu O Inferno?"

D'Andre olhou para ela, incerto. "Não."

"Li no ano passado na aula de inglês da Sra. Jackson. É sobre um cara chamado Dante, de antigamente. Ele viu o inferno e escreveu tudo em um poema, para que outros soubessem. Chamou de O Inferno. Só que Dante estava apenas visitando. Ele teve que ir embora. Ir ver o céu e o purgatório também."

D'Andre observou Shanay. Seus traços pareciam mais suaves sob a luz suave e fraca do sol. Ele voltou os olhos para a janela e eles dirigiram por vários minutos em silêncio.

"Você já atirou em alguém?", perguntou Shanay.

D'Andre não respondeu.

"Você nunca disparou uma arma até hoje, não é?"

D'Andre baixou os olhos.

Shanay balançou a cabeça. "Vou falar com o AK por você."

D'Andre sabia que não devia ter esperanças, mas mesmo assim teve.

13

R yan estava no último ano do ensino médio e nunca tinha tido uma namorada. Durante toda a sua vida, ele acreditou que Becky Brock era a pessoa certa para ele. Ela morava na mesma rua do rancho e ele a conhecia desde o jardim de infância. Ela, sua mãe e seu pai costumavam ir à sua casa para churrascos. Becky gostava de ver as vacas e os cavalos, quando eles ainda tinham cavalos.

Eles costumavam fingir que eram animais da fazenda. Mugiam e grunhiam de quatro na grama e, uma vez, quando tinham sete anos, ela meio que lhe deu um beijo grunhido na boca. A mãe dela viu e, depois disso, seus encontros para brincar passaram a ser supervisionados.

Becky se tornou uma bela jovem que não bebia nem fumava, e ele se tornou um adolescente desajeitado que ouvia Papa Roach e Hed PE. As visitas ao rancho pararam e ela se envolveu muito com a igreja batista local.

Ryan foi criado como católico, mas tentou ir à igreja dela uma vez, só para poder continuar fazendo parte do mundo dela. Ela pareceu satisfeita em vê-lo e o cumprimentou calorosamente, mas não se sentou com ele e, depois que o culto terminou, pareceu esquecer que ele estava lá. Ele ficou ali, desajeitado e sozinho, até decidir ir embora. Ele nunca mais voltou.

Ela sempre usava saias longas e blusas que cobriam os ombros. Nunca usava jeans curtos ou tops minúsculos como algumas das outras garotas. Ele gostava disso nela. O fato de ela não deixar ninguém chegar perto dela.

Depois que seus pais morreram, ele reuniu coragem para convidá-la para sair. Ela o rejeitou gentilmente, mas Ryan não desistiu. Ele estava discretamente se guardando para Becky.

Alguns meses depois, ele soube que ela havia sido flagrada beijando e esfregando-se em Chase Hunter no banco de trás do Ford Mustang dele, atrás da escola. Chase era o capitão do time de futebol americano da escola e ele e Becky participavam do mesmo grupo de jovens. Como havia uma barreira de roupas entre eles, tecnicamente não haviam quebrado seus votos de castidade.

Depois que Ryan soube disso, tudo se resumiu a transar. Ele também não teve sorte com isso. O ressentimento pelo sexo oposto cresceu dentro dele como um tumor maligno.

A ÚNICA RAZÃO pela qual Fernanda e Lauren foram ao rancho de Ryan para se divertir foi porque Jeff tinha conseguido um pouco de cocaína. Ou, pelo menos, o que ele pensava ser cocaína. Jeff comprou de um dos cozinheiros mexicanos do restaurante onde trabalhava. Ela brilhava mais do que a cocaína a que ele estava acostumado. Ele tinha ouvido dizer que isso significava que era mais pura.

Ele achou que isso explicava por que ela tinha um efeito tão forte. Por que queimava as narinas daquele jeito.

A metanfetamina produz três vezes mais dopamina no cérebro do que a quantidade equivalente de cocaína. Após a segunda rodada de linhas, os quatro estavam chapados pra caramba.

Jeff e Lauren começaram a se beijar no sofá e, em poucos minutos, Jeff estava em cima dela, com as calças nos tornozelos.

Fernanda tirou a calça jeans e deitou-se no colo de Ryan. Ryan colocou uma linha na bunda dela e cheirou.

Fernanda se virou, pressionou seus lábios abertos contra os dele e enfiou a língua em sua boca. Ryan moveu as mãos para dentro de sua calcinha fio dental e as pressionou no primeiro buraco que encontrou.

Fernanda grunhiu e abriu o zíper da calça dele. Ela o segurou com a mão e esfregou-o como uma barra de chuveiro suja, mas não adiantou.

Ela afastou a boca dele e olhou para ele.

"Você está bem?"

Ryan corou. "É a cocaína."

Fernanda tentou novamente. Mordendo sua orelha. "Me diga o que você gosta, querido", ela sussurrou.

Fernanda entrava e saía de programas de controle da raiva desde os treze anos, quando arrancou o piercing do nariz de uma garota por ela ter dito que a única razão pela qual não era prostituta era porque não cobrava. Ela havia aprendido diferentes maneiras de controlar sua raiva. Exercícios de respiração, meditação, ioga. Ela estava pensando nesses exercícios agora. Estava chapada e com tesão e queria transar com alguém.

Em vez disso, Ryan a conduziu a um escritório com painéis de carvalho e várias vitrines de vidro. Ele disse que era a sala de armas da família Sheehan, um pequeno museu com a coleção particular de armas de fogo da família, de todas as épocas. Fotos dos patriarcas Sheehan, que datavam do século XIX, cobriam as paredes.

Ryan retirou um velho rifle de madeira de uma vitrine. "Rifle americano longo. Por volta de 1777." Ele segurou o rifle com a delicadeza com que se segura um bebê recém-nascido. "Meu antepassado usou este rifle para abater oficiais britânicos na Guerra Revolucionária. Esta arma ajudou a dar origem a esta nação."

Ele cuidadosamente recolocou o rifle no lugar e seguiu para outra vitrine de vidro. "Revólver Colt 1851 Navy." Ele contemplou o revólver atrás do vidro com reverência. "O mesmo modelo que Wild Bill Hicock usava. Só que o dele tinha cabo de marfim."

Então ele se aproximou de outra vitrine. "E esta aqui é a joia da coleção." Sua voz tremia de emoção. Ou talvez fosse apenas o cristal.

Dentro da vitrine havia um rifle Winchester. O nome "Sheehan" estava gravado na coronha. "Rifle Winchester. 'A arma que conquistou o Oeste'. A arma preferida de Jesse James e do meu trisavô, que construiu esta fazenda em 1884. É o rifle dos cowboys, fazendeiros e colonos."

Ryan olhou para a arma com orgulho.

"Você vende essas?", perguntou Fernanda.

"Essas não. Esta é a coleção pessoal da minha família. As que eu tenho armazenadas no celeiro, eu vendo", disse Ryan. "Ah, droga, quase esqueci."

Ryan ergueu uma enorme metralhadora M60. "A mesma arma que o Rambo usava. Legal, né?"

Ela olhou para ele sem expressão, nada impressionada. "Vou fazer outra linha", disse ela e saiu da sala.

No dia seguinte, na escola, Fernanda não falou com ele e, na hora do almoço, ele já tinha ouvido o boato de que não conseguia ficar excitado. Ryan se sentiu violado. Ele tinha deixado aquela vadia entrar na sala de armas da família e, por um segundo, apenas um segundo, fantasiou em atirar nela.

14

D'Andre estava na esquina. Funcionava assim: o cliente pagava na rua e D'Andre recebia o sinal. O estoque ficava escondido nas proximidades. D'Andre preparava o pedido. O cliente se aproximava dele de carro ou a pé e D'Andre entregava o produto. Como no drive-thru do McDonald's.

D'Andre sempre trabalhava uma ou duas horas depois da escola, enquanto sua mãe estava trabalhando no restaurante. Não era pelo dinheiro. O trabalho pagava menos do que o salário mínimo. A verdade era que ele não tinha escolha. Ele precisava permanecer no grupo. Os solitários não duravam muito tempo em seu bairro.

Depois, eles levavam o dinheiro arrecadado naquela tarde e o que restava do estoque de volta para a garagem, onde Smurf se certificava de que não faltava nada.

Você não queria ficar sem nada.

AK e Spooky eram rivais há anos. Seus territórios eram vizinhos, então eles não podiam evitar competir pelo negócio. As coisas estavam relativamente tranquilas até o ano passado, quando AK começou a agir, administrando seus negócios como um CEO e não como um gangster.

Essa era a diferença entre AK e Spooky. Spooky só se importava com a vida; AK se importava com os negócios.

AK estava sempre tentando melhorar a si mesmo. Ele tinha uma filosofia de que todos neste mundo eram melhores do que ele em pelo menos uma coisa. Fosse o CEO de uma empresa da Fortune 500 ou o zelador que limpava seu banheiro. AK acreditava que podia aprender pelo menos uma coisa com cada pessoa que conhecia. Era uma forma distorcida de humildade, mas se parecia altruísta, não era. AK pegava tudo o que podia e nunca devolvia nada. Pelo menos, não a menos que houvesse algo a ganhar com isso.

AK aplicava o que estava aprendendo em seu curso superior para vender um produto melhor por um preço mais baixo. Em pouco tempo, ele estava roubando a clientela de Spooky. Spooky tentou negociar, mas não havia acordo a ser feito. Spooky não tinha nada a oferecer. AK estava tirando Spooky do mercado e Spooky sabia disso. Havia apenas uma maneira de Spooky competir.

Ele tinha que divulgar que a gangue de AK era um bando de covardes. Spooky podia vender um produto inferior, mas tinha que promovê-lo como o único disponível na cidade. Ele tinha que fazer com que as pessoas ficassem com medo de comprar de AK.

Seu soldado Lamar já havia mandado Russ para o hospital e AK ainda não tinha feito nada a respeito. Isso já estava dando o que falar. Quem vai comprar Coca-Cola se a Pepsi vai te dar um tiro? Essa era a última cartada de Spooky.

"Isso não faz sentido", disse Shanay para AK. Ela sabia que Spooky estava morrendo lentamente. Bater nele no churrasco foi uma reação exagerada. Foi um erro. "Você realmente quer que a polícia esteja de olho em você agora, quando está tão perto de conseguir tudo? Porque é isso que vai acontecer no momento em que você começar a atirar no meio do Jackson Park. Quatro de julho, famílias fazendo piqueniques e tudo mais. Eles vão chamar o FBI para te prender."

O problema do Spooky se resolveria sozinho, ela garantiu. Spooky não poderia competir. Tudo o que AK precisava fazer era ser paciente.

"E quanto ao Russ?", perguntou AK.

"Russ concordaria comigo."

AK balançou a cabeça. "Spooky tem falado besteira."

"Deixe-o falar. Você é quem está fazendo ele ganhar dinheiro."

"Meus manos estão prontos para a guerra."

"AK. Você se cerca de homens. Homens só pensam com o pau e com as armas. Você precisa me ouvir. Essa merda vai voltar e te ferrar. Cancele tudo. Você sabe que estou certa."

AK pensou nela. *Você pode aprender pelo menos uma coisa com cada pessoa.* Ela estava certa. Ele estava pensando como um gangster, não como um CEO. Ele decidiu cancelar o assassinato.

SMURF ESTAVA REVISANDO a contagem de D'Andre quando Shanay saiu do escritório de AK. D'Andre tentou não olhar fixamente enquanto ela se aproximava. Ela sussurrou para ele: "Você está bem."

D'Andre sentiu o peito bater forte. Ele queria abraçá-la, levantá-la no ar e agradecer mil vezes. Em vez disso, ele acenou com a cabeça e murmurou: "É isso aí".

O tiroteio começou assim que Smurf terminou a contagem. Mesmo tendo acontecido fora da garagem, D'Andre se abaixou.

"Vaca. O que estás a fazer?", gritou Smurf para ele. "Pega na arma!" Smurf agarrou a sua Glock e correu para a porta.

Era um tiroteio de carro. Quando Smurf saiu correndo da garagem, o veículo dos atiradores já estava no final do quarteirão, fazendo uma curva fechada e desaparecendo de vista.

Três dos homens de AK estavam sangrando na calçada.

Smurf não conseguiu ver a marca ou o modelo do veículo antes que ele desaparecesse, mas todos sabiam quem era o responsável.

AK saiu da garagem e viu os corpos. Agora viria a polícia. AK teria que abandonar o esconderijo.

Spooky tinha ultrapassado os limites. Mexeu com o dinheiro dele.

D'Andre e Shanay observaram AK. Eles sabiam o que ele estava pensando. Todos sabiam por que isso tinha acontecido.

Era porque não tinham respondido pelo Russ. Era porque o Spooky achava que eles eram uns covardes.

Agora AK iria mostrar a ele. Não havia como convencê-lo a desistir. O churrasco estava de volta.

Ninguém escapa do Inferno.

PARTE TRÊS

O BRILHO VERMELHO DOS FOGOS DE ARTIFÍCIO

A investigação das AR-15 em todo o país não revelou nada e havia outras pistas a seguir além de Arianna. Entre as vítimas do tiroteio estavam um traficante de drogas, um grupo de imigrantes indocumentados, um homem muçulmano e uma mulher cujo ex-namorado tinha várias acusações de violência doméstica contra ela. Miranda e Greco tiveram que explorar a possibilidade de que o tiroteio não tivesse nada a ver com Arianna.

Miranda não acreditava nisso. As evidências sugeriam, mas não provavam, que Arianna havia sido baleada primeiro. Portanto, ou ela era o alvo ou foi apenas um ataque aleatório.

Eles decidiram que Greco investigaria as outras pistas, enquanto Miranda iria ao Texas para interrogar a mãe de Arianna. Eles acharam que a mãe se sentiria mais à vontade para conversar com outra mulher.

A mãe de Arianna morava em uma casa térrea de dois quartos, com uma calçada de concreto rachada e descolorida e um quintal de terra batida. Havia cerca de uma dúzia de placas de "Propriedade Privada" penduradas ao redor da pequena cerca de arame.

Quando Miranda chegou, a porta da frente estava entreaberta. Ela bateu, anunciou-se e esperou. Como ninguém respondeu, ela entrou. A porta dava para a sala de estar. O tapete felpudo estava manchado com queimaduras e pontas de cigarro. Mofo preto manchava o canto da sala como algo satânico. O cheiro de bebida velha subia das latas e garrafas velhas espalhadas pelo chão e todo o lugar cheirava vagamente a vômito.

A mãe de Arianna estava desmaiada no sofá, vestindo apenas calcinha e uma camiseta desbotada e grande demais da Disney World. Ela abraçava uma garrafa de tequila pela metade. Era uma mulher gorda, com maquiagem borrada de vários dias.

Miranda vasculhou a casa. Na cozinha, os pratos estavam empilhados na pia. O piso de cerâmica estava coberto de bitucas de maconha e, bem, baratas comuns. O quarto principal era um depósito de roupa suja e cheirava a odor corporal e urina.

Acima da cama, havia uma versão da bandeira americana com estrelas azuis sobre fundo branco e listras vermelhas e brancas verticais em vez de horizontais.

Ela tentou abrir a porta do que supunha ser o quarto de Arianna, mas estava trancada. Uma luz vermelha escura brilhava através da fresta da porta. A maçaneta tinha uma fechadura com trava de mola.

"Tem alguém aí?"

Como ninguém respondeu, ela tirou um cartão de crédito da carteira e o deslizou entre a porta e a moldura, destrancando a fechadura. Ela girou a maçaneta e abriu a porta.

A câmara escura tinha fileiras e mais fileiras de fotografias penduradas em prendedores de roupa, como se fossem roupas lavadas no domingo. Mulheres amarradas com tiras de couro ou cordas. Calcinhas amassadas ou mordaças enfiadas em suas bocas. Chicotadas ou arrastadas por coleiras como cães.

Miranda voltou para a mãe desmaiada de Arianna.

"Você é Cecilia Hernandez?", perguntou ela. "Anteriormente Cecilia Barros?"

Os olhos de Cecilia se abriram e, quando ela viu Miranda, rapidamente se sentou. "Quem é você?"

Miranda mostrou seu crachá. "Agente especial Miranda Lopez. ATF."

De repente, ela ficou completamente acordada. Parecia assustada. "Você não pode estar aqui."

"Estou investigando o assassinato da sua filha."

"Você precisa ir embora. Se ele te vir..."

"Você está se referindo ao seu namorado? Você ainda mora com Elián Killington?"

Ela parecia aterrorizada. "Por favor, vá embora."

Miranda apontou para a câmara escura.

"Isso é obra dele? Não é exatamente Norman Rockwell."

"Oh, Deus."

Um Honda surrado estava estacionado sob a garagem com treliça do lado de fora. Ele tinha uma placa caseira que dizia apenas "ISENTO". Sem identificação estadual ou número de registro.

Miranda encontrou Killington no jardim da frente. Ele não era o que ela esperava. Tinha barbicha, usava óculos redondos e um gorro de malha. Parecia qualquer outro aspirante a artista.

Elián era filho ilegítimo de um rico empresário do Texas e de uma prostituta mexicana. Miranda verificou sua ficha criminal antes de partir para o Texas. Ele tinha uma série de prisões por drogas e violência doméstica.

"Sr. Killington?"

Elián fez uma careta. "Esta é uma propriedade privada."

"Sou a agente especial Miranda Lopez, da ATF." Ela mostrou seu crachá.

Seus olhos se voltaram para Cecilia e ela recuou.

"Estou investigando o que aconteceu com Arianna."

Com isso, Elián se acalmou um pouco. Ele pegou casual-mente uma Magnum .357 do banco do passageiro de seu Honda. Miranda ficou tensa.

"Entre", disse ele.

Uma vez dentro, Elián colocou a Magnum em uma mesinha lateral e sentou-se na sala de estar com Miranda. Ele respondeu a todas as perguntas dela. Era a mesma história. Arianna era rebelde quando era mais jovem, depois se envolveu com aquela igreja e se mudou para Los Angeles.

Então Miranda chegou ao que realmente queria perguntar a ele.

"Sr. Killington. O que você faz da vida?"

"Sou fotógrafo e cineasta."

"Eu vi alguns dos seus trabalhos."

"É uma nova série em que estou trabalhando."

Ele recostou-se na cadeira e cruzou as pernas. "Você sabe como os franceses chamam o orgasmo?", perguntou ele.

"Não sei."

"La petite mort. Significa 'a pequena morte'. A ideia é que, no auge do orgasmo, a pessoa sente essa sensação de transcendên-cia, de morte." Ele olhou nos olhos dela.

"Onde você estava na noite em que Arianna foi morta?"

"Eu estava fazendo o casting do meu próximo filme."

"Onde?"

"Aluguei um quarto no Hampton Inn. Fiquei lá a noite toda."

"Tem alguém que possa confirmar isso?"

"O recepcionista. E uma série de atrizes que vieram para o teste."

"Você tem uma lista com os nomes delas?"

"Sim." Ele descruzou as pernas e se inclinou para a frente. "Você já pensou em ser atriz?"

Miranda lançou-lhe um olhar *do tipo "está falando sério?".*

"Acredito que a pornografia é a forma de arte mais verdadeira. O que poderia ser mais primitivo? Mais honesto? Mais nu? Você sabe, *Garganta Profunda* foi um marco do cinema pornográfico. Quero que meu filme seja uma homenagem a isso. Chama-se *Hole*. É sobre uma mulher que não consegue ter orgasmo, por mais que tente, por mais que transa com pênis e vaginas. Então, nossa heroína vai ao médico e ele descobre essa anomalia fisiológica. O clitóris da mulher está no ânus.

"Entende, é sobre os Estados Unidos. A única maneira dessa putinha conseguir gozar é fazendo sexo anal, algo que ela nunca fez antes, algo que ela nunca quis fazer antes. Mas agora, se ela quiser algum tipo de alívio, entende, ela tem que fazer isso. Muito. Muito sexo anal. Ela simboliza os Estados Unidos e como todos nós estamos levando no cu e o que podemos fazer?"

Ele fez uma pausa e esperou pela reação dela e, quanto mais esperava, mais Miranda tinha certeza de que ele não estava brincando com ela.

Em seu primeiro ano na aula de Arte Moderna na Cal State LA, ela se lembrou de seu professor perguntando à turma: "Existe arte ruim?" Ele tinha feito a pergunta retoricamente, mas ela sabia agora que a resposta era sim. Definitivamente sim.

Ela deixou o momento passar.

"Você já tirou alguma foto da Arianna?", ela perguntou.

"Você está louca?", ele disse, inclinando a cabeça. "Claro que tirei." Ele se levantou, caminhou até uma estante, pegou um álbum de fotos antigo e o entregou a ela. "Ela era uma das minhas modelos favoritas."

Miranda sentiu um mal-estar no estômago. Abriu o álbum de fotos lentamente.

Dentro dele havia fotos saudáveis de Arianna e sua mãe na praia, no parque, à beira de um lago. Havia outras modelos também. Noivas e noivos. Casamentos. Tudo feito com bom gosto e profissionalismo.

"É meu portfólio para meu negócio de fotografia de família e casamento. Ei, até Andy Warhol trabalhou com publicidade comercial antes de fazer *Blow Job*."

Após sua reunião com Elián, Miranda dirigiu até o Hampton Inn em McAllen para verificar seu álibi. O gerente tinha um registro de sua estadia e se lembrava bem dele, principalmente por causa de todas as mulheres que iam e vinham.

Miranda ligou para cada uma das mulheres que fizeram o teste e montou uma linha do tempo. Elián ficou no hotel até as cinco da manhã.

Não é de se admirar que Arianna tenha fugido do Texas para se juntar a uma seita. Mas ele tinha um álibi. Elián Killington pode ter sido um pervertido psicótico, mas estava a 2.400 km de distância quando Arianna foi morta.

Ryan esperou meses pelo lançamento da próxima geração da Glock e, quando o dia finalmente chegou, ele foi um dos primeiros da fila. Ele estava esperando do lado de fora da loja de armas quando seu celular tocou.

"Alô?"

"Estou procurando Ryan Sheehan", disse uma voz rouca com um leve sotaque texano.

"É ele mesmo."

"Meu nome é Chip. Peguei seu cartão na feira de armas na semana passada. Estou interessado em fazer uma compra."

"Está procurando algo em particular?"

A voz fez uma pausa. "Você poderia dizer que é mais um daqueles negócios do tipo 'saberei quando vir'."

"Sem problema. Você pode vir hoje, se quiser." Ele deu ao interlocutor o endereço da fazenda e combinou de se encontrar com ele a qualquer hora depois do meio-dia.

Ryan tinha acabado de começar a praticar tiro ao alvo com sua nova Glock quando uma picape vermelha entrou no rancho por volta das 12h15. O motorista era negro. Ele saiu do caminhão. Era baixo, mas não diminuto. Tinha um corpo esguio e traços bem definidos. Ryan podia ver por que as mulheres o achavam bonito.

Ele usava um chapéu de cowboy, uma camisa western, jeans escuros justos e botas de cowboy. Ryan sempre achou engraçado ver cowboys negros, principalmente porque estava acostumado com os filmes de John Wayne e Clint Eastwood. Ele não tinha nenhum problema com isso. Ora, ele adorava Morgan Freeman em *Os Imperdoáveis*. Ele guardou sua Glock no coldre quando o homem se aproximou.

"Chip?", perguntou Ryan.

"Sim, senhor."

"Ryan Sheehan."

"Prazer em conhecê-lo."

Eles apertaram as mãos.

"Por aqui."

Ryan levou Chip até o celeiro. Chip assobiou quando viu o estoque de Ryan.

"É tudo usado, mas eu testo e retesto cada peça. Tenho muito orgulho do meu estoque. Você não vai encontrar nada de ruim aqui."

Chip assentiu.

"Então, por onde você quer começar?", perguntou Ryan.

"Quanto você acha que tudo isso vale?"

Ryan deu de ombros. "Bem, eu tenho cerca de trinta rifles, vinte e poucas espingardas e cerca de trinta pistolas e revólveres diversos, da última vez que verifiquei."

"Vou lhe dar cinquenta mil dólares."

Ryan não tinha certeza se tinha ouvido direito.

"Como assim?"

"Cinquenta mil dólares por tudo."

Chip estacionou sua picape no celeiro e Ryan ajudou a carregar as armas na caçamba. Ele estava cinquenta mil dólares mais rico e Chip tinha poder de fogo suficiente para armar uma pequena rebelião.

"Como você entrou nesse ramo?", perguntou Chip.

"Bem, venho de uma família de soldados, senhor", disse Ryan. "Meus antepassados lutaram em todas as guerras desde a Revolução Americana."

"E você?", perguntou Chip.

"Eu sou um tipo diferente de soldado."

"Como assim?"

"No momento, nosso país está envolvido em várias guerras", disse Ryan. "Existem as guerras óbvias. As que estão sendo travadas no exterior contra os muçulmanos. Depois, há a guerra em casa. A que está sendo travada contra a verdadeira América."

Chip pensou sobre isso por um momento e disse: "O que você vai fazer no resto da tarde?"

"Por quê?"

"Acho que há alguém que você deveria conhecer."

Chip fez Ryan colocar um saco na cabeça. Ryan teria protestado, mas o cara acabara de lhe pagar cinquenta mil dólares, além do que isso dava ao todo um ar bem legal de mistério e suspense. Além disso, Ryan estava morrendo de curiosidade para ver o que Chip tinha para lhe mostrar.

Ele estava sentado no banco do passageiro da picape. Chip estava ao volante. Ele percebeu que eles tinham entrado em uma estrada de terra alguns quilômetros atrás. A picape balançava e sacudia ao longo do caminho.

Logo, Ryan ouviu o som distante de tiros de rifle. Estavam se aproximando. Eles finalmente pararam e Chip disse a Ryan que ele podia tirar o saco da cabeça.

Eles estavam na remota região selvagem do Arizona. Carvalhos Emory e ciprestes do Arizona cercavam um acampamento à beira do lago.

"Bem-vindo ao complexo de treinamento Lord's Predators, filial do Arizona", disse Chip.

Quando Ryan e Chip saíram da picape, homens e mulheres vestidos com balaclavas e uniformes camuflados começaram a descarregar as armas da caçamba do caminhão. "Por aqui", disse Chip. Ryan o seguiu pelo complexo. O estrondo dos tiros encheu o ar como uma doce sinfonia. Homens e mulheres em uniformes camuflados estavam alinhados à beira do lago, atirando com rifles e pistolas em alvos.

No pátio de musculação, membros da milícia levantavam pesos, socavam sacos pesados ou atravessavam barras de macaco.

"Praia dos Musculosos", disse Chip com um sorriso malicioso.

Havia um labirinto de compensado. Ryan observou uma equipe de membros da milícia ensaiar movimentos pela estrutura, limpando salas, encontrando esconderijos e dando cobertura uns aos outros.

"Aqui é a 'casa da morte'", disse Chip. "Nós a usamos para treinamento de guerra urbana."

Mais adiante, Ryan viu um homem em um gi dando uma aula de artes marciais. "E chamamos isso de 'dojo'", disse Chip.

No centro do acampamento, trailers estavam dispostos em círculo ao redor de uma velha cabana de caça, que parecia ser o quartel-general do grupo. Os membros da milícia se reuniram lá e Chip apresentou Ryan a todos. Eles o cumprimentaram com cautela. Relutantes em tirar seus cachecóis ou balaclavas ou usar seus nomes reais.

Às cinco horas, todo o treinamento foi interrompido e toda a unidade se aglomerou ao redor da cabana de caça. Eles ficaram completamente em silêncio.

John Wilcox era um homem branco na casa dos cinquenta, com cabelos grisalhos. Apesar do clima árido do Arizona, ele usava um boné, jaqueta xadrez de caça, calças de tweed e tênis New Balance brancos. Se ele fosse um coquetel, seria um Evan Williams duplo com um toque de uísque single malt Highland de dezoito anos. Ele subiu na varanda da cabana de caça como se fosse o general Patton.

"Eu acredito nos Estados Unidos", disse Wilcox. "Também acredito que um governo sem controle corre o risco de se tornar uma ditadura. Sou cristão e acredito que os Estados Unidos são uma nação cristã, governada pelas leis de Deus.

"O governo federal nos diz que podemos matar bebês no útero, que um homem pode se deitar com outro homem, mas não faz nada a respeito da invasão que nosso país está enfrentando vinda do sul e do Oriente Médio. O inimigo está ao nosso redor!"

Houve gritos, aplausos e aplausos furiosos.

"Não acredito em ceder ao que é politicamente correto ou ao menor denominador comum do que o governo federal considera aceitável. Acredito em dizer a verdade ao poder. Os terroristas são muçulmanos. Os cartéis de drogas são mexicanos. E a Bíblia é a única lei verdadeira. E não dou a mínima para o que os fanáticos liberais e os capangas do governo têm a dizer sobre isso! Agora, quem está comigo?"

A multidão se inflamou como livros em uma fogueira.

Ryan virou-se para Chip, com os olhos brilhantes. Ele só tinha uma pergunta.

"Como faço para me juntar a vocês?"

17

N as semanas que antecederam o 4 de julho, D'Andre aproximou-se de AK.

Ou melhor, AK o manteve por perto. Fazendo-o sentir como se fizesse parte do círculo íntimo. Ele queria ter certeza de que D'Andre não iria desistir dele.

Para que a turma não perdesse prestígio, era importante que fosse D'Andre quem pegasse Lamar. D'Andre tinha que vingar Russ pelas balas que eram destinadas a ele.

Então, D'Andre passou a maioria das noites na garagem e AK fez tudo o que pôde para doutriná-lo.

Ele experimentou cerveja. Ele experimentou maconha. Ele experimentou mulheres. Mulheres de má reputação, mas mulheres. Mas o que realmente interessava a D'Andre eram os estudos de AK.

AK dava-lhe palestras durante horas sobre comportamento organizacional, marketing, contabilidade, finanças, estratégia e gestão de operações.

Caramba, AK estava começando a gostar do garoto.

Uma noite, o vereador democrata Charlie Yu apareceu no noticiário local.

"A segunda emenda diz: 'Uma milícia bem regulamentada, sendo necessária para a segurança de um Estado livre, o direito do povo de possuir e portar armas não será infringido'. Repito: 'Uma milícia bem regulamentada'", disse ele. "Nos dias dos nossos pais fundadores, os cidadãos tinham garantido o direito de portar armas apenas para uso da milícia. Hoje, temos a Guarda Nacional, tornando a Segunda Emenda irrelevante. A Segunda Emenda não garante o direito individual de portar armas, e é por isso que todas as armas de fogo civis deveriam ser proibidas."

AK riu e balançou a cabeça para Yu na televisão. "Esse cara."

Na noite seguinte, Yu foi ver AK e AK deixou D'Andre participar da reunião.

"Estou cansado de ir a Indianápolis para comprar equipamento civil. Preciso daquele material militar", disse AK.

Yu simplesmente acenou com a cabeça.

Uma semana depois, chegou uma remessa de caixotes da Indonésia.

18

R yan tinha ouvido os rumores sobre os irmãos de Arturo. Como eles importavam drogas para o cartel de Sinaloa. Mas Arturo era um membro respeitado da comunidade. Segundo todos, ele era trabalhador e honesto.

Era o que todos diziam sobre Gus Fring em Breaking Bad, pensou Ryan.

Passava pouco das 22h e Ryan estava vigiando em seu Bronco em frente à garagem de Arturo, bebendo uma garrafa de Wild Turkey. Ele podia ver a silhueta de Arturo na janela do escritório. Ele estava terminando de atender um cliente. Um imigrante ilegal, provavelmente.

Ryan podia contar nos dedos das duas mãos o número de pequenas empresas americanas que ele tinha visto surgir e desaparecer ao longo dos anos. Arturo podia ter nascido nos Estados Unidos, mas isso não significava que ele não fosse o inimigo.

Como diabos aquele pequeno latino conseguiu vencer as adversidades? Ele não poderia ter conseguido. Não sem trapacear.

Todos aqueles mexicanos sempre indo e vindo. Ryan tinha certeza de que ele usava mão de obra ilegal, roubando empregos americanos, e todos os mexicanos em três condados eram seus clientes. Ele levou todas as outras oficinas próximas à falência, esse pequeno imigrante ilegal.

Não estava certo.

Era antiamericano.

E isso era antes de qualquer trabalho que ele ainda estivesse fazendo para o cartel. Arturo pode ter enganado todo mundo, mas não Ryan.

Os dois irmãos do cara eram membros do grupo do crime organizado mais violento e implacável do planeta, mas ele era um angelical? Dá o fora daqui. Se você acreditou nisso, Ryan tinha areia em Sonora para te vender.

"O inimigo está ao nosso redor." Ryan repetia isso como um mantra enquanto o último cliente da noite de Arturo se mandava.

Arturo começou a fechar o estabelecimento.

Quando Ryan entrou, a campainha da porta tocou e Arturo levantou os olhos do seu trabalho e estava prestes a dizer a quem quer que fosse que estava fechado quando reconheceu Ryan e sorriu.

Foi quando Ryan atirou nele.

A bala atingiu Arturo no quadril e ele gritou e caiu no chão.

Ryan parecia tão chocado quanto Arturo. Ambos levaram um momento para processar o que acabara de acontecer.

Então Arturo começou a rastejar. Desesperado. Aterrorizado.

Ryan observou o sangue escorrer pelo chão de linóleo em seu rastro.

Arturo encolheu-se num canto da sala. Não tinha para onde ir. Ele choramingou: "Por favor, señor. Não me mate. Tenho uma filha. Não me mate. Quero ver minha filha novamente. Por favor."

Ryan não gostava do que ele estava dizendo. Para fazer isso, Ryan precisava que Arturo fosse uma única coisa. Não um pai.

Não uma vítima. Não uma *pessoa*. Ele precisava que ele fosse uma única coisa: o inimigo, e nada mais.

Porque isso era guerra.

"Cale a boca."

"Por favor. Foi só um acidente. Eu não vou contar. Não vou dizer nada."

Então Arturo começou a chorar e isso foi demais.

"Minha filha..."

Ryan atirou no corpo de Arturo até ele ficar quieto. E então tudo ficou terrivelmente silencioso.

O aroma de nitroglicerina e o cheiro metálico do sangue pairavam no ar. A colônia da morte. Ele deixou que o aroma o envolvesse, *penetrasse* nele.

Ele havia matado pelo seu país. Agora ele era um soldado.

É isso que eu sou, e é isso que sempre fui, pensou ele.

Ele estava estranhamente calmo. Desligado.

Ryan voltou para John Wilcox e foi formalmente admitido na milícia Lord's Predators.

19

Wilcox estava orgulhoso de Ryan e isso deixava Ryan feliz. Eles caminhavam juntos à beira do lago. Ryan não precisava mais usar um saco na cabeça quando ia ao complexo.

Já fazia três semanas desde o assassinato de Arturo. A investigação continuava, mas a polícia não conseguia encontrar motivos para alguém querer matá-lo. Todos amavam Arturo. Eles não sabiam por onde começar.

Ryan passava cada minuto que podia no complexo da milícia. Ele frequentemente desaparecia do rancho por dias a fio. Lance não fazia ideia de para onde seu neto estava indo. Ele não entendia Ryan; não sabia como se comunicar com ele e era inútil tentar discipliná-lo. Então, Ryan ia e vinha como bem entendia. Ele parecia feliz e não voltava para casa com marcas estranhas, cheirando a bebida e fezes de vaca, então Lance considerou isso uma vitória.

"Por que celebramos o rei Davi?", perguntou Wilcox a Ryan enquanto passeavam à beira do lago. "Porque ele matou Golias e libertou os israelitas dos tirânicos filisteus", respondeu Wilcox. "O que quero dizer é: existem as leis dos homens e as leis de

Deus. As leis de Deus são as que levantaram os Estados Unidos das cinzas da tirania inglesa. E são as leis dos homens que estão violando o país hoje."

Ryan assentiu, absorto e reverente.

"Seus ancestrais lutaram por este país. Eles deram suas vidas. Foi por isso que eles lutaram? Cabe a nós honrá-los. Continuar o legado deles", disse Wilcox. Ele colocou a mão no ombro de Ryan e olhou fixamente nos olhos dele. "Nunca se esqueça do preço da liberdade."

Ryan ficou com arrepios.

Ryan nunca tinha sido atlético, nem nunca tinha tido qualquer interesse em esportes, além da caça e do tiro competitivo, mas depois de algumas semanas com a milícia, sentiu que poderia ter jogado futebol americano universitário.

Todas as manhãs começavam com um aquecimento de alta intensidade. Quinze minutos de joelhos altos, polichinelos rápidos, chutes para trás, burpies, agachamentos com salto, flexões e barras. Em seguida, passavam para uma hora de treinamento de combate corpo a corpo. Boxe, muay thai e judô.

O resto do dia era dedicado ao treinamento tático com armas de fogo.

Após seis semanas, Ryan foi certificado e designado para uma unidade de patrulha de fronteira. Na noite em que foi certificado, Ryan ficou do lado de fora da cabana com os outros, ouvindo outro sermão de Wilcox.

"Uma milícia bem regulamentada, sendo necessária para a segurança de um Estado livre, o direito do povo de possuir e portar armas não será infringido." Repito: "o direito do povo de possuir e portar armas não será infringido".

"As milícias cidadãs foram o que conquistaram a independência americana do rei George. E como os colonos sobreviveram aos nativos, animais selvagens e bandidos na fronteira selvagem? Este país foi construído pelos americanos e suas armas.

Como Thomas Jefferson disse uma vez: 'A árvore da liberdade deve ser renovada de tempos em tempos com o sangue de patriotas e tiranos'. Não se enganem, meus irmãos e irmãs. Estamos chegando a uma nova revolução."

Está chegando? Merda. A revolução já havia começado.

20

Na noite de 3 de julho, D'Andre voltou para casa da casa de AK e deixou o cachorro sair. Ele observou pela janela com seu AR-15. A arma o fazia se sentir seguro.

Depois que o cachorro terminou o que tinha que fazer, D'Andre abriu a porta e o chamou de volta para dentro. Ele levou o cachorro para o quarto e colocou o AR-15 debaixo da cama. Então, deitou-se no colchão, acariciou o corpinho quente e peludo do cachorro e aceitou o fato de que, amanhã a esta hora, ele seria um assassino ou estaria morto, ou ambos.

Na manhã seguinte, D'Andre visitou Russ no hospital pela primeira vez. Já fazia mais de dois meses desde que ele havia sido baleado. Várias cirurgias e complicações médicas prolongaram sua internação. Russ estava deitado em sua cama, conectado a uma rede de tubos intravenosos e fios de monitoramento.

"D'Andre?", disse Russ. "O que você está fazendo aqui? Você deveria estar por aí se embriagando!"

"Não estou com sede", disse D'Andre, sem conseguir olhar nos olhos de Russ.

Russ levantou o punho fraco. "Feliz Quatro de Julho, amigo."

D'Andre respondeu com um toque de punhos. "Feliz Quatro de Julho." Ele sentou-se ao lado da cama de Russ. "Como você está se sentindo?"

Russ deu de ombros. "Estou bem."

"Você sabe quando vai sair?"

"Merda. Quem sabe?", disse Russ. "Acho que vou ver os fogos de artifício da minha janela."

D'Andre balançou a cabeça. "Se ao menos aquele cara soubesse atirar."

"E aí?

"Você não estaria aqui."

"Não. Você estaria aqui ou no necrotério. Cara, você sabe que sou mais durão do que você", disse Russ com um sorriso malicioso.

Os olhos de D'Andre se encheram de lágrimas.

"Lamar está enlouquecendo", disse Russ. "Mas vou dar um jeito nele assim que sair desta cama de hospital. Pode acreditar."

"Falei com o AK", disse D'Andre.

"O que ele disse?"

D'Andre ficou curvado como se tivesse levado um soco no estômago. Russ fingiu não notar.

"Vou sair logo. Vou dar um jeito no Lamar. Diga isso ao AK", disse Russ.

D'Andre balançou a cabeça. "O 4 de julho é a única ocasião em que toda a turma do Spooky se reúne abertamente. Não vamos apenas eliminar o Lamar, vamos acabar com toda a gangue do Spooky."

Russ endureceu o rosto.

"Eu cuido do Lamar", disse ele. "Você não vai fazer nada, mano."

Uma lágrima escorreu pelo rosto de D'Andre e ele imediatamente se envergonhou por ter demonstrado emoção. D'Andre se levantou.

"Ei, D. Espere", disse Russ.

D'Andre recuou em direção à porta.

"Não faça isso, D'Andre! Esse cara é meu!", disse Russ enquanto D'Andre saía correndo pela porta.

Já FAZIA MUITAS semanas desde a morte de Arianna e Marco Barros estava visivelmente calado, mas na manhã de 4 de julho, ele divulgou uma declaração condenando a violência armada sem sentido, mas reafirmando sua posição sobre o direito ao porte de armas e seu apoio à NRA.

"Se minha pobre filha estivesse armada naquela noite, provavelmente ainda estaria viva hoje", disse ele.

Miranda estava tomando café da manhã no Hilton em Houston, Texas, quando leu a notícia no site da CNN. Ela quase se engasgou com o café. Como ele podia dizer isso? O que diabos ele estava tramando?

É verdade que ele estava com baixa popularidade nas pesquisas antes da morte de Arianna. Os texanos achavam que ele havia ficado rico demais, velho demais e moderado demais. Ainda não se sabia como a morte de sua filha afetaria sua base eleitoral.

Mas isso...

Isso era um sacrilégio.

O poder significava tanto assim para ele? Políticos. Sociopatas malditos. Todos. Sem exceção.

Miranda pagou a conta e saiu antes que trouxessem a omelete que ela havia pedido. Ela havia perdido o apetite.

Ela estava em Houston para as reuniões e exposições anuais da NRA. Ela iria se encontrar com Jimmy McClean, que iria apresentá-la a Paul Atkin. Ele era o diretor executivo do Instituto de Ação Legislativa da NRA. Ela esperava que ele pudesse ajudá-la a encontrar algumas pistas.

Ela chegou à convenção, mostrou suas credenciais e foi revistada pela segurança. Ela sempre achou engraçado que esses eventos tivessem uma política de "proibição de armas de fogo externas".

Ela passou pelos detectores de metal e entrou no salão de exposições. Representantes de fabricantes de armas operavam estandes, exibindo seus produtos.

Ela observou as diferentes estratégias de publicidade. Alguns fabricantes se apresentavam como a última novidade. Seus representantes falavam com os consumidores como Steve Jobs em uma conferência da Apple. Profissionais e elegantes.

Outros administravam seus estandes como comerciais de cerveja ao vivo. Mulheres peitudas, vestindo tops curtos e justos e shorts camuflados, exibiam rifles e pistolas. "Garotas do estande" foi como ela ouviu um homem se referir a elas.

Em um dos estandes, ela observou uma menina com seu pai. A menina não devia ter mais de dez anos. Ela examinou as diferentes pistolas coloridas e os vários padrões. Zebra, chita, pele de cobra, crocodilo. Ela ficou boquiaberta diante de uma Glock 42 rosa neon e implorou ao pai para comprá-la para ela. A arma em miniatura era do tamanho perfeito para suas mãozinhas.

Miranda encontrou Jimmy McClean em uma sala de reuniões. "Que diabos Marco está pensando ao fazer declarações como essa?", disse ela.

"Como você acha que conseguiu essa reunião? É assim que funciona", disse McClean.

Enquanto esperavam por Paul Atkin, ela deu a McClean uma atualização e ele não ficou muito entusiasmado.

"A investigação esfriou?", perguntou ele.

"Esfriou? Nunca esquentou."

McClean parecia doente. Miranda realmente sentiu pena dele. "Mas essa reunião poderia ajudar muito", disse ela.

Paul Atkin entrou na sala. Ele era alto e magro, com cabelos escuros e espessos que estavam começando a ficar grisalhos nas têmporas. Ele usava um terno caro feito sob medida e um sorriso de um milhão de dólares. "Desculpem pela demora", disse ele.

McClean apertou sua mão. "Paul, esta é a agente especial Miranda Lopez, da ATF. Miranda, Paul Atkins, diretor executivo do Instituto de Ação Legislativa da NRA."

Miranda apertou a mão dele. "Prazer em conhecê-lo."

"Igualmente. Vamos?"

Sentaram-se à mesa de reuniões.

"Não é preciso dizer que estamos todos consternados com o que aconteceu com a filha do senador Barros."

"E agradecemos muito sua ajuda, Paul", disse McClean.

"Com certeza. Tudo o que pudermos fazer."

"O atirador tinha poder de fogo", disse Miranda. "Ele pode ser um membro."

Paul deu de ombros. "É possível."

"É provável", disse Miranda.

Paul olhou para ela com os olhos semicerrados. "Ok."

"A NRA recebe milhares de cartas e e-mails de seus membros", disse Miranda. "Preciso ter acesso a tudo o que mencionar Barros."

Paul bufou. "É um pedido e tanto."

"Qualquer coisa que você puder fazer para ajudar, certo?"

"Você sabe que não posso compartilhar as informações dos nossos membros."

Miranda franziu a testa. "Você não quer nos ajudar a capturar essa pessoa?"

"Claro. Mas não recorrendo a 'buscas e apreensões injustificadas'."

"Isso não é política", disse Miranda.

Paul inclinou a cabeça. "Tudo é político."

Após a reunião, Miranda estava furiosa. "Você me disse que faria o que fosse necessário. Prometeu que enfrentaria eles."

"Eu vou", disse McClean. "Mas você não pode atravessar uma ponte queimando-a. Deixe-me trabalhar nele."

Miranda balançou a cabeça.

"Por favor. Não desista", disse McClean. Sua voz estava embargada pela emoção. "Isso não tem a ver com a NRA, nem com política, nem com você, nem mesmo comigo. Tem a ver com Arianna. Eu imploro. Por favor, não desista dela."

Miranda encontrou seu olhar dolorido. Pobre coitado. Jesus. Ela estava realmente começando a gostar dele?

Miranda foi ao bar do hotel. Ela nunca foi muito de beber, mas depois daquela reunião, ela precisava de um coquetel. Além disso, era 4 de julho.

O JACKSON PARK ESTAVA LOTADO. Chicago era uma cidade muito fria na maior parte do ano, então, quando fazia calor, os moradores aproveitavam.

Corredores corriam, cachorros brincavam, pessoas jogavam beisebol, frisbee ou futebol. Lamar estava com seus amigos, rindo e conversando. Uma garrafa de cerveja em uma mão, passando um baseado com a outra. Spooky era o mestre da churrasqueira, com seus 136 kg, preparando cachorros-quentes, hambúrgueres e asinhas de frango para seus soldados.

O ELEMENTO SURPRESA ERA TUDO.

Ryan observava os ilegais a cerca de cem metros de distância.

Ele podia vê-los, mas eles não podiam vê-lo. Estava quase 38 graus, mesmo com o sol se pondo no céu do Arizona. Eram pontos pretos distantes se movendo em fila sob o sol escaldante. *Como formigas sob uma lupa*, pensou ele.

O esquadrão de Ryan era composto por ele e outros dois membros da milícia. Um homem com uma sobremordida e uma mulher com uma trança tão apertada que parecia prestes a arrancar seu couro cabeludo. O grupo temia que seu SUV pudesse revelar sua aproximação. Os migrantes os veriam chegando e fugiriam como baratas. Eles queriam capturar todo o grupo, então seguiram a pé.

O CALOR ERA OPRESSIVO. Lance abanava o rosto com seu boné bordado de veterano do Vietnã. Ele não via Ryan há alguns dias. Ele imaginou que ficaria sozinho no Dia da Independência, então foi ao rodeio, principalmente para estar perto de outras pessoas.

Ele se levantou e colocou o boné sobre o coração enquanto uma cowgirl gordinha cantava o hino nacional.

SE LAMAR E seus amigos não tivessem bebido tanto malte ou inalado toda aquela maconha, talvez tivessem percebido que estava fazendo 35 graus e que os jovens ao redor deles não precisavam de seus moletons largos.

ELES ESTAVAM CERCANDO-OS. Ryan, do norte. Underbite, do leste. Hair Braid, do sul. Os migrantes marchavam, inconscientes e exaustos, em direção à armadilha.

. . .

QUANDO TODOS ESTAVAM EM POSIÇÃO, eles atacaram.

OS ATIRADORES COM AKs sacaram pistolas e espingardas de cano curto de seus moletons e começaram a atirar.

OS MIGRANTES LEVANTARAM as mãos enquanto olhavam para o rifle de Ryan.

LUTAR OU FUGIR.

LAMAR CORREU PARA SALVAR A VIDA, enquanto corpos caíam ao seu redor. Ele saiu para a rua.

PROCURANDO UMA SAÍDA. Qualquer saída. A vontade de viver era avassaladora.

UM MIGRANTE ATACOU RYAN. Ele congelou.

A VAN BLOQUEOU Lamar e D'Andre saiu e apontou o AR-15 para ele.

A COWGIRL CHEGOU AO CLÍMAX. "Sobre a terra da liberdade..."

"MATE AQUELE NEGRO", disse AK do banco do motorista da van.

. . .

"...E O LAR DOS BRAVOS?"

O público aplaudiu. O portão da baia se abriu e um cowboy montou um touro selvagem. No céu, fogos de artifício explodiram.

O RIFLE DE RYAN DISPAROU. O migrante caiu morto.

LAMAR TENTOU PEGAR O RIFLE. D'Andre disparou uma bala .223 no peito de Lamar.

OS MIGRANTES SE aglomeraram como abelhas.

"MERDA!", disse AK, quando uma viatura policial acendeu as luzes e acelerou em direção a eles.

UM DELES ATIROU. Depois outro. Antes que Ryan percebesse, os três estavam atirando.

AK ACELEROU, deixando D'Andre para trás.

LANCE ASSOBIOU E COMEMOROU, enquanto o cowboy se segurava e mais fogos de artifício iluminavam o céu. Enquanto isso, no deserto, Ryan e seus companheiros de armas atiravam nos migrantes indefesos e, em Chicago, D'Andre largava o rifle, levantava as mãos e era algemado pela polícia. Uma sombra escura passou por sua alma.

RYAN, Overbite e Hair Braid voltaram para o SUV e Ryan bebeu água avidamente. Eles haviam deixado os corpos no deserto. Ninguém jamais os encontraria e, mesmo que encontrassem, ninguém se importaria.

21

Miranda pediu ao barman mais uma taça de vinho. Ela avistou McClean no outro lado do bar. Ele ergueu a taça e ela retribuiu o gesto. Então ele indicou o lugar vazio ao seu lado.

Eles tomaram uma bebida juntos e depois foram para o pátio externo para ter uma vista melhor dos fogos de artifício.

"Eu tinha certeza de que você me odiava", disse McClean.

"Eu só acho que você nunca saiu da república."

McClean sorriu. "Pelo menos você não é uma mentirosa."

"Somos todos mentirosos."

"Não é verdade, você sabe. O que dizem sobre mim."

"Ah?"

McClean deu de ombros. "Funciona melhor. Sexo vende."

Miranda balançou a cabeça.

"Você já se apaixonou?", perguntou McClean.

Ela pensou em Camilla. Amor ou luxúria?

"Eu me apaixonei apenas uma vez na vida", disse McClean.

"O que aconteceu?"

"Entrei para a política e a perdi."

Os fogos de artifício explodiram acima deles em brilhantes exibições de luz e cor.

"Não é bom? Conversar em vez de gritar um com o outro?", disse Miranda.

"Está tudo bem."

"E se fosse sempre assim?"

McClean deu de ombros. "A guerra não é uma coisa tranquila."

"Não. E todos nós temos nossos papéis a desempenhar, eu acho", disse Miranda, olhando para sua taça de vinho vazia. "Foi bom beber com você."

"Devemos repetir isso algum dia."

Ela sorriu. "Boa noite."

DE VOLTA AO seu quarto de hotel, Miranda ligou para Camilla, mas caiu na caixa postal. *Ela deve estar trabalhando*, pensou Miranda.

Seu telefone tocou. Era uma mensagem de McClean. *Uma última bebida?*

Ela não ficava com um homem desde antes de Camilla. Quanto tempo fazia? Quatro anos?

Por que ela se sentia tentada? Seria por causa da vulnerabilidade dele? Seria por ter poder sobre ele? Ela ignorou a mensagem, tomou um Ambien e foi para a cama.

SEU CELULAR A ACORDOU às quatro menos um quarto. O sol ainda não havia nascido.

"Sim?", ela disse.

"Agente especial Miranda Lopez?" Pelo tom de voz, ela percebeu que ele era algum tipo de policial.

"É ela mesma."

"Aqui é o detetive Morris, do Departamento de Polícia de Chicago. Você está investigando o assassinato de Arianna Barros?"

"Sim."

"Ontem tivemos um tiroteio envolvendo uma AR-15. Fizemos uma análise e o resultado foi positivo."

Miranda ainda estava meio adormecida. Ela não tinha certeza se tinha ouvido direito.

"Desculpe? O quê?"

"Encontramos sua arma."

PARTE QUATRO

CONTRA TODOS OS INIMIGOS, ESTRANGEIROS E DOMÉSTICOS

22

E m poucas horas, Miranda estava em um laboratório forense de armas de fogo em Chicago, examinando um AR-15. "O número de série. Você consegue recuperá-lo?", perguntou ela, observando a marca arranhada perto do gatilho, onde o número havia sido removido.

"Nós tentamos, mas quem o removeu sabia o que estava fazendo", disse o técnico do laboratório.

O detetive Morris era um bulldog careca com olhos azuis penetrantes. "O atirador está esperando no interrogatório", disse ele.

ELE ESTAVA SENTADO na sala de interrogatório, olhando para o chão. Não parecia um assassino, mas Miranda sabia que as aparências enganam.

"Onde você conseguiu o rifle?"

Ele não respondeu.

"Eu posso ajudá-lo", disse ela. Ela se inclinou para a frente, tentando captar o olhar dele. "Você quer pegar de 25 anos a prisão perpétua?"

Silêncio. D'Andre não disse uma palavra.

Os olhos vermelhos e inchados da mãe de D'Andre sugeriam que ela havia chorado. Ela estava sentada na sala de interrogatório, torcendo as mãos.

Miranda sentiu pena dela. Uma coisa que ela detestava era ver uma mãe sofrendo, tendo visto sua própria mãe trabalhar até a exaustão pelos filhos.

"Você pode me falar sobre os amigos de D'Andre? As pessoas com quem ele anda?", perguntou Miranda.

"Não sei. Crianças da vizinhança, eu acho..."

"Essas crianças têm nomes?"

Rosslyn baixou o olhar. "Eu trabalho muito. Não estou em casa tanto quanto deveria."

"Eu entendo", disse Miranda.

"Não. Você não vê. Você olha para ele e vê apenas mais um jovem negro revoltado com uma arma. Ele é um bom menino." Ela começou a chorar. "Quando posso ver meu filho?"

Miranda lhe entregou um lenço de papel.

Miranda sentou-se em frente a Shanay. "Posso lhe oferecer alguma coisa? Um refrigerante? Café?"

Shanay olhou diretamente para ela.

"Você sabe que não está em apuros, certo?", disse Miranda. "Vou trazer todos os amigos de D'Andre. Espero que um de vocês possa ajudar na minha investigação."

Shanay recostou-se, fez beicinho e cruzou os braços.

"Não tem nada a dizer?", perguntou Miranda. "Tudo bem. Se você não sabe, você não sabe. Mas é meu dever avisá-la que, se você ocultar informações, poderá ser acusada de algo chamado obstrução da justiça. Neste caso, seria um crime grave. Já vi pessoas pegarem cinco anos por obstrução grave. É isso que vou recomendar para cada pessoa que descobrir que está ocultando informações. Veja, eu não sou da polícia comum. Sou da ATF. Somos federais. Temos consideravelmente mais poder."

"Eu não sei de nada", disse Shanay.

"Cinco anos. Seu filho teria, o quê, oito anos nessa época?"

"Não fale do meu filho!"

"Ele passaria a infância no sistema. Será que ele ainda reconheceria você quando você saísse?"

O lábio de Shanay tremeu. A dor de uma mãe. "Você acabou de dizer que eu não estava em apuros."

"Não está. Porque não sabe de nada. Está me dizendo a verdade, certo? Porque depois que sair desta sala, não haverá mais volta."

"Já lhe disse, não sei de nada."

"Ótimo. Então você não tem nada com que se preocupar. Obrigado pelo seu tempo, Shanay. Você está livre para ir."

Shanay levantou-se da mesa de entrevista. Seu corpo estava tenso. Ela deu alguns passos hesitantes em direção à porta, depois parou.

"Desculpe, Shanay. Não quero apressá-la, mas tenho muitas outras pessoas para entrevistar." Miranda indicou para que ela saísse. "Por favor..."

"Eu posso ter ouvido algo... Não sei... Sobre essa loja de armas em Indianápolis..."

Miranda sorriu.

Miranda ligou para Bob Greco, do FBI, e o colocou a par da investigação. Ele conseguiu pegar um voo e chegar a Chicago naquela noite. Na manhã seguinte, eles dirigiram até Gary, Indiana.

A campainha tocou quando entraram na Patriot Guns. Sal ergueu os olhos por trás do balcão e imediatamente percebeu que algo estava errado. Trinta anos como policial em Indianápolis lhe ensinaram que os federais se comportavam de uma certa maneira. Como se fossem donos de todos os prédios em que entravam. Ele resistiu à vontade de cuspir.

"Bem-vindos à Patriot Firearms", disse ele, dispensando-lhes seu sorriso de vendedor.

Eles mostraram seus distintivos.

"Precisamos fazer algumas perguntas", disse Miranda, enquanto colocava uma bolsa de armas no balcão, abria o zíper e mostrava o rifle AR-15 dentro dela. "Você vendeu isso na semana passada para dois jovens."

"Não, senhora. Isso não foi vendido na minha loja", disse Sal.

"Temos uma testemunha que diz o contrário", disse Greco.

Sal apontou o dedo para o ar. "Esse rifle foi vendido fora da loja."

"Por quem?", perguntou Miranda.

"Por mim." Jesse entrou vindo do almoxarifado.

"Onde está o 4473?", perguntou Greco.

"Não há nenhum", disse Jesse. "Foi uma venda privada. Como Sal disse, vendido fora do local."

"Olha. Eu administro um negócio honesto aqui", disse Sal.

Miranda olhou para ele com olhos severos. "Onde você conseguiu a arma?", perguntou Miranda a Jesse.

"Acho que não preciso te dizer isso", disse Jesse.

"Por que não?", perguntou Miranda.

"Não infringi nenhuma lei. Tenho direito à privacidade."

"O número de série foi removido", disse Greco.

"Isso é novidade para mim", disse Jesse. "Eu tinha uma quando a vendi."

Miranda já estava farta dessa palhaçada. "Ok, seu idiota",

disse ela. "Presumo que você assista ao noticiário." Ela apontou para o rifle. "Você sabe o que é isso? É o rifle que matou a filha do senador Barros."

O sangue sumiu do rosto de Jesse.

"Então, o que você está fazendo com ele?", disse Miranda. "Talvez você esteja ajudando a se livrar de uma arma do crime? Isso faria de você um cúmplice. Diabos, talvez você mesmo a tenha matado?"

"Nada disso é verdade!", Jesse estava suando agora.

Miranda pegou suas algemas. "Eu pareço estar nem aí para isso?"

"Isso não é legal", disse Sal.

Miranda olhou para ele e sorriu. "Chame isso de brecha legal." Ela se virou para Jesse. "Mãos na cabeça."

"Comprei em uma feira de armas", disse Jesse, revirando os bolsos.

"Onde?"

"No Arizona."

"Você pegou o nome do vendedor?"

Jesse vasculhou sua carteira. "Aqui." Ele entregou um cartão a ela.

Ryan Sheehan. Vendas particulares. (520)458-0927.

O FIM-92 STINGER é um lançador de mísseis terra-ar portátil com guiamento por infravermelhos que pode ser disparado do ombro por um único operador. O míssil tem 1,5 metros de comprimento e 7,6 centímetros de diâmetro, com aletas de 10 centímetros. Tem um alcance de alvo externo de até 4.572 metros, tornando-o a escolha ideal para abater UAVs, aviões e helicópteros a baixa altitude.

Em teoria, um único homem posicionado a poucos quilômetros de um aeroporto poderia facilmente abater um avião de passageiros.

Eles custam cerca de 38 mil dólares cada. Wilcox tinha um contato que iria lhe vender quatro por 300 mil, o que era uma pechincha no mercado negro.

Não se sabia muito sobre Wilcox ou de onde ele tirava todo o seu dinheiro. Era provável que ele tivesse servido em algum ramo das forças armadas. Ele sabia demais sobre treinamento militar e táticas para não ter servido.

Mas Ryan também sabia, ou pelo menos tinha uma forte suspeita, de que Wilcox não era o topo da pirâmide.

Por um lado, os Stingers só ficariam no complexo por uma noite. De manhã, eles seriam recolhidos e transferidos, provavelmente para serem usados em operações em outras partes do país.

O que significava que havia outros. Ramos, unidades, células. Como você quiser chamá-los.

Não, Wilcox não era general. Ele era coronel, na melhor das hipóteses.

Lance nunca dormia a noite inteira. Ele acordava quase todas as manhãs por volta das três ou quatro horas, colocava seus fones de ouvido e assistia à Amazon Prime ou Netflix em seu iPad 3 gasto até voltar a dormir. Seu filho lhe dera o iPad de presente de Natal há cerca de oito anos. Lance nunca imaginou que realmente o usaria e, no início, não o fez, mas finalmente cedeu e o levou para assistir a filmes em uma viagem de avião de cinco horas para o funeral de um velho amigo do exército. Ele achou isso terapêutico. Apenas os fones de ouvido, a tela e a história à sua frente. Seus pensamentos e memórias muitas vezes pareciam um fardo e, embora nada pudesse libertá-lo deles, as histórias transmitidas em seu iPad pelo menos o deixavam esquecer por um tempo.

Era pouco depois da uma da tarde e Lance estava cochilando na varanda da frente. O iPad estava em seu colo e um dos fones de ouvido pendurado em sua cabeça, tendo escorregado de seu ouvido. Miranda e Greco se aproximaram. Quando ele era mais jovem, teria sido impossível se aproximar sorrateiramente de Lance. A idade havia embotado seus sentidos e aumentado sua paranóia.

"Com licença?", disse Miranda.

Lance acordou com um sobressalto. "O que vocês querem?" Ele tinha um arranhão no lado do rosto, como se tivesse caído recentemente.

"Estamos procurando Ryan Sheehan", disse Miranda. Eles mostraram seus crachás. "Ele está em casa?"

Lance apertou os olhos. "Federais?"

"Ele não está em apuros. Só queremos fazer algumas perguntas", disse Greco.

"Sobre o quê?"

Miranda e Greco trocaram olhares.

"Você é parente dele?", perguntou ela.

"Sou o avô dele."

"E seu nome é..."

"Não é da sua conta." Lance dilatou as narinas.

Miranda fez uma pausa e disse: "Estamos tentando rastrear uma arma de fogo que foi usada em um crime. Achamos que seu neto pode ter possuído e vendido essa arma. Não acreditamos que seu neto tenha infringido nenhuma lei. Só queremos saber onde ele conseguiu a arma."

Lance os avaliou como se fossem gado e depois zombou. "Boa sorte."

"O Ryan mora aqui?", perguntou Miranda.

"Ele aparece de vez em quando, nunca fica muito tempo",

disse Lance. "Mas mesmo que vocês o encontrem, duvido que ele possa dizer alguma coisa. Há muitas armas indo e vindo."

"Obrigada pelo seu tempo", disse Miranda, oferecendo seu cartão. Ele não o pegou, então ela o deixou na escada da varanda e, em seguida, ela e Greco voltaram para o Toyota Camry alugado.

A VERDADE ERA que Ryan raramente estava em casa. Lance estava preocupado. Alguns dias atrás, Ryan voltou no meio da noite. Ele ficou em casa apenas por meia hora, mas foi tempo su e para Lance esconder seu iPhone no Bronco de Ryan. Ele havia aprendido a usar o aplicativo "Find my iPhone" alguns anos atrás, enquanto brincava com seu iPad.

Lance rastreou o Bronco de Ryan até o meio do nada. Preocupado com o que poderia encontrar, Lance optou por uma abordagem furtiva.

Ele examinou o complexo à distância com seus binóculos de caça. Viu os fundamentalistas vestidos com roupas camufladas treinando e brincando de guerra.

Jesus. Seu neto estava saindo com terroristas.

Lance se aproximou do complexo e foi parado por dois guardas armados.

"Pare!", disseram eles, levantando seus rifles.

"Estou aqui para buscar meu neto."

"Esta é uma propriedade privada", disse um deles, dando um passo à frente. "Você precisa dar meia-volta."

Lance desviou o cano do rifle e acertou-lhe no nariz. O outro guarda atacou Lance. A terra arenosa arranhou-lhe o lado do rosto. O miliciano com o nariz partido encostou a arma ao crânio de Lance e moveu o dedo para o gatilho.

"Não!", disse o guarda ao seu parceiro enfurecido. "Ainda não é hora."

Após um momento, o miliciano abaixou o rifle.

"Dê o fora daqui, velho."

Depois que Miranda e Greco foram embora, Lance ficou arrasado. Ele não conseguia parar de pensar em Ryan. E se aqueles milicianos malucos fizessem algo a Ryan por causa dele?

Ainda não é hora. Foi o que o miliciano disse. Isso significava que a hora estava chegando. A hora em que eles realmente puxariam o gatilho.

Eles estavam fazendo planos.

Quanto tempo mais a bateria do iPhone escondido duraria?

Em breve, ele perderia Ryan para sempre. Ele não podia. Não podia perder outro filho. O tempo estava passando e ele estava ficando sem opções.

Ele não confiava nos federais, mas era melhor o mal conhecido...

Ele bebeu um quarto de garrafa de uísque irlandês, depois saiu para a varanda e pegou o cartão de Miranda na escada. Ele pegou o telefone fixo e discou.

MIRANDA E GRECO não estavam longe. Eles passaram a noite toda vigiando do lado de fora do rancho, na esperança de pegar Ryan voltando. O celular de Miranda tocou.

"Agente especial Lopez."

"Às vezes acredito que somos apenas uma nação de extremistas, sem pontos em comum, sem espaço para entendimento." Lance falou lentamente. O uísque ainda estava quente em seu estômago. "Se eu lhe disser onde ele está, prometa-me que o trará para casa."

Miranda fez uma pausa. "Sr. Sheehan. Eu lhe dou minha palavra."

.   .   .

Miranda e Greco usaram a conta do iCloud de Lance para rastrear o iPhone até o complexo da milícia. Isso seria complicado. O local era propriedade privada e eles não tinham um mandado. A milícia estava fortemente armada, mas não parecia estar infringindo nenhuma lei. Miranda e Greco sabiam que sua presença só iria antagonizá-los. Tudo tinha o potencial de se tornar mortal rapidamente.

Então, eles esperaram. Era tudo o que podiam fazer.

Wilcox decidiu que usariam o Bronco. Caminhonetes eram muito arriscadas. A carga ficaria visível. A última coisa de que precisavam era de olhares curiosos. Ryan ficou mais do que feliz em oferecer seu veículo.

Wilcox também escolheu meia dúzia de membros da milícia para segui-los em três jipes. Por precaução. Ryan sabia que esses soldados eram considerados por Wilcox como os melhores. Ryan estava emocionado por ser considerado um deles.

Quando todos estiveram cientes da operação, eles entraram em seus veículos e o comboio saiu do complexo.

Miranda estava cochilando no banco do passageiro da frente quando Greco percebeu atividade no aplicativo "Find My iPhone". Ele a sacudiu gentilmente. "Eles estão se movendo."

O sol estava começando a se pôr e Ryan não conseguia ver nada ao redor deles além de um oceano de deserto. Ele imaginou que estivessem em algum lugar perto da fronteira.

À frente, ele viu quatro veículos estacionados em forma de lua crescente. O comboio não teve escolha a não ser encontrar os vendedores na zona de morte.

. . .

MIRANDA E GRECO seguiram vários quilômetros atrás, para não serem vistos no deserto aberto. Eles não tinham visão do Bronco de Ryan e o sinal do GPS havia desaparecido. Mas tudo bem. Eles podiam seguir os rastros dos pneus.

O COMBOIO PAROU no ponto de encontro e Ryan desembarcou com os outros membros da milícia. Cada um deles estava armado com um AR-15. O rifle americano.

"LÁ ESTÃO ELES", disse Miranda, avistando luzes à distância. Greco estacionou o Camry fora de vista.

Eles saíram e contornaram o carro até chegar ao porta-malas. Lá dentro, havia dois coletes táticos com as siglas "ATF" e "FBI" escritas em letras brancas grandes, respectivamente.

Hora de se equipar.

Miranda puxou o ferrolho da sua Glock e colocou a arma no coldre do colete. Greco carregou uma espingarda Remington 870 Express e colocou munições extras no painel de velcro no peito.

Eles subiram até o topo de uma crista rochosa, agacharam-se e observaram o ponto de encontro com binóculos.

O lugar a lembrou de uma história que ela ouvira sobre como, antigamente, os gângsters de Las Vegas, quando pegavam alguém trapaceando em seus cassinos, levavam a pessoa para o deserto, a 13 km de distância, e a enterravam a dois metros de profundidade. Eliminada.

Nada de bom acontecia tão longe no deserto.

Certamente nada legal.

. . .

RYAN ESTAVA ANIMADO. Tudo parecia algo saído dos filmes. Os vendedores se comportavam como soldados. Bonés, óculos escuros e cachecóis. Eles seguravam seus rifles com o cano para baixo e a coronha para fora do braço.

O cara que parecia ser o chefe se aproximou de Wilcox. Ele usava botas de caminhada, jeans, uma camisa preta e um chapéu de cowboy. Ele era chinês.

"Tudo isso é necessário?", perguntou Wilcox, indicando o grupo armado.

Afinal, as armas já haviam sido pagas. Se alguém precisava se preocupar em ser roubado, era Wilcox.

"PARECE QUE ELES estão fazendo algum tipo de negócio", disse Greco, com os binóculos nos olhos. "Devemos comunicar isso."

"Como?" Eles estavam em uma zona morta. Sem sinal de celular. Sem frequência de rádio. O maldito Velho Oeste.

ERA ESTRANHO VER um chinês com um chapéu de cowboy.

Em *Breaking Bad*, só se via brancos ou mexicanos nesse tipo de negócio.

Toda a situação lembrou Ryan daquela cena em que Walter White estava no deserto, olhou nos olhos dos bandidos e disse: "Diga meu nome".

Ryan pensou em qual deveria ser seu apelido quando começasse a ganhar fama.

Wilcox disse aos seus homens para ficarem para trás. Ele caminhou com o chinês até a parte de trás de uma de suas vans. Dentro havia quatro caixotes do tamanho e formato de caixões de bebê. Wilcox abriu um dos caixotes, remexeu na serragem e tirou um lançador de mísseis Stinger.

. . .

"FODA-SE!" Os estômagos dos dois reviraram.

Quando Miranda pensava em milícias de direita, ela geralmente imaginava uma dúzia de desempregados, lixo branco rejeitado pelo Exército, andando por aí com rifles comprados no Walmart, falando sobre como precisavam expulsar todos os mexicanos. Definitivamente, não era isso.

"O que fazemos?", disse Greco. "Não estamos equipados para isso."

"De volta para o carro", disse Miranda.

Eles se moveram pelo deserto escuro.

Nada além do som de uma brisa suave ocasional.

Apesar do estresse da situação, ela achava o ambiente relaxante. Se algum dia ficasse surda, mudaria para o deserto. Era um dos poucos lugares no mundo que falava mais alto sem som.

O zumbido interrompeu suas reflexões. Era estranho ouvir uma abelha à noite. Não era natural. Então, seu rosto ficou pálido. Aquilo não era uma abelha.

O DRONE PAIROU a cerca de seis metros do chão, observando-os com seu olho de visão noturna. As palavras "ATF" e "FBI" estavam estampadas em seus coletes como letras escarlates.

OS HOMENS DE Wilcox estavam carregando as caixas no Bronco quando o chinês recebeu um telefonema. Ele ouviu, sorriu educadamente para Wilcox e se afastou alguns passos.

Então, ele atirou na nuca de Wilcox com uma Magnum .357.

Fragmentos do crânio e matéria cerebral caíram no chão como fitas de teletipo.

PARECIA O SOM de grãos estourando.

Miranda correu de volta para a colina e observou o horizonte com seus binóculos.

A milícia estava ansiosa por um tiroteio e tinha encontrado um. Ela baixou os binóculos, pensou em Camilla e correu em direção ao combate.

"Aonde você vai?", perguntou Greco.

"Se perdermos Ryan Sheehan, perderemos nossa única pista."

RYAN NÃO CONSEGUIA mover as pernas nem respirar. Ele ficou parado, paralisado, enquanto rifles explodiam ao seu redor. Era diferente quando os outros podiam revidar.

Um miliciano correu até ele e tentou tirá-lo daquele estado. O miliciano levou um tiro na jugular. Seu sangue espirrou no rosto de Ryan. Isso funcionou.

Ryan largou o rifle e fugiu para o deserto.

MIRANDA CONSEGUIA CORRER uma milha em seis minutos. Ela conseguiria correr essa em cinco.

RYAN DEITOU-SE DE bruços na escuridão. Ele viu seus companheiros serem mortos um por um. Então as armas silenciaram. Seus irmãos e irmãs de armas estavam mortos na terra.

O massacre havia acabado. Agora era hora da caçada.

O inimigo se espalhou e vasculhou a área em busca de sobreviventes.

"Apanhei um", disse um deles, enquanto mirava um miliciano que fugia para salvar a vida no deserto escuro. Um único toque no gatilho derrubou-o.

Esses caras não estavam fazendo prisioneiros.

Não havia para onde ir. E Ryan estava desarmado.

Miranda se esgueirou e se escondeu atrás de um dos jipes. Ela se esgueirou para baixo do veículo enquanto um mercenário passava patrulhando.

"Levante-se, porra", ela ouviu um dos atiradores dizer.

Ela viu Ryan se levantar. Lágrimas escorriam por suas bochechas e ranho borbulhava em suas narinas.

"Esse parece um adolescente", disse o atirador. "Você gosta de brincar de G.I. Joe?"

Debaixo do jipe, Miranda ponderou os prós e os contras da sua situação.

Contras: ela teria que eliminar outros dois homens antes de chegar ao atirador que mantinha Ryan refém. Contras: os tiros sem dúvida atrairiam a atenção dos outros atiradores nas proximidades. Pró: como agente da ATF, Miranda recebeu treinamento extensivo em armas de fogo. Contra: ela não praticava tiro há mais de um ano. Contra: ela nunca havia atirado em uma pessoa viva antes. Pró: ela tinha o elemento surpresa. Todos os seus alvos estavam de costas para ela. Contra: ela teria que se anunciar.

Isso dava dois prós contra cinco contras. Ela provavelmente não sairia viva dessa.

Ryan mijou nas calças.

Os atiradores riram.

Miranda pensou em Camilla novamente e silenciosamente rolou para fora do jipe. "Agente federal."

O primeiro alvo era o mais próximo. Ele se virou com o rifle nas mãos. Ela apertou o gatilho e acertou o alvo, rachando sua têmpora. Ela teve que se ajustar rapidamente para mirar no segundo alvo. Ela disparou três tiros. As duas primeiras balas passaram por cima do ombro direito dele, e a terceira se alojou logo acima do colete, na clavícula. Não o matou, mas foi o suficiente para torná-lo inofensivo.

Isso deu ao seu alvo principal tempo suficiente para se afastar de Ryan e apontar o rifle para ela. Seu treinamento entrou em ação. Ela se ajoelhou e inspirou enquanto as balas passavam por cima de sua cabeça. Ela mirou com cuidado, expirou e puxou o gatilho.

Foi um tiro certeiro. Bem entre os olhos dele.

Ela não teve tempo para apreciar o momento, porém. Os outros estariam a caminho. Ela correu até Ryan, agarrou-o pelo braço e correu de volta para a crista.

Greco ainda estava correndo em direção ao local quando viu Miranda correndo de volta em sua direção com Ryan. Greco havia parado de fumar há cinco anos, mas não antes que seu hábito de fumar um maço por dia destruísse seus pulmões.

Eles ouviram o estrondo dos rifles.

"Comigo", disse Miranda. Ela correu em ziguezague com Ryan pelo deserto aberto. As balas explodiam em nuvens de areia aos seus pés ou zuniam por seus corpos, passando a centímetros deles.

Encontraram abrigo em uma ravina rasa. O Camry estava logo após a próxima elevação.

"Vão", disse Greco, segurando sua espingarda.

Miranda levantou-se com Ryan e correu a última parte da sua maratona.

Quando ouviu o estrondo dos rifles, Greco levantou-se do seu abrigo e respondeu com rajadas de espingarda, mantendo os perseguidores à distância.

Miranda e Ryan seguiram em frente. Sem olhar para trás. Cinquenta metros. Quarenta.

Greco se abaixou e recarregou a arma.

Os rifles silenciaram.

Greco esperou em seu esconderijo.

Será que eles haviam recuado?

Ele espreitou por cima da borda e uma bala de alto calibre rasgou o lado esquerdo de seu rosto.

Greco caiu de volta na ravina e engasgou-se com sangue.

Miranda chegou ao topo da colina e olhou por cima do ombro o tempo suficiente para ver várias figuras sombrias em pé ao lado do corpo inerte de Greco.

Os clarões dos canos das armas anunciaram a morte de Greco.

O Toyota de quatro portas que seria a salvação deles estava estacionado logo à frente. Quando ela percebeu que os pneus haviam sido cortados, já era tarde demais. O chinês e um contingente de homens armados estavam à espreita. Eles armaram sua armadilha.

Miranda e Ryan estavam cercados.

O chinês cowboy avaliou Miranda e então acenou para seus homens.

A bala atingiu-o na nuca, fazendo sua cabeça recuar e seu chapéu de cowboy voar pelo ar. O tiro foi abafado, mas veio de algum lugar acima deles, então os pistoleiros levantaram seus rifles e examinaram a linha do cume.

Miranda jogou seu corpo sobre Ryan enquanto choviam balas de cima. Pequenos meteoritos atingiam os pistoleiros como se fossem bonecos de alfinetes.

Os atiradores levantaram os braços e tentaram se render, mas o ataque continuou.

Quando a poeira do deserto baixou, Miranda ficou agachada com Ryan no meio de um alvo de cadáveres.

O homem com o rifle FN SCAR com silenciador desceu da cordilheira. Ele tinha altura e constituição física médias e uma aparência calma, quase ausente. Ele não parecia nem de longe tão ameaçador quanto deveria.

Miranda levantou sua Glock.

"Calma", disse o homem. "Eu trabalho para Marco Barros."

Miranda apontou a arma para ele, com o braço tremendo.

"Quem diabos é você?"

Sua voz era firme e reconfortante ao mesmo tempo.

"Me chame de Cal."

23

U m grito soa igual em qualquer idioma.
O mesmo acontece com o riso.
O mesmo acontece com uma bala.

O GAROTO PUXOU O GATILHO.

O NOME DO garoto era Rodrigo. Ele trabalhava como vigia para a *gangue* local MS. Era um trabalho voluntário. Ele não era pago por isso. Ele fazia isso para ganhar respeito.

Rodrigo não tinha um centavo no bolso, então, quando Cal lhe entregou a nota de cem, foi como se tivesse ganhado na loteria.

Ele nunca teve dinheiro suficiente para comprar uma arma de verdade e, além disso, a *gangue* não queria ninguém mais armado em seu território.

Por um lado, na terra dos cegos, quem tem um olho só é rei, assim como no bairro onde ninguém anda armado, os homens com Glock 22s e MAC-10s usam a coroa.

Esses gangsters eram a favor do controle de armas o tempo todo.

Mas, acima de tudo, uma acusação por porte ilegal de arma significava muitos anos de prisão e poderia levar as pessoas a delatarem a identidade e as atividades criminosas dos membros *da gangue.*

O bairro tinha olhos.

Mas Rodrigo nunca iria trair. Ele era radical. Pelo menos era o que ele queria ser.

Claro, ele tinha a tatuagem da MS13, mas a tatuagem não significava nada. Todos na vizinhança tinham tatuagens da MS. Era mais uma questão de identidade nacional do que de afiliação a gangues. A liderança não se importava, porque isso tornava mais difícil para as autoridades distinguirem entre os falsos membros e os verdadeiros.

A verdade é que poucas pessoas com tatuagens da MS eram realmente membros iniciados.

Os membros mais radicais, os caras que mandavam no bairro, eram a *clica,* a turma. Cada *clica* controlava seu território e respondia apenas à *mesa,* ou *la mesa.* O conselho governante.

A clica local tinha apenas cerca de dez caras.

Membros hardcore.

Abaixo deles estavam os associados. Os caras que estavam subindo na hierarquia. A próxima geração de membros radicais.

E, finalmente, havia o maior grupo. Aquele ao qual Rodrigo pertencia. Os não iniciados. Os aspirantes.

Rodrigo conseguiu sua arma com um viciado em crack que tentou roubá-lo. O cara era magro como uma tábua e estava tão drogado que não conseguia enxergar direito, então foi fácil para Rodrigo dominá-lo. Ele o atingiu na cabeça com um tijolo e o deixou sangrando na calçada. Na manhã seguinte, ele não estava mais lá, então Rodrigo presumiu que ele tivesse sobrevivido. Ele não dava a mínima para isso.

A arma parecia algo que você compraria na Toys R Us. Era pequena e ele sentiu que, se se esforçasse o suficiente, poderia esmagá-la na mão como uma lata de Coca-Cola.

Ele já tinha visto armas como essa antes. As pessoas chamavam de "arma de prostituta". Uma Saturday Night Special. Seu plano original era usá-la para assaltar pessoas até ter dinheiro suficiente para comprar uma arma de verdade.

Então Cal entrou em sua vida.

Um forasteiro, perguntando sobre a *clique*.

Essa era sua chance de subir na vida.

Cal seria sua iniciação. Ele entraria.

Um associado.

A arma estava carregada com uma bala calibre 22, que na verdade era mais perigosa a curta distância do que munições de calibre maior, porque a bala tinha energia suficiente para penetrar no crânio, mas não para sair, então basicamente ricocheteava dentro da cabeça, transformando o cérebro em guacamole.

Rodrigo diria que o cara apareceu querendo se juntar à *gangue*, então ele o matou como se fosse maconha.

Esse era o plano, mas então a *maldita* arma emperrou.

Não se pode forçar o destino.

Depois que a arma de brinquedo falhou, Cal suspirou, virou-se e fez o que tinha que fazer. Mas foi brando com o garoto. Ele só quebrou o pulso dele. O garoto largou a arma. Cal perguntou sobre o tiroteio contra Arianna Barros, mas mesmo com o pulso quebrado, o garoto continuou desafiador.

"Vá se danar. Não tenho medo da morte", disse ele. "Sou um homem."

Cal sorriu. "Você sabe o que acontece com um homem depois que você corta suas bolas?"

O garoto não se abalou. Ele já tinha ouvido palavrões antes.

"O corpo para de produzir testosterona", disse Cal. "Você ganha peso, perde músculos, crescem seios." Cal tirou sua faca K-BAR do coldre no tornozelo. "Você se torna uma mulher."

O garoto engoliu em seco.

"Você ainda é virgem?", perguntou Cal, sabendo muito bem que metade da razão pela qual esses garotos entraram nessa vida era para transar. "Você está de olho em alguma mulher em particular? Talvez um lgumas? Aposto que sim. Como você mesmo disse, você é um homem. Como poderia não estar? Agora, quero que você imagine essas jovens e imagine como será quando elas o virem andando pela rua. Gordo, com seios de mulher, voz de menininha.

"Quero que você imagine os caras fazendo uma orgia com o seu traseiro gordo, segurando você enquanto você grita como um rato se afogando."

O garoto começou a perder a cor do rosto.

Cal acenou com a faca. "Apenas um movimento do meu pulso. Um corte limpo. Mas não vou deixar você sangrar até morrer. Um pouco de pólvora e um isqueiro vão cauterizar a ferida. Não vai ser agradável, mas você vai sobreviver. Não. Não vou te matar, meu jovem amigo. Porque a vida pode ser muito pior."

Sim, o garoto já tinha ouvido besteiras antes. O suficiente para saber que isso não era besteira.

"Ele dirigia um Bronco preto", disse o garoto. "À moda antiga. Como nos anos 90."

Os anos 90. Antes mesmo do garoto nascer.

"Como ele era?"

O garoto deu de ombros. "Não sei. Ele estava usando uma máscara de esqui."

O olhar severo de Cal o intimidou.

"O Bronco tinha placas do Arizona", disse o garoto.

. . .

Cal deixou o garoto sem machucá-lo mais e ligou para Pat Roti. Pat passou a informação pela sua rede de inteligência e, em uma hora, voltou com um Ford Bronco preto 1996, com placa do Arizona FNS-215, que foi visto em uma câmera de trânsito em Compton logo após o tiroteio.

O rosto do motorista estava obscurecido, mas o veículo estava registrado em nome de John Irwin, de Tuscon, Arizona. Usando dados compilados das redes sociais de John Irwin, Roti encaminhou um perfil a Cal. Irwin era um simpatizante da Antifa e se autodenominava "socialista revolucionário".

Cal comprou um café no Burger King e começou a viagem para o Arizona.

Irwin morava em um conjunto habitacional que crescia no deserto imaculado do Arizona como uma mancha de bactérias. Cal dirigiu seu Range Rover por entre as fileiras intermináveis de casas idênticas até encontrar o número cinquenta e nove e estacionou na garagem vazia.

Cal tocou a campainha e um cachorro latia em algum lugar dentro da casa. Após alguns instantes, ele calçou um par de luvas de nitrilo e arrombou a fechadura. Quando abriu a porta, foi imediatamente atingido por uma nuvem de fezes caninas.

O cachorro ainda latia e Cal o encontrou na cozinha. Um spaniel Boykin, trancado em uma caixa. Parecia que ele havia sido deixado sozinho por dias. Excrementos estavam grudados em seu pelo. Famélico e sujo. Não havia absolutamente nenhuma necessidade disso. Nenhuma utilidade. Era apenas crueldade pela crueldade. Que tipo de animal tratava outro ser vivo assim sem motivo?

Cal soltou a spaniel e encheu uma tigela com água. Ela bebeu, bebeu e bebeu. Ele abriu a janela acima da pia para arejar o local. Então começou sua busca.

Havia um grande bongo na mesa da sala de estar. A estante tinha escritos de ou sobre Karl Marx, Lenin, Che Guevara, Ho Chi Minh e outros revolucionários comunistas e socialistas, bem como vários potes de maconha.

No armário do quarto, ele encontrou um rifle e duas pistolas. Ele abriu o laptop de Irwin. Protegido por senha. Ele o levaria consigo e o decifraria mais tarde.

Cal voltou para o primeiro andar. O lugar ainda cheirava mal. Ele foi para a sala de estar.

O cheiro de pinheiro do Natal se misturava com o cheiro de excremento de uma forma nauseante. A parede adjacente parecia ter sido rebocada recentemente.

Cal foi até a garagem e pegou um martelo. Ele lascou a parede da sala como um escultor de gelo.

O corpo dentro estava envolto em plástico. Ambientadores de carro com aroma de pinho estavam pendurados nele como enfeites.

Cal estudou o rosto sem sangue esmagado contra o plástico. Era Jon Irwin.

Feliz Natal, porra.

NA GELADEIRA, Cal encontrou um pouco de carne moída que estava apenas alguns dias após a data de validade. Ele a cozinhou com um pouco de arroz branco e deu metade para o spaniel.

Depois do almoço, ele levou o cachorro para fora, desejoulhe sorte e seguiram caminhos diferentes.

PAT ROTI LIGOU dois dias depois. Cal estava na academia de boxe. Ninguém concordava em treinar com ele, então ele teve que se contentar em treinar com o saco.

Usando câmeras de trânsito, o pessoal de Roti rastreou o Bronco da Califórnia até o Arizona.

"É como se o atirador nem estivesse tentando se esconder", disse Pat Roti. "O atirador usou rodovias e estradas com pedágio durante todo o trajeto. Ele permaneceu altamente visível."

O rastro terminou em um Walmart nos arredores de Tuscon. Pat Roti não conseguiu acesso às imagens das câmeras de circuito fechado do Walmart e eles não conseguiram um mandado porque a operação era secreta, o que era apenas outra palavra para ilegal.

Eles não podiam dizer exatamente a um juiz que descobriram sobre o Bronco quebrando o pulso de uma criança e ameaçando castrá-la.

Então, eles tiveram que enviar um operador para roubar as imagens de segurança.

Secretamente.

HANK QUERIA SER O Bruce Willis negro. Isso foi no início dos anos 90, quando os filmes *Die Hard* estavam na moda.

Ele ensaiava diante do espelho. "Aquele punk apontou uma Glock 7 para mim. Você sabe o que é isso? É uma arma de porcelana fabricada na Alemanha. Ela não aparece nos aparelhos de raio-X dos aeroportos e custa mais do que você ganha aqui em um mês."

Willis disse essa frase em *Duro de Matar 2* e era uma grande mentira. Não existe Glock 7. As armas Glock são feitas de polímero, não de porcelana. Elas aparecem nos raios-X. A Glock é austríaca, não alemã. E, finalmente, as Glocks são armas relativamente baratas. Mas grandes atores fizeram você acreditar no que você sabia ser uma mentira.

Hank se mudou para Los Angeles aos vinte e poucos anos.

Sem dinheiro e sem contatos. Apenas um sonho. E uma anaconda entre as pernas.

Ele não percebeu, quando entrou na sala, que o teste era para um filme pornô softcore. Só percebeu quando lhe pediram para se despir. A essa altura, Hank já estava em Los Angeles há dois meses e estava tão acostumado com a rejeição que pensou: o que ele tinha a perder?

Contrataram-no na hora.

Ele não tinha certeza se aceitaria o papel. Não pagavam muito. Mas então ele leu sobre como muitos atores de ação de primeira linha começaram em filmes adultos. Sylvester Stallone. Jackie Chan. Cameron Diaz. Ela pode não ser uma estrela de ação, propriamente dita, mas interpretou uma das Charlie's Angels.

Depois de fazer a cena, ele não conseguia acreditar que tinha sido pago. Não tinha sido trabalho nenhum.

Ele fez mais alguns trabalhos em filmes pornográficos apenas para continuar ganhando dinheiro enquanto fazia testes para papéis "reais". Mas, em Hollywood, grande parte do que você é depende de quem você conhece. Hank precisava ir às festas certas, dirigir o carro certo, usar as drogas certas.

O dinheiro ficou curto. Ele começou a perder audições. Então lhe ofereceram um papel em um filme gay. Era muito dinheiro. Ele poderia pagar suas dívidas e retomar sua carreira de ator.

O único problema era que ele não era gay. Mas grandes atores faziam você acreditar no que você sabia ser uma mentira. E não havia papéis pequenos, apenas atores pequenos.

E Hank, bem. Não havia nada de pequeno em seu papel.

Ele se dedicou totalmente. Colocou seu coração e sua alma no papel.

Os fãs o adoravam. Hung Hank. Hank Horsecock. Ele ficou famoso. Famoso demais. Ele nem conseguia mais papéis em filmes heterossexuais. Era tudo gay, gay, gay. Ele ficou estereotipado. Homo Hank.

O público mainstream não queria nenhum astro de ação bonitinho. Então ele enterrou seus sonhos em Hollywood. Desistiu deles.

Isso foi há trinta anos. Na época, ele era cerca de 11 kg mais magro e tinha cabelo no topo da cabeça. Ele não era mais reconhecido. Hoje em dia, ele era apenas Hank, o segurança.

Mas ele ainda tinha o seu anaconda. Mantinha uma série de namoradas de meia-idade. Todas elas sabiam como as coisas eram. Que Hank não era do tipo que se estabelecia.

E nenhuma delas queria se estabelecer com ele. Elas eram solitárias. Eram viúvas, divorciadas ou mulheres presas em casamentos ruins. Elas estavam apenas procurando um alívio temporário e e e. Como algumas pessoas vão para aulas de ioga, boxe ou spinning. Ou fazem uma massagem. Uma massagem profunda, muito profunda.

Hoje à noite, era Wanda. Ela era professora em uma escola para crianças com deficiência e amava seu trabalho. Hank achava que ela tinha uma alma linda. Ele ficava surpreso que, aos quarenta e três anos, ela nunca tivesse encontrado ninguém. Wanda sempre atribuiu sua má sorte no amor ao seu peso. Ela era uma mulher gorda, mas Hank não acreditava que fosse por isso. Seu peso só era um problema porque ela fazia dele um problema. Sua baixa autoestima a impedia de se arriscar no amor.

Ele já havia dito tudo isso a ela uma vez, mas não tinha certeza se ela havia levado a sério.

Era terça-feira à meia-noite, e lá estava ela, parada do lado de fora das portas automáticas trancadas, bem na hora certa.

Hank desligou as câmeras de segurança. De qualquer forma, ninguém nunca assistia às imagens do turno da noite. Nunca havia motivo para isso.

Aquilo não era exatamente o Louvre.

Quem iria roubar um Walmart no meio do nada numa terça-feira à noite?

Cal estava vigiando o estacionamento do Walmart quando Wanda chegou. Ele observou Hank, o segurança, destrancar a porta da frente e deixá-la entrar.

Cal estava preparado. Ele estava pronto para arrombar a fechadura, hackear o sistema de segurança e incapacitar o segurança. Mas isso era apenas o plano B.

Ele descobriu que, em operações de baixo risco como essa, as coisas tendiam a se resolver sozinhas. O segurança contratado por quinze dólares a hora inevitavelmente faria uma pausa extra longa para fumar, ir ao banheiro por trinta minutos ou tirar uma soneca na sala de descanso.

Cal sempre esperava que uma oportunidade se apresentasse antes de recorrer ao plano B.

Não fazia sentido machucar pessoas quando não era necessário. Era mais limpo se elas nem soubessem que ele estava lá.

A ligação tardia de Hank foi a oportunidade de Cal. Ele entrou furtivamente no Walmart e imediatamente ouviu Wanda gemendo. Ela e Hank estavam em algum lugar na seção de decoração, transando em um sofá de exposição.

Cal entrou furtivamente na sala de segurança e foi até a estação de trabalho de Hank. Hank havia deixado sua conta aberta.

Wanda começou a gritar.

Cal acessou o registro de vigilância de segurança, escolheu a data e a hora e colocou um pen drive na máquina.

Wanda agora cantava como uma soprano...

A barra de download começou a encher...

Wanda começou a gritar...

O download estava quase concluído...
Wanda gozou e o arquivo foi transferido.
Cal guardou o pen drive no bolso.
Yippie-ki-yay, filho da mãe.

A FILMAGEM ERA de várias semanas antes. O atraso de Marco Barros em contratar Pat Roti os colocou em desvantagem. O Bronco chegou às duas e quarenta e cinco da tarde e estacionou longe da câmera. Três minutos depois das três, um Uber chegou e deixou um rapaz branco, aparentemente do ensino médio, vestindo jeans e uma camiseta preta do Punisher. O adolescente se aproximou do Bronco.

O motorista foi ao seu encontro. Ele tinha aproximadamente 1,78 m de altura e constituição física média. Vestia jeans, botas táticas surradas, uma jaqueta camuflada desbotada, boné de beisebol e óculos escuros. Ele nunca virou o rosto para a câmera. Por causa disso, era difícil determinar sua idade. Ele provavelmente tinha mais de trinta e menos de cinquenta anos.

Eles pareciam trocar algumas palavras, então o garoto com a camiseta do Punisher entregou um envelope ao homem. O homem abriu o envelope e folheou o que parecia ser dinheiro, então acenou com a cabeça, virou-se para a câmera e levou o garoto para a parte de trás do Bronco, mantendo a cabeça baixa o tempo todo e evitando qualquer superfície reflexiva.

Estava fazendo 32 graus, mas o homem parecia estar usando várias camadas de roupa sob sua jaqueta camuflada para confundir a análise forense do vídeo sobre seu tipo físico. O boné e as botas também dificultariam a determinação precisa de sua altura.

O homem abriu a parte de trás do Bronco. Lá dentro, Cal conseguiu ver três pistolas e dois rifles, um dos quais era um AR-15.

Os dois conversaram por alguns instantes, depois o homem entregou as chaves do carro ao garoto. O garoto fechou a porta traseira, sentou-se no banco do motorista e partiu no Bronco, enquanto o homem desaparecia a pé pela rua.

Toda a conversa durou menos de dois minutos. Cal assistiu ao vídeo várias vezes. Estudou-o, quadro a quadro.

Quando Pat Roti colocou Cal nesse trabalho, parte dele se perguntou se eles estavam interpretando demais o tiroteio. Afinal, o universo era arbitrário e violento. E se Arianna fosse apenas mais uma vítima?

Mas Cal agora tinha certeza. O assassinato de Arianna Barros não foi aleatório. Foi um assassinato por encomenda. As outras pessoas no prédio foram mortas para encobrir o crime. O homem era muito bom em evitar câmeras de e es e esconder o rosto. Era habilidade profissional. Ele era um profissional. Mas havia algo mais sobre ele. Os budistas chamavam isso *de sati*, ou atenção plena. O foco da consciência apenas no momento presente. É considerado parte do caminho para o renascimento e a obtenção do nirvana.

Os samurais japoneses tinham uma tradição semelhante chamada *iaidō*. Um estado de consciência total, no qual o samurai está preparado para sacar rapidamente sua espada em resposta a um ataque repentino. *Os iaidoka* passavam incontáveis dias e horas sacando e embainhando suas espadas. Sacando e embainhando. Vivendo apenas no presente.

Cal compreendeu que, no final das contas, somos todos apenas sacos de substâncias químicas. Serotonina, dopamina, glutamato, norepinefrina. Somos copos ambulantes de drogas. Enfiados na carne e reforçados nos ossos. Escravos de nossos sistemas nervosos. O simpático. O parassimpático. O entérico. Dosando-nos.

Mas Cal havia aprendido a controlar seus produtos químicos. Como se auto-prescrever. Com atenção plena. E ele havia aprendido a identificá-lo nos outros.

Era difícil de explicar. O homem no vídeo exibia microexpressões que só alguém como Cal conseguia perceber. Uma linguagem secreta.

O homem flutuava. Como se estivesse andando sobre a água.

Cal entendeu. Esse homem não tinha passado. Não tinha futuro. Ele era apenas o agora.

Cal sentia como se estivesse perseguindo a si mesmo. E, de uma forma estranha, sentia-se menos sozinho no mundo.

PAT ROTI FEZ uma reconhecimento facial do garoto na filmagem. O aparato de inteligência mantinha um extenso banco de dados de registros faciais retirados das redes sociais. Facebook, Instagram, Tinder, você escolhe. Qualquer pessoa que já tivesse tido uma conta ou mesmo sido marcada em uma foto estava lá.

Cordeiros não conduzidos, mas sim oferecendo-se para o abate.

Pat encontrou uma correspondência para o garoto com a camiseta do Justiceiro. Seu nome era Ryan Sheehan.

Ele encaminhou a informação para Cal.

POR QUE O *homem simplesmente não destruiu o Bronco?*, pensou Cal, enquanto dirigia para o sul em direção ao Rancho Sheehan. Por que vendê-lo e (presumivelmente) a arma do crime? Era a única ponta solta. A única coisa que ligava o homem ao crime.

E por que deixar todas essas pistas? Pegando rodovias e estradas com pedágio, levando-os ao Walmart, mas escondendo habilmente sua identidade das câmeras?

Se fosse ele, Cal sabia por que faria isso. Era uma roleta russa. A emoção. O homem não podia deixar isso acabar.

Ele precisava manter a guerra.

Ambos precisavam.

Era 5 de julho e Lance acordou antes do sol nascer. Ele precisava tirar Ryan da cabeça, então pegou sua Springfield 30-06 e saiu para caçar.

Caça era como ele chamava, de qualquer forma. Ele não gostava de matar coisas. Não desde a guerra. Então, ele atirava em galhos de árvores em cumes distantes, cactos em vales profundos, pedras no topo de cânions altos.

Ele matou seu primeiro homem na segunda semana de serviço ativo. Ele era o homem da frente, limpando o que pensava ser uma vila vazia, quando se deparou cara a cara com um vietcongue. Literalmente, quase esbarraram um no outro ao virar uma esquina. O pobre coitado parecia tão surpreso quanto Lance. Lance apertou os olhos e reagiu, puxando o gatilho de seu M16. O sangue e o tecido cerebral do homem espirraram por todo o seu corpo.

Ele ficou um pouco histérico depois disso. Foi uma histeria silenciosa que o acompanhou durante a guerra. E o acompanhou até casa.

Ele viu muitas pessoas morrerem. Ele não sabia por que havia sobrevivido.

Lance teve que passar muito tempo no hospital quando voltou ao mundo. E, mesmo depois de todos esses anos, ele ainda não conseguia dormir a noite inteira. Então, agora ele só atirava em coisas que não sangravam.

Como recosturar uma ferida que nunca cicatrizaria. Cada vez que puxava o gatilho, o poder que aqueles anos terríveis tinham sobre ele diminuía.

A arma era apenas uma ferramenta. Nada mais. Ele era quem estava no controle, ele se assegurava.

CAL OBSERVOU o velho sair do rancho com sua espingarda calibre 30-06 e, vendo que não havia mais ninguém no rancho, decidiu segui-lo. Ele seguiu seus rastros pelo deserto até ouvir os tiros da espingarda. Cal não estava armado, mas não estava preocupado.

Ele seguiu o som até que ele se calou. Em uma clareira, ele encontrou balas alojadas em troncos de árvores. Braços de cactos arrancados e pedras lascadas por balas ricocheteando.

O velho era o pior caçador do mundo ou estava com alguns parafusos a menos, pensou Cal. Ele pegou o rastro do velho e o seguiu até um labirinto de penhascos e rochedos repleto de pedras.

Ele o seguiu furtivamente pelo labirinto de arenito. Tudo o que ele podia ouvir era o vento.

Então, abruptamente, os rastros desapareceram.

Cal sorriu para si mesmo. Ele sabia que o velho estava em algum lugar à frente, esperando para emboscá-lo.

Cal não sabia dizer por que fez isso. Talvez fosse admiração. Pelo velho. Pela luta que ainda restava nele. Ou talvez fosse pela mesma razão que ele permitiu que o jovem delinquente apontasse sua arma para ele em South Central. Algo que ele ainda estava tentando entender.

Mas, por qualquer motivo, Cal não se virou. Ele seguiu em frente até ouvir o rifle ser engatilhado atrás dele.

QUANDO LANCE o notou pela primeira vez, não pensou que o homem estivesse seguindo-o. No entanto, ele tinha que admitir que havia algo estranho nele. Ele não tinha um rifle ou arco para caçar e não estava vestido para fazer trilhas. O que diabos ele estava fazendo aqui no deserto?

Lance tinha poucos motivos para suspeitar que o homem tivesse algum interesse nele, porque, bem, ele não era tão interessante assim. Ele levava uma vida tranquila e mantinha-se reservado. Mas tinha havido aquele incidente recente com a milícia. Quando ele tentou ir buscar Ryan. Quando ele quebrou o nariz daquele sujeito. Será que eles...?

Não.

De jeito nenhum.

De qualquer forma, Lance não gostou da presença do intruso. Ele se retirou para a solidão e privacidade dos penhascos para esperar que ele fosse embora.

Foi então que Lance viu o homem examinando sua pontaria antes de seguir seus rastros até os penhascos. A "caçada" de Lance acabara de se tornar uma caçada.

Lance deixou um rastro que levava a um desfiladeiro confinado com paredes rochosas íngremes e vários lugares para se esconder. Parado no meio do desfiladeiro, ele saltou para o lado sobre uma pedra e voltou. Ele se escondeu sob a sombra de uma pequena rocha.

Logo, ele ouviu os passos de seu perseguidor na areia. Lance rastreou o som enquanto o homem seguia o caminho que ele havia traçado para ele e, quando chegou a hora certa, Lance saiu de seu esconderijo e apontou seu rifle para as costas do intruso.

Lance não gostava de matar. Mas, às vezes, um homem precisa fazer coisas que não gosta.

Cal levantou os braços lentamente. "Não estou armado."

O veterano apontou a arma para Cal. Fique quieto.

"Vou me virar, tudo bem?", disse Cal enquanto se virava lentamente e ficava de frente para o velho. "Só quero conversar."

"Aposto que sim."

"Estou procurando Ryan Sheehan. Você o conhece?"

Os olhos do velho se estreitaram.

"Ele está dirigindo um Ford Bronco roubado", disse Cal.

"A polícia não disse nada sobre ele ser roubado."

"Isso é porque ainda não foi registrado."

"Por que isso?"

"Porque o proprietário foi assassinado."

O velho piscou. "Dê meia-volta. Mãos onde eu possa vê-las."

Cal nunca ficava nervoso nesse tipo de situação. Olhando para o cano de uma arma. Outros poderiam sentir o coração palpitando. As mãos suadas. Mas seu corpo não reagia dessa forma. Era pela mesma razão que ele conseguia passar no teste do detector de mentiras. A maioria das pessoas sente ansiedade quando mente. Culpa. Esse sentimento é registrado em um aumento da pressão arterial. O corpo de uma pessoa normal sempre a trai. Mas não o de Cal.

Cal raramente sentia culpa.

Ele sabia que provavelmente tinha o que os psicólogos consideravam uma "personalidade antissocial". Era por isso que era tão bom no que fazia. A culpa era uma emoção inútil. Era fraqueza.

Ele sabia que poderia facilmente desarmar o velho. Sabia que poderia fazê-lo falar. Não sentiria nada por isso. Mas isso ia contra seus princípios.

Ele sabia disso. Esse homem era um dos guerreiros.

LANCE NUNCA FOI PARA A FACULDADE. Em 1969, o país estava desesperado por soldados e chegou a sua vez. Ele foi fazer o exame físico e nunca mais saiu. Teve que ligar para a mãe do centro de recrutamento e dizer que não iria jantar em casa. Ele nem tinha sua escova de dentes.

Sua primeira batalha ocorreu menos de uma semana após o início de sua missão. Ele estava em uma trincheira, operando uma metralhadora pesada M60. Balas zuniam sobre sua cabeça. O inimigo estava lá fora, na selva. Invisível. Onipresente.

Lance apertou o gatilho e disparou às cegas. Lágrimas e ranho escorriam pelo seu rosto. Todos os veteranos riam dele.

O inimigo recuou e, quando Lance abriu os olhos, viu o buraco fumegante de fósforo a poucos metros à sua frente, cavado por balas traçantes. Ele estava atirando no chão.

Depois disso, ele aprendeu a chorar apenas por dentro. Ele carregava sua histeria silenciosa como um tumor que crescia e crescia. Ele estava com medo a cada segundo de cada dia.

Mas o homem que Lance agora mirava com seu rifle parecia incapaz de sentir medo. Lance havia encontrado homens como ele no Vietnã. Era como se faltasse algo neles. Não eram completamente humanos.

Eles estavam envolvidos nas operações mais sombrias e secretas. Eram homens que não existiam.

"Quem o enviou?", perguntou Lance ao estranho.

"Estou investigando um assassinato."

"Você não é policial."

"Sou um investigador particular."

"O que você quer?"

"Falar com Ryan Sheehan."

Lance fez uma pausa. O homem não parecia ser da milícia. Ele demonstrava pouca emoção, enquanto os membros da milícia tendiam a ter emoção demais. Ódio, principalmente.

Lance sempre achou que não fazia sentido se ofender com racistas ou grupos de ódio. Na sua opinião, pessoas assim andavam no ônibus escolar. Elas mereciam suas próprias Olimpíadas.

"Já disse aos federais onde podem encontrar o Ryan", disse Lance.

"Eles são apenas policiais."

"E você é?"

O estranho olhou nos olhos dele. "Você sabe o que eu sou."

Lance viu a guerra nos olhos dele. "Se eu lhe disser onde ele está, você me promete que o trará para casa?"

"Sim."

"Traga-o de volta vivo ou eu juro por Deus..."

"Eu sei", disse o estranho suavemente. "Eu sei."

LANCE DEU A CAL seu ID Apple e senha, para que Cal pudesse rastrear o telefone no Bronco de Ryan. Ele estava a dez milhas de distância quando o sinal morreu. Tudo o que ele tinha eram os rastros no deserto.

Estava escuro quando ele ouviu o estrondo de tiros. Ele estacionou seu Range Rover e pegou seu rifle HK e FN SCAR com silenciador na parte de trás. Ele seguiu o som a pé, subindo uma crista rochosa.

Os tiros estavam mais próximos agora. Ele observou a clareira abaixo com sua mira noturna. Viu um grupo de homens armados reunidos ao redor de um Toyota Camry. Um homem asiático com um chapéu de cowboy estava curvado sobre o veículo com uma faca, cortando os pneus.

Então o grupo se escondeu em vários lugares, cercando o carro. Uma emboscada.

Os tiros continuavam em algum lugar na escuridão. Cal moveu-se para o leste, atravessando a crista, e examinou o horizonte escuro.

Agora estava tudo silencioso. Um homem com um colete do FBI estava agachado em uma ravina, segurando uma espingarda. Mais ao sul, atiradores silenciosos espreitavam como tigres na grama alta, esperando por suas presas.

"Não faça isso", sussurrou Cal para o homem agachado em sua mira. "Fique escondido."

A quinze metros atrás do homem agachado, uma mulher com um colete da ATF corria com um jovem ao seu lado. Cal focou sua mira no rosto do jovem e o identificou.

Ryan Sheehan.

Um único tiro rompeu a noite como um osso.

Cal voltou sua mira para o homem agachado. Ele agora estava deitado de costas. Baleado no rosto, mas ainda vivo. Seus algozes se aproximaram dele. Cal acompanhou suas figuras com sua mira. Ele poderia eliminá-los e salvar o homem com o colete do FBI, mas ele não era a prioridade.

Cal se moveu para o oeste para interceptar Ryan.

Ele voltou para a crista com vista para o Toyota Camry. Ele observou o homem asiático e seus capangas esperando em emboscada.

Agora ele observava a mulher com o colete da ATF emergir da noite escura com Ryan. Eles correram em direção ao Camry.

Cal abriu o bipé do seu FN SCAR e deitou-se de bruços na terra. Através da mira, observou os homens a cercarem Ryan e a mulher.

Ele traçou sua mira sobre a meia dúzia de homens armados. Expostos e desprevenidos.

Cada vez que puxava o gatilho era como uma dose de cocaína. Ele atirou primeiro no homem asiático e depois foi avançando de fora para dentro. Após as três primeiras mortes, os outros atiradores pareciam ter percebido a futilidade da sua situação, largaram as armas e levantaram os braços. Mas um viciado não pára até que o saco esteja vazio.

Após o massacre, Cal pendurou seu rifle no ombro e desceu a colina. A mulher estava frenética. Ela protegeu Ryan e apontou sua Glock para Cal.

"Calma", disse Cal. "Eu trabalho para Marco Barros."

"Quem diabos é você?"

Ela estava morrendo de medo, e isso fez Cal sorrir. Ele não sabia bem por quê. Talvez achasse isso fofo. Ela com tanto medo de morrer. Ele tentou fazer com que seu sorriso despreocupado parecesse amigável, não cínico. "Me chame de Cal."

Depois de alguns minutos para se recompor, Miranda disse a Cal seu nome e que era a agente da ATF responsável pela investigação de Arianna Barros, e pediu que ele largasse a arma até que ela conseguisse chegar a um local com sinal de celular para verificar quem ele era.

"Ligue para quem precisar", disse Cal, entregando-lhe um telefone via satélite. Ela pegou o telefone e ligou para McClean.

"Ele só está lá para ajudar", disse McClean.

"Acho que você está confuso. Esta investigação é minha."

"E como está indo? Você está mais perto de encontrar o assassino?"

Miranda não respondeu.

"O senador não está correndo riscos", disse McClean. "Aquele homem é o melhor dos melhores. Você vai trabalhar com ele, ou vamos designar alguém para este caso que o faça."

McClean desligou. Miranda adoraria ser transferida. Mas havia Camilla. Ela não podia voltar de mãos vazias. Ela estava presa a trabalhar com esse mercenário. Sua investigação agora flutuava nas águas turvas da legalidade, onde vivem os ricos e poderosos.

Cal estendeu a mão para pegar seu telefone via satélite, mas Miranda o segurou.

"Preciso ligar para informar isso", disse ela.

"Ainda não", disse Cal, pegando o telefone de volta. Ele se afastou em direção ao deserto.

"Aonde você vai?" Ela o seguiu com Ryan.

Eles encontraram o corpo crivado de balas de Greco a cerca de duzentos metros a leste deles.

"O primeiro tiro não foi fatal", disse Cal. "Triste."

"Como você sabe disso?"

"Porque eu vi acontecer."

Miranda estreitou os olhos. "Você poderia tê-lo salvado?"

Cal não respondeu. Ele colocou o corpo de Greco sobre o ombro.

"O que você está fazendo?", disse Miranda. "Esta é uma cena de crime."

Cal marchou para o norte com o corpo.

"Pare", disse Miranda.

Quando Cal não respondeu, ela se colocou no caminho dele e sacou a pistola. "Eu disse para parar." Desta vez, Cal obedeceu. "Solte-o", disse ela.

"O FBI não tem jurisdição para operar no México", disse Cal.

"México?"

Cal ergueu um receptor GPS Navstar. "Você está a cerca de 50 metros da fronteira."

Merda, pensou Miranda.

"Você quer ter que explicar isso? Por que você e outro agente federal entraram em uma onda de violência armada em solo mexicano?", perguntou Cal. "Ele foi morto nos Estados Unidos. E é lá que encontrarão seu corpo." Ele voltou a marchar.

"E os outros corpos? E as pessoas que você massacrou?"

Cal deu de ombros. "Eles são problema do México." Cal verificou seu receptor GPS e então colocou o corpo de Greco no que Miranda supôs ser o lado americano da fronteira.

Cal virou-se para Ryan. "Venha comigo, garoto."

"Ele está preso", disse Miranda.

"Eu sei que está. Mas prometi ao avô dele que o levaria para casa. Você pode ficar com ele depois."

"Essa decisão não é sua."

"Olhe. Acabei de salvar sua vida. Agora você pode vir conosco até a casa do avô dele e assumir a custódia a partir daí, ou pode ficar aqui no deserto com seu amigo."

A ameaça era bastante velada.

Miranda nunca foi do tipo que se intimidava. Por ninguém.

Exceto talvez pelo Cal.

RYAN FOI COM Cal no Range Rover. Miranda seguiu no Camry.

Isso está completamente fodido, ela pensou, enquanto entravam no Rancho Sheehan.

Lance ouviu-os se aproximando. Quando viu Ryan, seus olhos brilharam. Então ele viu as algemas.

"Ele não pode ficar", disse Cal.

Lance abriu a boca para falar, mas pareceu mudar de ideia e simplesmente acenou com a cabeça.

"Você tem cinco minutos", disse Cal.

"Fique a menos de seis metros e não saia da minha linha de visão", disse Miranda.

Lance e Ryan caminharam até um velho celeiro, deixando Miranda com Cal.

"Cal?", disse Miranda. "Cal o quê?"

"Apenas Cal."

"Não entendo por que Barros enviou você."

"Nunca é demais ter mais uma ajuda."

"Só que eu não sei quem diabos você é."

"Sou alguém muito bom no que faço."

Ela olhou para ele, insegura. "Então, o que diabos eu digo sobre o Greco?", perguntou Miranda.

"Ele foi baleado em solo americano por narcotraficantes."

"E todos os outros corpos?"

"Uma dúzia de bandidos mortos no deserto mexicano. Nem vai dar notícia."

"Mas nós sabemos. Aqueles homens estavam se rendendo. Você os massacrou."

"Eles eram homens bons?"

Miranda fez uma pausa. É claro que Cal não acreditava em conceitos abstratos como o bem e o mal, mas ele imaginava que ela acreditava.

"O mundo está melhor sem eles?", perguntou Cal.

"Essa não é a questão", disse Miranda.

"Era uma vez um burro de três patas", disse Cal.

"O quê?"

"Ele era o animal mais solitário da fazenda. Quando você vê um burro com três patas, pensa: 'Esse desgraçado não consegue carregar peso, para que ele serve?'. Então, tudo o que esse filho da mãe queria era carregar peso. Tudo o que ele queria era uma chance.

Até que um dia, quando o curral estava muito movimentado, nosso herói manco foi recrutado como último recurso para transportar uma remessa de leite. E ele estava indo muito bem. Com todo o coração. Você pensaria que ele tinha cinco patas. Isso até ele chegar a uma colina que até mesmo uma mula de sete patas teria dificuldade em subir.

"Bem, ele subiu e subiu, e as garrafas de leite na parte de trás estavam balançando. Ele torceu o tornozelo, mas não desistiu. Assustado, o motorista abandonou o carro. Pois ele não tinha fé. Mas o burro nem pestanejou. O burro persistiu. E quando ele chegou à reta final de sua provação, todas as garrafas de leite se quebraram e foram bebidas pela terra.

"E quando ele chegou ao topo da colina, o sol brilhou gloriosamente sobre ele e, naquele momento, de repente, ele teve um ataque cardíaco, se borrou todo e morreu. Morto como a terra, no topo daquela grande colina." Cal verificou a hora. "Mas ele conseguiu chegar lá."

Cal foi até Lance e Ryan e escoltou o prisioneiro de volta ao Camry de Miranda. "Ele é todo seu", disse ele.

"Então, qual foi a graça dessa história?", perguntou Miranda.

"O idiota triunfou, mas ninguém jamais soube e ele morreu sozinho em sua própria merda, então foi realmente um triunfo?"

Miranda não tinha uma resposta.

"Como aqueles mexicanos que estão assando no deserto agora. Foi realmente um massacre se o conhecimento do evento foi enterrado com os mortos?"

"Mas eu sei sobre isso."

"E isso te incomoda?"

"Sim. Isso não te incomoda?"

"Deveria?"

"Sim."

"Por quê?"

"Porque é isso que nos torna humanos."

"É isso que nos torna humanos. E não deuses."

PARTE CINCO

LÁGRIMAS

24

As calçadas brilhavam.

Russ olhou para o céu e não conseguiu ver nenhuma estrela. Nem uma única estrela. Apenas o brilho alaranjado e poluído das luzes da rua.

Ele olhou para o chão e viu chiclete e toda a sujeira e detritos que as pessoas carregavam na sola dos sapatos e, entre tudo isso, havia pequenas partículas brilhantes de granito.

Uma das balas de Lamar havia cortado a espinha de Russ. Ele nunca mais voltaria a andar.

Quando recebeu alta do hospital, Shanay estava esperando. Ela o levou para casa em uma cadeira de rodas. Era bom estar vivo.

Ele voltou para a casa de Shanay e abraçou seu filho. Era o final de agosto e o tempo estava começando a mudar, então Shanay colocou um cobertor sobre os joelhos deles e eles assistiram TV, e ele se sentiu aquecido.

No dia seguinte, Russ foi trabalhar.

Na ausência de Russ, Bumpy supervisionava o canto de Russ. Ele era um garoto alto e magro, com uma voz alta. Russ não sabia seu nome verdadeiro. Era algo islâmico e Bumpy não queria que as pessoas pensassem que ele fazia parte da Al-Qaeda, então ele usava o nome Bumpy.

"E aí, Russ", disse Bumpy. "Ouvi dizer que você estava saindo."

"E aí, Bumps."

Antes de Russ ser baleado, Bumpy trabalhava para ele, mas agora Russ estava sentindo uma mudança na dinâmica. Bumpy estava de pé, olhando para Russ. Agindo como se fosse o líder.

"O que você está fazendo aqui?", disse Bumpy.

"O que você acha? Este é o meu canto."

Boogie deu de ombros. "Você não aparece por aqui há algum tempo."

"Levei um tiro."

"É verdade, é verdade. Mas veja, cara, este não é mais o seu território. Entendeu?"

"Quem disse?"

"Quem você acha?"

LUCY PASSOU A MAIOR parte da vida sozinha em um porão escuro, presa a uma corrente curta e pesada que pendia do pescoço. Ela se exercitava na esteira por horas todos os dias e era bem alimentada, mas era completamente isolada de todos.

Todos, exceto AK. Ele amava Lucy como se ela fosse sua própria filha.

Lucy havia lutado contra doze oponentes. E ela havia matado todos eles. Hoje à noite, era Hugo. Também invicto. Mas, pelo jeito, não por muito tempo.

Lucy cravou os dentes em seu pescoço. Seu sangue quente e metálico jorrou sobre sua língua. Presas e garras. Pedaços de pelo e carne.

Lucy era uma dogo argentino. Hugo era um pit bull. Pelo

menos, era o que ele era quando entrou na arena de luta. A luta havia acabado e agora ele era um cadáver.

AK comemorou. 13 a 0, cara.

"Ei, AK. Posso falar com você?", disse uma voz atrás dele.

AK se virou e viu Russ olhando para ele de sua cadeira de rodas.

"Bumpy disse que agora é ele que comanda meu canto", disse Russ.

AK deu de ombros. "Bumpy tem o respeito dos novatos."

"E eu?"

AK zombou. "Olhe para você."

Russ balançou a cabeça. "Então, é isso?"

"O quê, preciso explicar tudo para você?"

AK voltou-se para o ringue. Um rottweiler foi levado para o ringue. Ele iria lutar contra um terrier adolescente. Havia algo estranho no terrier. Russ olhou atentamente para ele.

"Ei. Esse não é o cachorro do D'Andre?", perguntou Russ.

"Não é mais um cachorrinho", disse AK.

O terrier tinha cicatrizes no corpo de lutas anteriores.

Russ desviou o olhar quando a luta começou.

ESTAVA FRIO DEMAIS para a época do ano naquela noite, e o vento não ajudava. Russ estava mal vestido para o clima, mas não se importava. Ele sentia que merecia o castigo. Ele andou por horas sem nenhum destino específico. Acabou no centro de Chicago — o Loop — e observou pessoas com vidas mais confortáveis comendo em restaurantes finos.

Ele se perguntou como podia se sentir tão sozinho estando entre tantas pessoas. Essa era a coisa engraçada das cidades. Se ele fechasse os olhos e morresse naquele momento, ele se perguntou quanto tempo levaria para alguém perceber.

Russ acabou no Checkers e pediu um cheeseburger com

bacon e molho barbecue, batatas fritas temperadas e um milkshake de morango.

Ele se lembrou de como D'Andre costumava mergulhar suas batatas fritas no milk-shake. Russ sempre achou isso nojento. D'Andre disse para ele não falar besteira antes de experimentar, mas ele nunca experimentou.

Russ levou sua bandeja com a comida até uma mesa e a colocou sobre ela. Ele pegou uma batata frita, colocou um pouco do seu milk-shake de morango congelado e mergulhou a batata na boca.

No momento em que tocou sua língua, ele começou a chorar.

Naquela noite, deitado na cama com Shanay, ele não conseguia dormir, pensando no cachorro de D'Andre.

25

Ryan foi preso por tentar importar armas de fogo ilegais. Durante a execução de um mandado de busca no Rancho Sheehan, as autoridades conseguiram ligar uma de suas Colt 1911 ao assassinato do proprietário de uma oficina mecânica local, Arturo Maciel. Quando interrogado, Ryan não negou nada. Ele não apenas admitiu ter matado Arturo, mas também usou o assassinato como um símbolo de honra.

"Arturo era um traficante de drogas ilegal e uma ameaça direta à segurança nacional. Eu estava protegendo meu país. Se tivesse outra chance, não faria nada diferente."

Ryan seria condenado a uma longa pena. Mas não precisava ser prisão perpétua. Não se ele cooperasse.

"Diga-me onde você conseguiu o AR-15", pressionou Miranda na sala de interrogatório da polícia.

Ryan se recusou a cooperar. Ele não reconhecia a autoridade ilegítima dos federais, particularmente da ATF. Essas agências violavam a Constituição, especificamente a Segunda Emenda.

Ryan não cumpriria prisão perpétua. Ele tinha fé que os

Predadores do Senhor ainda estavam por aí. Em breve haveria uma revolução. Uma segunda Guerra Civil. E Ryan seria livre.

Mas então alguns meses se passaram e ainda não havia sinal dos Predadores do Senhor ou da revolução. Ryan se agarrou à esperança o melhor que pôde, mas a prisão pode ser um lugar sem esperança. Ele se aproximou de Deus. Rezando todos os dias por um sinal.

Então, um dia, ele recebeu um.

A NBC estava fazendo uma reportagem sobre o tiroteio não resolvido que matou Arianna Barros e outras doze pessoas, e os pastores Zach e Kelly estavam entre os entrevistados. Ryan viu os pastores na TV da sala de recreação da prisão e foi como se Deus estivesse falando com ele.

Os pastores disseram que Arianna era um membro valioso da comunidade e que não conseguiam imaginar por que alguém iria querer machucá-la. Eles afirmaram nunca ter feito a conexão de que o senador Marco Barros era seu pai. Eles falaram sobre como oravam todos os dias por ela, sua família e até mesmo pelo seu assassino. Eles oravam para que ele fosse capturado, para que tivesse a chance de se arrepender de seus pecados. As portas do reino de Deus estavam abertas para todos até o julgamento final.

Eles convidaram os telespectadores da NBC a baixarem o aplicativo Valorous e a participarem de um de seus cultos online transmitidos ao vivo neste domingo, às 9h, 11h, 13h, 17h, 19h ou 21h.

Ryan imediatamente solicitou privilégios de uso do computador e da internet. Com pouco mais para fazer para passar o tempo, ele se concentrou em Arianna e sua igreja.

Isso se tornou uma obsessão. Ele assistia a todos os sermões. Todos os domingos. Às 9h, 11h, 13h, 17h, 19h *e* 21h. Todo o dinheiro que tinha na cantina era usado diretamente para pagar seus dízimos.

Ryan sabia que era o dono do rifle que matou Arianna. Ele se sentia conectado a ela. Sentia que Deus estava falando com ele através do rifle, levando-o até os pastores.

Um dia, Ryan escreveu uma carta.

Era uma guerra direta: os anjos do céu e os demônios do inferno lutando, dia e noite. E no meio deles estavam homens e mulheres de Deus, lutando por Sua causa. Eu liderava um desses exércitos. Ao olhar para frente, pude ver os portões do inferno. Então, reagrupei o exército que Deus colocou diante de mim e invadimos os portões do inferno. Sempre senti que nasci para proteger o Reino dos Céus e todos os que o habitam, tanto aqui na Terra quanto lá no Céu. Sempre senti que seria alguém que empunharia uma espada em Seu nome e protegeria Seu povo. Um dia, estarei liderando esse exército. E, em nome de Jesus, derrubaremos os portões do Inferno.

Ele dobrou a carta e a colocou em um envelope, que estava endereçado a: "PASTOR ZACH. IGREJA VALOROUS. 423 West 8th Street, Los Angeles, CA 90014".

MIRANDA SABIA QUE não era incomum as pessoas encontrarem a religião na prisão. Para a maioria, tratava-se de lidar com a culpa e ganhar disciplina para se tornarem pessoas melhores. Ryan parecia usá-la para justificar suas ações e aprofundar seu fanatismo.

Miranda solicitou ler todas as cartas enviadas e recebidas por Ryan. Ela leu a carta dele para o Pastor Zach e, em seguida, leu dezenas de outras semelhantes.

RYAN NÃO ENTENDIA. Carta após carta, mas nenhuma resposta. Ele precisava chamar a atenção do pastor. Então, ele escreveu sua próxima carta de forma breve e gentil.

Meu nome é Ryan Sheehan.
Identificação de detento nº 04682957, FCI Victorville.
Fui preso pela agente especial da ATF Miranda Lopez.
Eu sei quem matou Arianna Barros.
Precisamos conversar.

26

D'Andre tinha apenas 17 anos, mas devido à gravidade do seu crime, estava detido no MCC Chicago. Uma prisão para adultos.

Russ entrou com sua cadeira de rodas na sala de visitas para detentos de alta segurança. Havia uma longa fileira de cabines que o lembravam de um campo de tiro.

Ele subiu da cadeira de rodas para um banco de metal e sentou-se em frente a uma divisória vazia de vidro à prova de balas. Um guarda escoltou D'Andre até lá. A princípio, Russ não o reconheceu. Ele usava um boné e o uniforme laranja dos prisioneiros, com as calças caindo sobre o traseiro.

Russ nunca tinha visto D'Andre vestido assim. Mas não era apenas a roupa. Era a maneira como ele se comportava. Ele não andava. Ele se pavoneava. Um andar rígido, ereto, do tipo "não mexa comigo". D'Andre nunca tinha tido essa arrogância.

D'Andre sentou-se do outro lado do vidro. Queixo erguido. Mandíbula cerrada. Olhos gelados.

Eles colocaram os fones de ouvido e Russ se forçou a sorrir. "Como é a comida aí? Ruim como dizem?"

D'Andre apenas lançou um olhar frio.

Russ fez uma pausa, pensando em como começar. "Vim aqui para lhe dizer que isso não é culpa sua."

D'Andre estremeceu. "Foda-se isso."

"Não, cara. Eu deveria ter impedido isso."

"Você nunca foi duro", disse D'Andre.

"A culpa é minha, cara. Não sua. Você é uma boa pessoa."

"Você é fraco. Seu covarde."

"Você se acha durão?" Russ deu um soco no vidro. Um guarda da prisão gritou para ele parar com isso. "Você quer ser durão? Você se acha durão, mano?"

"Vai se foder", disse D'Andre, depois bateu o fone e se afastou.

"A culpa não é sua!", Russ bateu no vidro. Seus olhos se encheram de lágrimas. "A culpa é minha!"

NAQUELE MESMO DIA, AK chamou Russ para a garagem.

"E aí, Hot Wheels?", disse AK com um sorriso cruel enquanto Russ entrava com sua cadeira de rodas no escritório de AK.

"E aí? Você queria me ver?", disse Russ.

"Você se lembra do chinês Yu?"

Russ lembrava-se de ter colocado cartazes eleitorais pela vizinhança com D'Andre.

"Sim", disse Russ.

"O cara fez certas promessas que não está cumprindo", disse AK. "Agora que conseguimos elegê-lo, ele acha que pode nos esquecer, só porque somos negros das ruas." AK fez uma pausa. "Às vezes acho que a prisão seria melhor do que essas ruas."

Russ não entendia o que isso tinha a ver com ele. AK havia abandonado seu território. Pelo que Russ sabia, ele estava fora.

"Preciso que você o ataque", disse AK.

"Eu?"

AK abriu uma das caixas que havia trazido da Indonésia. "Isso aqui é uma porcaria militar", disse ele, levantando uma pistola metralhadora MAC-10. "Pode limpar uma sala inteira de filhos da puta assim. Tudo o que você precisa fazer é chegar perto o suficiente, apontar e apertar o gatilho. O chinês não vai saber o que o atingiu."

AK estendeu a arma para Russ. Russ balançou a cabeça.

"Não vou atirar em nenhum vereador."

"Por que não? Ninguém vai dar pena de morte a um aleijado."

"Não, cara."

AK franziu a testa. Ele girou a MAC-10 na mão e apontou o cano para Russ.

"Sabe, você tem sorte", disse AK.

"Por quê?"

"Todo negro tem seu dia. Ou ele vai para a cadeia ou é morto nas ruas. É a única maneira de tudo acabar. Hoje é o seu dia."

"Então, o que me torna tão sortudo?"

"A maioria dos negros não tem escolha."

Russ olhou para o cano da arma.

"Tudo bem. Eu vou fazer isso. Merda."

AK sorriu e Russ pegou a MAC-10.

"Meu mano", disse AK.

27

D'Andre examinou as estantes. Ele tinha ouvido dizer que a biblioteca da prisão tinha uma coleção de quadrinhos e graphic novels, então criou um programa de estudos para si mesmo. Ele sempre se esforçou muito para aprender o que a escola lhe ensinava. Lendo autores brancos antigos e aprendendo sobre presidentes brancos antigos. Como Abraham Lincoln libertou todos os negros.

Sim, os negros eram realmente livres.

Na verdade, Lincoln podia ir se danar.

D'Andre passou a vida inteira aprendendo o que a escola dizia que ele deveria saber e veja onde isso o levou. A partir de agora, ele iria se educar sozinho. Dane-se o que eles dizem.

Eles não tinham nenhum Pantera Negra ou Miles Morales, então ele escolheu sua terceira opção, o Batman. Bruce Wayne pode ter sido outro cara branco rico, mas pelo menos ele estava ligado nas ruas, acabando com gangsters e coisas do tipo, então D'Andre ainda conseguia se identificar com ele.

Ele queria começar com os clássicos. Uma pesquisa no Google recomendou *Batman: Year One* e *The Dark Knight Returns,* de Frank Miller. *The Killing Joke,* de Alan Moore, também foi altamente recomendado.

Enquanto isso, ele solicitou Luke Cage, Blade e Black Lightning.

A 3.200 KM DE DISTÂNCIA, Ryan também passava muito tempo na biblioteca. Embora a única coisa que ele lesse fosse a Bíblia. Ryan tinha sido um solitário na prisão até então e provavelmente não teria sobrevivido tanto tempo se não fosse considerado de alta prioridade.

Os chefes da prisão sabiam que os federais ainda tinham interesse em Ryan e sabiam que, se ele fosse, digamos, estuprado por uma gangue ou esfaqueado, isso refletiria mal sobre eles. Portanto, os guardas estavam prestando atenção extra nele. Embora, nas últimas semanas, eles tivessem começado a relaxar. Tudo o que Ryan fazia era assistir a sermões da igreja ou ler a Bíblia na biblioteca. Depois de alguns meses, parecia que os outros prisioneiros perderam o interesse e se esqueceram dele.

Ele estava sentado sozinho, lendo a Bíblia como sempre, quando CJ e Shifty entraram. Eles estavam esperando pacientemente desde o dia em que Ryan chegou pela chance de pegar o garoto branco. Sentaram-se em uma mesa próxima e o observavam pelo canto dos olhos.

Depois que o único outro prisioneiro na biblioteca saiu — um veterano com um rabo de cavalo trançado —, restaram apenas CJ, Shifty e Ryan, e foi então que Shifty entrou em ação. Ele se aproximou sorrateiramente por trás de Ryan e colocou uma faca em sua garganta.

"Ei, querido. Não resista."

CJ ficou sentado à mesa e abriu o zíper da calça. Ele gostava de assistir.

Com a lâmina em seu pescoço, Ryan calmamente se levantou e encarou Shifty. Sem medo.

"Agora tire as calças", disse Shifty.

Ryan disse: "Levítico 18:22. 'Não pratique a homossexualidade, não tenha relações sexuais com outro homem como com uma mulher. É um pecado detestável'".

"Eu disse para tirar..."

Num movimento rápido, Ryan cortou Shifty com uma faca. Shifty ficou atordoado. Ele levantou o braço. As artérias cortadas no antebraço jorravam sangue.

"Mesmo quando eu andar pelo vale mais escuro, não terei medo, pois você está ao meu lado. Sua vara e seu cajado me protegem e me confortam", disse Ryan enquanto esfaqueava Shifty repetidamente até a morte.

O sangue jorrava como um cano estourado.

CJ tentou se virar e fugir, mas Ryan enfiou a lâmina em sua espinha. O corpo de CJ se contorceu ao cair no chão.

Ryan casualmente cortou a garganta de CJ com a faca. CJ ofegou enquanto sangrava pela ferida.

Alguns minutos depois, o guarda prisional que estava observando Ryan voltou do banheiro e encontrou Ryan sentado em uma das mesas, coberto de sangue e lendo calmamente sua Bíblia. Dois cadáveres no chão.

Ryan olhou para o guarda prisional e, respondendo a uma pergunta que não tinha sido feita, disse: "Deus disse-me para o fazer."

A notícia se espalhou rapidamente. Quando os guardas estavam levando Ryan algemado pelo bloco de celas, ele podia sentir os olhos de todos os prisioneiros e guardas sobre ele.

Ele foi levado para a unidade de confinamento solitário e colocado em uma cela de 2,4 por 3 metros com uma cama de cimento e sem janelas. Os guardas o deixaram sozinho no espaço silencioso e claustrofóbico. Mas ele estava sorrindo. Porque, a essa altura, todos na prisão sabiam seu nome.

28

Por volta das 22h30, o telefone de AK tocou. "E aí."

"E aí", disse Shanay.

"E aí, garota."

"Onde você está?"

AK inclinou a cabeça. "Achei que você fosse a namorada do Russ."

"Você está zangada?"

"Não estou zangada."

"Uh-huh."

"Não consigo fazer por você como ele fazia, né?"

Shanay fez uma pausa. "Por que você não vem até a minha casa?"

AK sentiu seu corpo esquentar.

"Tudo bem."

Trinta minutos depois, AK estava do lado de fora da casa de Shanay. Com um salto nos passos, ele se aproximou da porta da frente e ouviu alguém ao lado da casa. Ele apertou os olhos na escuridão.

"Ei, você. Quem é aí?"

A resposta veio em uma rajada de tiros de submetralhadora.

Os tiros atingiram seu corpo e o jogaram na calçada. Ele estava morto antes mesmo de cair no chão.

Russ saiu das sombras, empurrando sua cadeira de rodas, segurando a MAC-10.

Era realmente uma arma militar.

Shanay saiu da casa e ficou ao lado de Russ. "Vamos, querido", disse ela, empurrando Russ para longe.

SHANAY ESTACIONOU RUSS do outro lado da rua da garagem de AK.

"Eu deveria entrar com você", disse Russ.

"Querido, ninguém vai mexer comigo", disse ela.

Ela atravessou a rua e desapareceu na garagem.

Depois de um momento, ela reapareceu, carregando o cachorro de D'Andre.

NA MANHÃ SEGUINTE, a Srta. Evelyn acordou com o sol. Ela preparou o café e caminhou em direção à varanda para pegar o jornal. Quando ela destrancou e abriu a porta, havia um cachorro amarrado à sua porta. Ela demorou um pouco para reconhecer o cachorro, mas quando o fez, agachou-se, passou os dedos pelas cicatrizes em seu corpo e foi tomada pelas lágrimas. Ela abraçou o animal e lhe deu as boas-vindas ao lar.

"VOCÊ O DEVOLVEU?", perguntou D'Andre.

Russ estava sentado à sua frente na sala de visitas.

"Ela é uma senhora idosa. Sozinha e tudo mais", disse Russ.

"AK o colocou para lutar?", perguntou D'Andre, com os olhos severos.

"Uh-huh."

D'Andre balançou a cabeça. "Ele está bem?"

"Ele ficou com cicatrizes, mas está bem. Todos nós temos cicatrizes, certo?"

D'Andre baixou os olhos e franziu a testa. "Os caras vão estar atrás de você."

Russ deu de ombros. "Todo mundo vai estar atrás de você."

"É verdade."

Os dois ficaram sentados ali. Russ observou a tensão diminuir no corpo de D'Andre.

"Então, o que há de bom?", disse Russ.

"A comida aqui é uma merda. Eu mataria por um pacote de Lay's."

"Você não está falando sério, né?"

D'Andre sorriu.

"Quero dizer, agora que você está todo durão e tal."

"Vai se foder", disse D'Andre.

Os dois riram.

"Ei, você se lembra do Cheese, da escola primária?", perguntou D'Andre.

"O cara nunca lavava a roupa e sempre cheirava a queijo estragado?"

D'Andre assentiu. "Tem alguém aqui que é igualzinho a ele, cara!"

"Cala a boca."

"Juro, cara."

"Ele cheira melhor do que a comida?", perguntou Russ.

Eles riram e brincaram até que o guarda anunciou que o horário de visita havia terminado e Russ prometeu que voltaria para vê-lo na semana seguinte.

"'Encontramos a arma, encontramos o assassino.' Não foi isso que você disse?" McClean precisava ser firme porque Marco estava na sala, parado na janela do escritório. Uma gárgula silenciosa e decadente.

"A arma chegou ao Arizona por meio de uma venda privada. Sem nomes. Sem verificação de antecedentes. Mas ainda assim, legal", disse Miranda.

"Sabemos o que é uma venda privada, obrigado", disse McClean.

"Este é o único país do mundo onde qualquer pessoa pode comprar uma arma sem que seja mantido um único registro", disse Miranda.

"Não transforme isso em uma questão política."

"A vida é política", respondeu Miranda.

Finalmente, Marco quebrou o silêncio. "Quem diabos matou minha filha?"

Miranda deu de ombros. "Pode ter sido qualquer pessoa. Por qualquer motivo."

PARTE SEIS

PRO DEO ET PATRIA

29

A religião afeta as mesmas partes do cérebro que as drogas. Ou o amor. Ou o sexo. Ou o jogo. Ou a música.

A solitária não incomodava Ryan. Ele estava chapado.

Ele recusava comida. Não saía da sua cela. Não permitia que seus captores tivessem poder sobre ele.

Ele vivia em um retrato que havia pintado em sua mente. Do Rancho Sheehan, restaurado aos seus dias de glória. Tinta fresca, gado gordo e grama verde. Ele era casado com Becky Brock, que morava na mesma rua, e trabalhadores documentados trabalhavam sob a bandeira americana.

Então, um dia, o guarda prisional ruivo e zangado disse a Ryan que ele iria apodrecer sozinho na solitária pelo resto da vida e que todos já se tinham esquecido dele.

Depois disso, Ryan teve dificuldade em viver em seu retrato.

Ryan sabia que era um profeta de Deus. Ele precisava que Deus lhe mostrasse o caminho. Ele rezou, rezou e rezou.

Então aquela vadia que o prendeu interrompeu suas orações.

. . .

A CELA ESTAVA FÉTIDA. Miranda se perguntou se eles estavam permitindo que Ryan tomasse banho. Ele parecia selvagem. Coberto por seus próprios dejetos. As larvas haviam se instalado.

Miranda olhou furiosa para o guarda prisional ruivo. "Como explica isto?"

O guarda apenas deu de ombros. "Não é meu trabalho limpar o traseiro dele."

Eles levaram Ryan para uma sala de interrogatório. Ela deu a ele um momento para se acostumar com o novo ambiente. "Como você está, Ryan?", perguntou Miranda.

Ryan apertou os olhos. Ele parecia um daqueles cães maltratados sobre os quais Sarah McLachlan cantava.

"Há algo em sua mente?", ela perguntou. Por um momento, Miranda se perguntou se ele havia perdido a capacidade de falar. "Eu soube o que aconteceu na biblioteca", ela disse. "Vou falar com os funcionários da prisão para que você seja transferido de volta para a população carcerária comum."

Ryan sentou-se na cadeira. Seu interesse foi despertado.

"Mas não posso fazer isso se você não me ajudar", disse ela. "Quem lhe vendeu a arma?"

Ryan franziu o cenho. "Por que estou aqui?"

Miranda inclinou a cabeça. "Você esqueceu por que está aqui, Ryan?"

Ryan balançou a cabeça. "Estou aqui por proteger a liberdade americana. Protegendo-a de terroristas, traficantes de drogas... e você."

"Ryan. Estou tentando resolver o assassinato de uma jovem inocente. Só isso."

"Você acha que sou idiota? Quando as tropas da ONU caem do céu noturno em helicópteros pretos e os bandidos vestidos de preto da ATF, que confiscam armas, ameaçam nossos direitos

constitucionais, sempre haverá homens como eu para enfrentá-
los."

Ficou claro para Miranda que Ryan estava irracional demais
para ser convencido. Ela passou para o plano B.

"Sei que você tem escrito algumas cartas?"

Ryan cerrou os dentes. "O que tem elas?"

"Estou aqui para perguntar sobre algo que você escreveu em
uma carta em particular."

Ryan recostou-se na cadeira e cruzou os braços.

"'Eu sei quem matou Arianna Barros. Precisamos conversar.'" O
pastor Zach dobrou a carta de Ryan e a colocou no bolso do
paletó.

"Meus repetidos pedidos para falar com Ryan Sheehan
foram negados. Ele está sendo mantido isolado em confinamento solitário e não tem permissão para receber visitas. Isso
me faz pensar: quem não quer que Ryan Sheehan fale e do que
eles têm medo que ele possa dizer?"

O pastor divulgava suas teorias da conspiração em cada um
de seus sermões, que eram transmitidos ao vivo para todo o país.
Por fim, afiliadas de noticiários locais confirmaram que a ATF
havia prendido e estava interrogando um homem chamado
Ryan Sheehan em conexão com o tiroteio contra Arianna
Barros. Então, a notícia se espalhou por todo o país. CNN. Fox
News. MSNBC.

Para os pastores Zach e Kelly, foi uma mina de ouro. Os
dízimos aumentaram 700%. O pastor Zach sentiu que seu
destino finalmente estava se cumprindo.

Desde jovem, ele sonhava em ter sua própria megaigreja.
Outros meninos idolatravam astros de ação e jogadores de beise-
bol. Seus heróis eram homens como Billy Graham e Jerry
Falwell. E seu pai. O pastor Billy Beck. Que, na década de 1950,

pegou a pequena igreja de avivamento de seu pai no Texas, então conhecida como Tree of Life Ministry, e a transformou na WorldMovers Church Inc. Uma das maiores megaigrejas do planeta.

O pastor Zach tinha orgulho de que sua pequena paróquia em Los Angeles fizesse parte da família WorldMovers, mas ele tinha planos maiores. Ele sabia que não era o Messias. Muitas vezes, precisava se lembrar de que era um sacrilégio pensar assim. Mas ele era, no mínimo, um profeta. Um profeta importante. E agora Deus finalmente estava lhe dando os meios para levar sua mensagem ao mundo.

Era o destino divino do pastor Zach salvar o mundo.

O pastor Zach estava em uma concessionária de carros, finalizando a compra de seu novo Rolls Royce Phantom Serenity com acabamento em madrepérola, quando Miranda ligou.

"Aqui é a agente especial Miranda Lopez, da ATF."

Um sorriso sutil se espalhou pelo rosto do pastor. "Como posso ajudá-la, agente Lopez?"

"Sua presença foi solicitada por uma pessoa de interesse para minha investigação."

A PRISÃO HAVIA limpado Ryan para a visita do pastor. Ryan insistiu que eles pudessem falar a sós. De repente, aquele fanático insignificante estava mandando em tudo. Miranda teve que aceitar a situação.

Ryan e o pastor conversaram por quase quatro horas. Depois disso, Miranda tentou entrevistar Ryan, mas ele se mostrou inflexível. "Tudo será revelado", foi tudo o que o psicopata presunçoso disse a ela.

Um guarda prisional escoltou Ryan para fora da sala de entrevistas e de volta para a solitária.

Depois que ele saiu, Miranda removeu o gravador que havia

colocado debaixo da mesa. Não havia base legal para que a conversa de Ryan com o pastor fosse privilegiada, então não era ilegal ela gravá-la.

Tudo será revelado. Pode apostar que sim.

No fim das contas, Miranda descobriria o essencial do que Ryan e o pastor haviam conversado antes mesmo de apertar o botão "Play" no gravador.

Nos primeiros dias da investigação, Miranda se inscreveu na lista de e-mails da Igreja Valorous. Ela voltou para casa, verificou sua conta e encontrou um novo e-mail em massa da Igreja Valorous. O assunto era: *Tudo será revelado.*

Ela clicou para abrir o e-mail e, entre vários gráficos hipster e pseudo-cristãos, uma única frase se destacava como um tumor:

Neste domingo, durante nosso sermão das 13h, Ryan Sheehan revelará quem matou Arianna Barros ao vivo da penitenciária de Victorville. Reserve seu lugar agora e seja testemunha!

Jesus. Eles iriam transmitir Ryan ao vivo para o mundo. Estavam vendendo malditos lugares.

Miranda balançou a cabeça, incrédula. Ela se sentou com uma caneta e um bloco de notas. Pegou o gravador e começou a trabalhar.

A gravação começou com Ryan falando muito sobre como se sentia conectado ao trabalho do pastor. Como ele acreditava que Deus tinha um plano maior para ele. Que ele era um dos guerreiros escolhidos por Deus. Típicas ilusões de grandeza.

Esses dois têm muito em comum, pensou Miranda.

Após cerca de uma hora, eles chegaram ao assunto relevante. O pastor perguntou se ele realmente sabia quem havia matado Arianna.

Ryan disse: "Sim".

"Quem?"

"Eu", disse Ryan. "Eu atirei nela. Atirei em todos eles. Usei uma Colt AR-15 A4 com o número de série removido."

"Por quê, Ryan?"

"O diabo me fez fazer isso."

"Você vai se arrepender?"

"Sim."

Ela pausou a gravação. Precisava de um momento para respirar. Para processar.

É claro que ela não acreditou. Ela sabia que Ryan estava mentindo. A questão era: por quê? Alguém o incitou a fazer isso ou era apenas um caso de simples busca por atenção? Mais uma de suas ilusões de grandeza?

Ela ligou para Lance e perguntou se ele poderia confirmar o paradeiro de Ryan na noite do assassinato de Arianna Barros. Lance não pôde. Ryan ia e vinha quando queria, mesmo antes de se juntar à milícia.

Ryan estava na posse da arma do crime e parecia que todos queriam apenas encerrar o caso. Se ele confessasse o crime e ela não conseguisse provar que não tinha sido ele, a investigação terminaria.

Ela ligou para McClean e contou a situação. McClean disse que ligaria de volta depois de falar com Marco.

Por um momento, Miranda se perguntou se seria tão ruim assim se Ryan confessasse. Ela poderia dizer que havia feito justiça por Arianna. Ela poderia reconquistar Camilla.

Só ela saberia que era mentira. Ela saberia que o verdadeiro assassino ainda estava à solta e que ela havia ajudado a encobrir o crime.

Ela conseguiria viver com isso?

Quando McClean ligou de volta, não foi o que Miranda esperava.

"Não interfira."

"O quê?"

"Deixe a igreja seguir em frente."

"Você sabe o que isso significa?"

"É o que o senador quer."

Miranda revirou os olhos. "Como sempre, agradeço seu apoio."

"Olha. Você está investigando a morte de Arianna há meses e não está nem perto de encontrar um suspeito. Você não sabe o que isso está fazendo com Marco. Pelo menos assim, ele pode tentar seguir em frente."

"Mas é uma mentira."

"Não. É misericórdia."

MIRANDA LIGOU PARA Cal para lhe dar uma atualização. Ele disse que estava em Los Angeles e que deveriam se encontrar. Ele lhe deu o endereço de um restaurante.

Era o tipo de lugar onde um hambúrguer custa dezoito dólares e as batatas fritas são vendidas separadamente. *Que roubo*, pensou Miranda, enquanto examinava o cardápio. A decoração contemporânea e a música moderna significavam que eles podiam cobrar trezentos por cento a mais por algo que era essencialmente um McDonald's glorificado. Criminoso.

A garçonete era uma garota redonda, com rosto de bebê, piercing no nariz e tatuagens de caveiras, rosas, espinhos e punhais nas mangas. Ela começou apresentando o novo hambúrguer Boundless , um hambúrguer à base de plantas que não só tinha gosto exatamente igual ao da carne bovina, mas também tinha menos calorias e era melhor para o meio ambiente, pois o metano liberado pelo gado bovino é responsável por mais de quarenta por cento das emissões de gases de efeito estufa. Junte-se à luta contra os peidos das vacas hoje mesmo!

Ela disse que voltaria logo com algumas garrafas de água.

"Quando os hambúrgueres se tornaram tão políticos?", perguntou Cal.

Coloque carne sem carne produzida em tubo de ensaio em

qualquer cardápio e ganhe pontos extras entre os hipsters. Ela olhou ao redor para os jovens usando seus celulares para tirar fotos de seus hambúrgueres. Eles não estavam pagando pela comida. Estavam pagando por posts e curtidas. Tudo pelo Instagram.

"Por que diabos você quis se encontrar em um lugar como este?", ela perguntou. Eles estavam sentados em uma cabine perto da entrada.

"Você não está prestando atenção", disse ele.

"O quê?"

"Era aqui que ela trabalhava."

A biografia de Arianna voltou à mente de Miranda. Ela relembrou o lugar. Seus olhos se voltaram para a recepcionista. *Era ali que ela ficava*, pensou Miranda. Uma jovem tentando pagar o aluguel. Para sobreviver.

O jovem atrás do balcão ficava olhando para Cal por algum motivo. Ele tinha músculos caricatos e seu corpo era uma mistura confusa de tatuagens coloridas que se destacavam como letreiros de néon chamativos. Sua pele brilhava com um tom alaranjado de bronzeamento artificial e seus dentes eram holofotes ofuscantes de branco.

Ele poderia muito bem estar segurando um megafone e gritando: "Olhem para mim!"

Maldita Los Angeles. Todos eram estrelas de um reality show que só passava em suas cabeças.

É claro que esse fenômeno não se limitava apenas a Los Angeles. A cidade era apenas o epicentro. Era uma doença nacional, que afetava desproporcionalmente qualquer pessoa com menos de trinta anos.

Mas então havia Arianna. Ela não era como as outras pessoas da sua idade. Não tinha a "síndrome da celebridade", a necessidade de ser o centro das atenções.

Ela não buscava fama, atenção ou notoriedade. Para

Miranda, parecia que essas coisas não a teriam justificado. Ela não tinha ego. Ela só queria viver uma vida tranquila e modesta. O que ela esperava encontrar em Los Angeles? Do que ela estava fugindo?

Miranda sabia como era ter medo do mundo. Para lidar com isso, ela construiu uma casca dura. Arianna havia se juntado a uma igreja.

Camilla estava certa. Como ela poderia deixar seus preconceitos pessoais atrapalharem sua visão de Arianna como ela realmente era? Um ser humano. Uma jovem inocente assassinada. Ela não podia deixar os pastores fazerem isso. Não podia deixá-los transformar a morte da garota em um espetáculo secundário.

Por que Marco concordaria com isso?

Por que ele protegeria os verdadeiros assassinos?

Talvez fosse como McClean disse. Talvez fosse realmente apenas um delírio causado pela necessidade desesperada de um pai enlutado de encerrar o assunto a qualquer custo. Ou talvez fosse outra coisa.

Miranda tinha que considerar todas as possibilidades.

Arianna era um risco político.

Marco era um homem notoriamente ambicioso. Ele estava perdendo a eleição, mas desde a morte dela, sua popularidade havia disparado. Sua reeleição estava praticamente garantida.

Ela ainda sentia que estava faltando alguma coisa.

Miranda tinha dificuldade em acreditar que Barros pudesse mandar matar a própria filha apenas para manter um lugar no Senado. E a sua dor parecia tão real.

Mas, novamente, os políticos são sociopatas.

Quando Miranda era jovem, sua mãe tinha um tomateiro. A tarefa de Miranda era ficar sempre atenta às pragas. Caracóis, minhocas, insetos e coisas do gênero. Sempre que descobria uma criatura que nunca tinha visto antes, ela a capturava e mostrava à mãe. Um dia, ela encontrou uma lagarta verde. Ela nunca tinha visto uma assim antes, então a colocou em um copo transparente e tampou. A lagarta explorou o copo, mas depois de um tempo, tudo o que fazia era dar voltas no fundo. A cabeça perseguindo o rabo. Sem ir a lugar nenhum.

Então começou a se comer.

No início, Miranda pensou que o inseto tivesse apenas se mordido acidentalmente e aprendido a lição. Mas ele não parou. Continuou a morder cegamente a própria cauda, consumindo a própria carne. Seu sangue verde viscoso encheu o fundo do copo. Por fim, ele se afogou.

Naquele momento, Miranda se sentia como aquela lagarta. Perseguindo sua própria cauda. Perdendo Camilla, que era tudo para ela. Afogando-se.

Era hora de escapar do copo Dixie.

As vendas estavam em alta. A loja virtual da Valorous mal conseguia acompanhar a demanda e o álbum de estreia da banda Valorous estava recebendo milhões de streams todos os meses.

O pastor Zach não estava apenas salvando o mundo. Ele estava dominando-o.

Ele sempre amou o calor das luzes do palco. A iluminação da transmissão não era diferente. Ele estava sentado ao lado de sua esposa e em frente a Diana Jessa em seu programa de notícias nacional, *Diana Jessa Live*.

"Ryan Sheehan me escreveu uma carta há duas semanas da prisão. Desde então, tenho mantido correspondência com ele diariamente", disse o pastor Zach.

"Por que você acha que ele entrou em contato com você, mas se recusou a cooperar com as autoridades?", perguntou Diana Jessa.

"A polícia não pode oferecer salvação."

"Mas você pode?"

"Só Jesus pode. Mas eu posso ajudá-lo a abrir seu coração e encontrar o caminho. Ryan Sheehan quer redenção. O primeiro passo nessa jornada é a honestidade absoluta. Ele tem guardado um segredo que está corroendo sua alma. A identidade da pessoa ou pessoas responsáveis pelo tiroteio que tirou a vida de nossa Arianna e de outras doze pessoas."

"Mas não seria mais apropriado que Ryan Sheehan cooperasse com as autoridades?", perguntou Diana. "Pode-se argumentar que, ao permitir que Ryan Sheehan revele publicamente quem ele afirma ter matado Arianna Barros e os outros, você está dificultando o trabalho das autoridades e, em última análise, a obtenção de justiça para Arianna."

"Deus é o juiz supremo, o administrador supremo da justiça, e não há tribunal maior do que a igreja", disse o pastor Zach. "Por meio da revelação pública de Ryan, o mundo pode se unir em oração não apenas por Arianna, mas também por seu assassino. Para que eles recebam justiça rápida e busquem redenção pelo mal que fizeram."

"O que você diria às pessoas que argumentam que você e sua esposa estão simplesmente lucrando com a morte de Arianna Barros?"

Os olhos do pastor Zach se arregalaram e sua voz tremeu de paixão. "Eu digo que estou desmascarando Satanás! Expulsando-o! Eu digo que estou fazendo o trabalho de Deus..."

"Pare com isso", disse Miranda, enquanto ela e meia dúzia de policiais uniformizados invadiam o set. Ela sabia que o reforço era exagero, mas as câmeras estavam rodando e ela queria dar um show.

Ela marchou até o pastor Zach. "Levante-se."

O pastor Zach olhou em volta, confuso. Ele não parecia entender que ela estava falando com ele.

"Não vou repetir."

Ele levantou-se hesitante da cadeira. Miranda pegou nas algemas.

"Zachary Beck, você tem o direito de permanecer em silêncio..."

"O quê?", disse o pastor Zach.

"Tudo o que você disser poderá ser usado contra você em um tribunal." Ela forçou as mãos dele para trás das costas e algemou seus pulsos. "Você tem direito a um advogado. Se não puder pagar um advogado, um será fornecido para você."

O pastor Zach gaguejou. O choque se transformou em medo.

"Você entende os direitos que acabei de ler para você?" Ele olhou para ela, com olhos assustados. Ela quase sentiu pena dele. Ela o conduziu até a porta como um cordeiro para o matadouro.

No corredor fora do estúdio, o pastor finalmente conseguiu perguntar por que estava sendo preso.

"Fraude", disse Miranda.

MIRANDA PRECISAVA PARAR o show de Ryan Sheehan e tinha um pressentimento incômodo de que os registros financeiros da igreja revelariam algo escandaloso, mas um juiz não assinaria um mandado sem motivo. Durante anos, o pastor Zach vinha prometendo construir uma igreja permanente, para que não precisassem alugar casas noturnas para os cultos de domingo. Miranda argumentou que usar os dízimos religiosos para alugar uma mansão em Huntington Beach e pagar férias no Havaí, em vez de cumprir sua promessa de uma igreja permanente, constituía fraude.

Era uma acusação duvidosa, na melhor das hipóteses, e Miranda sabia que nunca iria colar. Inúmeros pregadores de megaigrejas tinham feito o mesmo e pior com o dinheiro dos seus paroquianos. Era o seu *modus operandi*.

Mas a acusação de prisão concedeu a Miranda o acesso aos registros financeiros da igreja de que ela precisava.

Ela sabia que os pastores estavam sendo prejudicados e que era ela quem estava fazendo isso, mas os fins justificam os meios, certo? Além disso, eles enriqueceram às custas de trabalhadores escravos vulneráveis e com lavagem cerebral, a quem chamavam de voluntários. Eles dificilmente eram inocentes.

Ela tinha que admitir que era gratificante prender o pastor em uma noite de sábado. Ele não veria um juiz até segunda-feira.

Quando Miranda conseguiu o mandado para examinar os livros da igreja, a última coisa que esperava era ver o nome de Marco Barros em todos eles.

30

"A pessoa mais poderosa da América é um homem branco religioso."

Cal estava em uma operação no norte da África quando um dos membros de sua equipe fez esse comentário.

"Basta olhar para os presidentes. Noventa por cento se encaixam nesse padrão. Obama era negro. Lincoln e Jefferson não tinham afiliação religiosa. Todos os outros eram homens brancos cristãos."

A pessoa mais poderosa dos Estados Unidos é um homem branco religioso.

Cal se perguntou se Warren Buffett, Jeff Bezos ou Jamie Dimon eram religiosos.

MIRANDA DIRIGIU COM Cal pelo centro de Houston. O pastor Billy Beck combinou de se encontrar com eles no campus principal da Igreja WorldMovers — um estádio esportivo reformado ao sul da cidade.

A análise de Miranda das finanças da Valorous revelou algo

frutífero. Mas o fruto estava envenenado. Ela precisava ter cuidado ao mordê-lo.

Ela descobriu que Marco Barros vinha doando grandes somas de dinheiro para a Valorous há anos.

Pelo que Miranda sabia, Marco não tinha nenhuma ligação com a igreja do pastor Zach. Então, ela investigou um pouco e descobriu que ele tinha relações com a igreja do pai do pastor Zach há décadas.

Hoje, a megaigreja conhecida como WorldMovers era uma das mais ricas do planeta. Era a igreja matriz da Valorous, e Marco era um doador generoso e discreto desde os seus vinte anos. Ele praticamente a construiu.

Era uma afiliação sobre a qual Marco mantinha um silêncio notável.

Após a morte de Arianna, Marco estava novamente com bons índices de popularidade. O dinheiro estava entrando em Valorous e, por extensão, na WorldMovers. Mas, para Miranda, sua dor parecia tão legítima. Seria arrependimento? Algo havia saído do controle?

De qualquer forma, os fatos eram os fatos. A morte de Arianna havia beneficiado Marco. Motivo, meios e oportunidade. E se Marco estivesse de alguma forma envolvido na morte de sua filha, isso explicaria por que ele estava tão ansioso para deixar Ryan Sheehan assumir a culpa.

Antes de confrontar Marco, Miranda achou melhor interrogar o presidente da Igreja WorldMovers.

Ela levou Cal junto, mas não contou nada a ele. Ele era homem do Marco e ela sabia que não podia confiar nele. Ela queria avaliar o quanto ele sabia. Mantenha seus amigos por perto, mas seus inimigos ainda mais perto. Ela ainda estava tentando descobrir o quanto Cal precisava estar por perto.

O presidente da Igreja WorldMovers se chamava Billy Beck.

Ele era o pai do pastor Zach. Esse homem, com mais de 70 anos, ainda tinha a vitalidade e o carisma para energizar estádios com dezenas de milhares de pessoas. Câmeras giravam em torno dele. Sua imagem era transmitida para as casas de mais de dez milhões de telespectadores americanos em qualquer domingo.

Mas fora do palco, Billy Beck era William. Billy Beck tinha um sotaque sulista, mas William usava uma dicção não regional.

Billy Beck era carismático e extrovertido. Um homem do povo. William era reservado e superior.

Billy Beck era um showman. William era um CEO.

Você não se tornou um multimilionário sem ter jeito para os negócios.

"Você tem perguntas", disse William, com tanto charme quanto uma calculadora de mesa. Eles estavam sentados à sua frente, em seu escritório.

"Sim."

Ele olhou para ela sem expressão.

"Você conhece Marco Barros?", ela perguntou.

"Sim."

"Como?"

"Ele é um paroquiano."

"Quando vocês se conheceram?"

"Há aproximadamente quarenta anos."

"E como foi esse encontro?"

"Ele se apresentou para mim depois de um dos nossos cultos dominicais. Nossa congregação era muito menor naquela época."

"Você sabia que ele estava na política?"

"Acho que ele mencionou isso."

"Ele doou muito dinheiro para a sua igreja ao longo dos anos." Ela esperou que ele dissesse alguma coisa.

"Havia alguma pergunta?"

"Por que ele doou tanto dinheiro?"

"Você teria que perguntar isso a ele."

"Ele pediu algo em troca?"

"Não."

"Sua congregação realmente apoiou Marco Barros. Pode-se argumentar que a WorldMovers é a razão pela qual ele está onde está hoje, e vice-versa."

Ele olhou para ela sem entender. Ela suspirou.

"Marco Barros pagou para você apoiá-lo?"

"Não", ele respondeu secamente.

"Você conhecia a filha dele?"

"Eu nunca conheci a garota. Pelo que entendi, ela estava mais envolvida com a paróquia do meu filho."

"E você não se importa que seu filho tenha transformado a morte dela em um golpe publicitário?"

"Essa pergunta é provocativa." Ele olhou para o seu Rolex.

"Por que uma árvore?", perguntou Cal.

Miranda e Billy Beck olharam para ele. Era a primeira vez que ele falava durante toda a reunião. Cal estava se referindo a uma faixa pendurada atrás da mesa de Billy Beck com a imagem de uma árvore. Seus galhos se estendiam amplamente em direção ao céu.

"No início, éramos chamados de Ministério da Árvore da Vida. Esse era o nosso logotipo."

Miranda olhou para Cal. Ele estava sentado ali, com uma expressão impassível. Ela voltou-se para Billy Beck.

"Obrigada pelo seu tempo, pastor Beck", disse ela, depois se levantou e caminhou com Cal em direção à porta.

"Você mexeu com as pessoas erradas."

Miranda parou e olhou para ele. "Como assim?"

Seu sotaque sulista lentamente se revelou. A emoção tomou conta de sua voz e seus olhos escureceram.

"Você prendeu meu filho por uma acusação que ambos

sabemos ser absurda. Você atacou minha fé e minha família. As pessoas costumam ignorar o Antigo Testamento. Elas esquecem que Deus pode ser vingativo e verdadeiramente violento. Tenha cuidado, agente Lopez."

Isso estava muito longe do McDonald's espiritual e fofo que o homem servia todos os domingos.

"Isso é uma ameaça, pastor?"

"Não, senhora. Apenas um sermão de um velho pregador."

DE VOLTA A LOS ANGELES, o SAC Scarpelli estava furioso.

"Você está louco? O que a WorldMovers tem a ver com o assassinato de Arianna Barros?"

"Ainda estou tentando descobrir, senhor", disse Miranda, parada rigidamente em frente à mesa dele.

"Como prender o pastor da garota se encaixa nessa sua grande teoria?"

"Como eu disse, ainda estou trabalhando nisso."

"Não. Você não está."

"Senhor?"

"O senador quer que você saia do caso."

"Não sabia que respondíamos a ele."

"Não. Você responde a mim e, francamente, concordo com ele."

"Isso é uma besteira."

As narinas de Scarpelli dilataram-se. "Desculpe. Pode repetir isso?"

"Há algo de estranho acontecendo entre Marco Barros e Billy Beck."

"O agente Cooley vai assumir a investigação. Coloque-o a par da situação." Ele acenou para que ela saísse do escritório.

Miranda cerrou os dentes.

Agente especial Chad Cooley.

Puxa-saco. Sim senhor. Político de escritório. E totalmente incompetente.

Se ela fosse uma pessoa rica e poderosa tentando escapar de um assassinato, ele seria o cara que ela gostaria que investigasse.

Ela olhou para ele com raiva do outro lado do escritório.

Dentes grandes e salientes e um rosto de esquilo que ela só queria socar.

Descanse em paz, Arianna.

Cal contemplou a Árvore da Vida que estava pendurada atrás da mesa de Billy Beck.

Deformou-a em sua memória.

Seus galhos afiados e definidos, que se estendiam para cima, estavam curvados e borrados em manchas nebulosas.

Como algo crucífero.

Por que um homem gordo teria uma tatuagem de brócolis? Cal se perguntou novamente.

Ele estava esperando por Pat Roti em um banco do parque Maguire Gardens, do lado de fora da Biblioteca Pública de Los Angeles. Era pouco depois da meia-noite e os viciados e lunáticos estavam nas ruas. Ele viu um homem adulto vestindo um saco de lixo como calça fazer suas necessidades na fonte do parque.

Cal detestava o centro de Los Angeles. Tudo naquele lugar parecia vazio e sem sentido. Isso o fazia lembrar de um poema que ele havia lido em algum lugar. Forma sem contorno, sombra sem cor. Mas, por alguma razão, ele escolheu morar ali.

Ele sentia um apego frio e rancoroso pelo lugar. Uma semelhança venenosa. Não era uma cidade de verdade. Era mais como uma forma de vida alienígena tentando imitar uma cidade.

E ele mesmo? Uma IA tentando imitar um humano?

Um Mercedes parou e ficou parado na beira da calçada. Pat Roti saiu e sentou-se ao lado de Cal no banco.

"Quem era Kilo?"

"Quem?"

"O homem gordo que eu matei no deserto?", perguntou Cal.

"Você sabe que não é seu trabalho fazer perguntas."

"Eu só preciso saber."

Os olhos de Pat se voltaram para Cal. Isso não era típico dele. Ele pensou um pouco e finalmente disse: "Traficante. Ele traficava garotas do México. Acredite, aquele bastardo mereceu o que recebeu."

"Kilo tinha uma tatuagem no antebraço", disse Cal. "Era velha e desbotada, mas parecia o símbolo da Árvore da Vida que era usado pela igreja que eu liguei a Arianna Barros. Kilo entrou na clandestinidade apenas algumas semanas antes da morte de Arianna. Por quê?"

"Isso não é importante."

"Pode ser."

"Não é", disse Pat. "Olha. Estou andando na corda bamba aqui. É meu trabalho manter a confidencialidade dos meus clientes, mas também é minha responsabilidade proteger você. Quanto menos você souber, melhor. Sua única tarefa é encontrar a pessoa que atirou em Arianna Barros e matá-la, então pare de fazer tantas perguntas." Pat levantou-se do banco. "Você recebeu uma ordem, então cumpra-a. Isso nunca foi um problema para você antes."

Pat Roti voltou para o Mercedes.

Então, Kilo era um traficante sexual, pensou Cal. Era a primeira vez que ele perguntava sobre alguém que havia matado. Sim, o cara era um canalha, mas saber quem ele era de alguma forma tornava tudo mais real. Algo inanimado se tornava animado. E ele mais culpado.

Talvez Pat estivesse certo. Quanto menos ele soubesse, melhor.

Cal não sabia bem por que contou a Miranda sobre Kilo.

Talvez Kilo o lembrasse de Pat.

Prostitutas fugitivas.

Talvez ele estivesse cansado de ser tratado como uma prostituta.

Ele trabalhou para Pat Roti durante anos e Pat ainda o via apenas como um lacaio. Um subordinado. Mate e não pergunte por quê.

Miranda investigou Victor "Kilo" Cortes. Ele era ministro da Igreja WorldMovers até desaparecer sem deixar vestígios algumas semanas antes de Arianna ser morta. Ela perguntou a Cal se deveria se dar ao trabalho de tentar encontrá-lo. Cal não respondeu.

É claro que não havia como conectar nenhuma dessas novas informações ao assassinato de Arianna. Pelo menos não ainda. Então, eles deixaram isso de lado. Mais uma peça do quebra-cabeça.

Enquanto isso, Cal estava ficando inquieto. Ele leu uma vez que o grande tubarão branco é conhecido como um ventilador ram obrigatório. Eles não têm a capacidade de usar os músculos bucais, ou da bochecha, para puxar água para dentro da boca e sobre as guelras como outros peixes. Em vez disso, eles precisam "empurrar" a água sobre as guelras enquanto nadam. Eles precisam se mover constantemente para respirar. Se pararem de nadar, eles se afogam.

Cal era um grande tubarão branco. Ele podia sentir o caso esfriando. Podia sentir que estava perdendo oxigênio. Então, ele decidiu voltar para o Arizona e tentar novamente com Lance.

Ele ficou surpreso. O veterano foi mais acolhedor do que ele esperava. Cal achou que era porque ele sentia falta do neto e aceitaria qualquer companhia que pudesse ter. Até mesmo os solitários ficam solitários.

Lance lhe ofereceu uma cerveja e eles se sentaram na varanda. Ele perguntou se Cal tinha alguma novidade sobre Ryan e Cal disse que não, mas ambos sabiam que a situação não estava boa.

Lance balançou a cabeça, com o olhar distante. "Você tem filhos?", perguntou ele.

"Não, senhor."

"Não vejo como alguém pode criar um filho no mundo de hoje."

Cal deu de ombros. "As pessoas acham que é o que devem fazer." Porque foi o que seus pais e avós fizeram. *A Terra está superpovoada com pessoas fazendo o que devem fazer*, pensou Cal.

Transando como coelhos. Poluindo e desmatando. Fazendo mais coelhos. Que poluem e desmatam. Causando mudanças climáticas e pandemias.

Ou pelo menos é o que dizem. Cal não era um cientista, apenas um crente na ciência.

Incêndios, furacões e doenças. Desastres naturais. E era assim que Cal se via.

Uma força da natureza, um desastre natural. Eliminando a manada de coelhos.

Quando um tsunami mata mil pessoas, você não chama isso de mal.

Cal não sabia quantas pessoas havia matado, mas com certeza eram menos de mil.

"Sei que isso me faz parecer um velho — diabos, eu sou um velho — mas..." Lance parou de falar, com o olhar distante. "Diabos, lembro que costumávamos levar nossos rifles para a escola. Deixávamos em nossos carros e íamos caçar depois da aula. Agora, parece que há um tiroteio em massa a cada dois dias.

Temos milícias malditas ansiosas para caçar outros seres humanos. É como um maldito filme de terror que não acaba." Ele balançou a cabeça. "Quando tudo mudou? Quando todo mundo neste país ficou tão louco?"

Ele estava falando mais para o universo do que para Cal, o que estava bom para Cal, porque ele com certeza não tinha uma resposta.

"Eu simplesmente não reconheço este mundo", disse Lance. "Acho que foi por isso que falhei com ele. Ryan. Eu nunca soube como me relacionar com ele."

Seu olhar estava focado agora, enquanto ele se virava e olhava para Cal. "O menino me assusta", disse ele com dor nos olhos.

Cal sabia como pessoas como Ryan eram perigosas. Conhecia o tipo.

Ryan tinha a promessa do sonho americano em virtude de quem ele era. Chame isso de privilégio masculino. Chame isso de privilégio branco. Chame isso de privilégio cristão. Cal não sabia.

O que ele sabia era que poucas coisas eram mais perigosas do que um homem rejeitado com uma arma.

Ele tinha visto isso com ditadores e assassinos em massa. Eles fariam qualquer coisa, machucariam qualquer pessoa, para garantir que suas fantasias de poder e controle se tornassem realidade.

Mas a preocupação de Cal não era salvar o mundo de pessoas como Ryan. Seu único objetivo era obter as informações de que precisava daquele idiota narcisista e, na sua opinião, Lance era a melhor maneira de fazer isso.

"Ryan afirma saber quem matou Arianna Barros, mas não quer cooperar", disse Cal. "Você acha que pode ajudar?"

Lance deu de ombros. "Não sei bem o que posso fazer."

"Ele está cumprindo uma pena de 25 anos a prisão perpétua.

Se ele não nos ajudar, pode ter certeza de que será prisão perpétua."

O veterano viu uma chance de corrigir o que acreditava ser seu erro. De consertar o que considerava suas deficiências como avô. "Vou conversar com ele. Isso não significa que ele vai me ouvir, mas vou conversar com ele", disse ele.

Após a prisão do pastor Zach, ele decidiu "adiar" o evento ao vivo de Ryan e o encorajou a cooperar com as autoridades. No início, Ryan ficou deprimido e irritado com o pastor por ceder aos federais, mas os caminhos do Senhor são misteriosos.

Ryan foi transferido de volta para a população carcerária geral e descobriu que, enquanto estava preso na solitária, havia se tornado uma espécie de celebridade.

Valorous o retratou como um pecador em busca de redenção, comparando-o ao Ladrão Penitente.

Grupos de extrema direita ouviram falar de como ele assassinou Arturo Maciel, "membro do cartel", e depois lutou bravamente em um tiroteio na fronteira com a milícia Lord's Predators. Eles o viam como um patriota fora da lei.

Ele até ouviu dizer que as pessoas estavam fazendo peregrinações ao Rancho Sheehan, apenas para ver de onde ele era.

E o assassinato de dois presos negros na biblioteca por Ryan lhe rendeu todo tipo de amor dos arianos.

Ryan não os matou porque eram negros. Ele os matou porque eram sodomitas. Mas ele deixou os arianos acreditarem no que queriam acreditar.

Veja, Ryan só tinha realmente um problema com os muçulmanos e os mexicanos. Mas a prisão ampliou seus horizontes.

Ele aprendeu tudo sobre outras raças e culturas e por que deveria odiá-las também.

Seu novo companheiro de cela era um homem de 33 anos do

Arkansas chamado Tom Wiggles. A primeira coisa que Ryan notou nele foi como sua pele era macia. Nem mesmo para os padrões da prisão. Era macia como a de uma mulher. Seu dente da frente estava lascado e preto devido a uma "briga com os negros" e isso o deixava feio sempre que sorria. Ryan ficou um pouco incomodado com suas tatuagens nazistas, mas, fora isso, ele parecia legal.

"Não é culpa sua", disse Tom Wiggles. "Você foi mal informado e condicionado pela sociedade a ter vergonha de quem você é. A se sentir inferior."

Tom ensinou a Ryan sobre o genocídio branco e como o Holocausto nunca realmente aconteceu e que a suástica é, na verdade, um antigo símbolo de boa sorte. Como a escravidão foi uma bênção para os negros.

"Se não fosse pelos brancos, todos eles ainda estariam cagando em cabanas, pegando AIDS ou cortando os membros uns dos outros na África. E como eles nos recompensam?", disse Tom. "Os brancos são a única raça no mundo que é feita se sentir culpada por suas conquistas. Se todos os outros pudessem fazer o que quisessem, eles apagariam nossa cultura da face da Terra. Por que o 'orgulho branco' deveria ser uma coisa ruim? Por que não podemos ter orgulho de quem somos? Isso é besteira."

Tom Wiggles fez Ryan se sentir bem consigo mesmo. Aumentou sua confiança. Fez com que ele se sentisse seguro.

Ryan não sabia, mas estava se apaixonando.

Cal se ofereceu para pagar a viagem de Lance para Los Angeles, mas o velho recusou. Isso era algo que ele tinha que fazer sozinho. Lance pousou no aeroporto LAX, alugou um carro e pegou a 210 East até a 15 North em direção a Victorville.

O ar fresco, o céu ensolarado e as montanhas pitorescas pareciam uma afronta à sua depressão.

Ele chegou à FCI Victorville. O prédio era cinza e o terreno era árido.

O sol não era brilhante ali, era opressivo. O ar era empoeirado e seco, e tudo estava morto ou morrendo.

Lance achou o lugar reconfortante. Um companheiro para sua miséria.

Ele sentou-se na sala de visitas da prisão. Pensou que se sentiria ansioso, mas não se sentiu. Estava apenas muito cansado. Como um lutador que havia perdido a luta três rounds antes, mas se recusava a desistir.

Ryan entrou na sala e sentou-se à sua frente, atrás da janela de vidro reforçado. Ele pegou o fone.

"E aí, vovô", disse Ryan, sorrindo. "Como vai o Bronc?"

Lance limpou a garganta. "Eles, hum... eles levaram como prova."

"Se não é uma coisa, é outra." Ryan recostou-se, relaxado. "Sabe o que eu estava pensando esta manhã? Como, na sétima série, eu costumava ser intimidado por dois garotos mais velhos. Bobby Walker e Chucky Malone. Você se lembra deles? Dois grandalhões, filhos da puta. Eu não gostava de demonstrar, mas tinha medo deles. Foi quando meu pai me ensinou a atirar. Ele me ensinou, assim como você o ensinou. A S&W .38. A AR-15. Cara, eu adorava aquela Colt 1911. Acabei descobrindo que tinha uma mira precisa. Quando aqueles garotos perceberam isso, não mexeram mais comigo. 'Deus criou o homem, mas Sam Colt os tornou iguais.'"

Lance franziu a testa e lutou contra a pressão atrás dos olhos. "Arturo não merecia o que você fez com ele."

Ryan parecia perplexo. "Vovô. Claro que ele merecia. De todas as pessoas, eu achava que você entenderia. Isso é guerra."

"A ATF tem algumas perguntas para você. Apenas responda."

Ryan balançou a cabeça e cruzou os braços. "Você está do lado errado nessa história, vovô."

"É a coisa certa a fazer", disse Lance. "Se você os ajudar, talvez um dia, daqui a muitos e muitos anos, você tenha permissão para voltar para casa."

"Eu estou em casa. Nós estamos em casa."

"Ryan. Se você não os ajudar, passará o resto da sua vida na prisão."

"O Senhor é o nosso lar. Foi um longo caminho, mas eu não desisti. E cheguei. Toda a glória seja dada a Ele. Você não vê o que Ele fez?"

"O que Ele fez?"

"Eles conhecem nosso nome novamente. Os Sheehans são reis novamente."

Uma lágrima escorreu pelo rosto de Lance. "Por favor, diga que está arrependido pelo que fez."

Ryan ficou em silêncio.

"Eu não sabia como estar ao seu lado", disse Lance. "Eu não sabia como enfrentar o que não entendia. Eu dizia a mim mesmo que você estava bem, mas no fundo sabia que era mentira. Eu estava com medo. Eu era um covarde. Por favor, diga que sente muito pelo que fez com Arturo."

Ryan se inclinou para frente e olhou Lance nos olhos. "Tenho orgulho do que fiz." Ele bateu o fone no gancho.

"Sinto muito, Ryan", disse Lance. "Eu te amo."

Mas Ryan já tinha desligado.

LANCE PEGOU O próximo voo para casa. A dor veio com ele. Ele pensou em se embriagar, mas então pensou: por que desperdiçar o uísque? Beber não adiantaria. Não para uma dor como essa.

Ele caminhou até o velho estábulo em ruínas. O lugar era o pesadelo de uma lembrança que já fora bela. Ele se lembrava da época em que estava vivo.

Depois do Vietnã e do hospital psiquiátrico. Com vinte anos, tentando recomeçar a vida. Os cavalos eram seu grupo de apoio. Ele cuidava deles e eles cuidavam dele.

E então ele conheceu Maddy.

Escondido no palheiro e caindo do teto através das portas secretas entre os fardos de feno, assustando-a de morte. Ela gritava e depois riam tanto que não conseguiam respirar.

Dois anos antes do casamento deles e quarenta e três antes do diagnóstico de câncer que a levaria para longe dele.

Eles sufocavam de tanto rir juntos.

Lance caminhou pelas bancas escuras. Agora, elas abrigavam apenas sombras. Mas os fantasmas ainda estavam lá.

Splash, Magic e White Christmas.

E ambos cuidavam dos cavalos. Ele e Maddy juntos. Ele não estava mais sozinho. E a guerra ficou tranquila por um tempo.

Apollo, Guinness, Connery.

Então Michael nasceu e ele segurou seu corpinho e agradeceu a Deus por ter sobrevivido à guerra para criar essa vida.

Então Michael cresceu, foi para a guerra, voltou para casa e Lance agradeceu a Deus novamente, porque nenhum pai deveria sobreviver ao seu filho...

As noites estavam ficando frias agora. O frio o envolvia. Ele podia ver sua respiração. Mas ele não estava pronto para partir. Ainda não. Só mais alguns minutos com os cavalos.

Lucky Line, Debutante, Silver Rain.

E Toby. Um belo puro-sangue castanho.

Seu primeiro encontro com Maddy. Ele a levou para passear em Toby.

Quando ele a deixou montar sozinha, Toby fugiu com ela e ela entrou em pânico, caiu e aterrou numa poça de lama espessa. Ele ficou petrificado. Correu para ela, estendeu a mão e ela agarrou-lhe os pulsos e puxou-o, e ele mergulhou na lama com ela e eles sufocaram-se de riso novamente e foi aí que tiveram o seu primeiro beijo. Encharcados de lama, numa época antes dos telemóveis.

Foi o momento mais feliz da vida dele.

Ele colocou uma única bala na câmara do revólver e apontou o cano para a cabeça.

O tiro ecoou pelas cabines vazias.

31

Quando Ryan soube do suicídio de Lance no noticiário, Lance nem era o protagonista da notícia. "Avô de Ryan Sheehan morre por ferimento à bala autoinfligido."

O noticiário usou isso como desculpa para divulgar estatísticas sobre suicídios com armas de fogo e defender um maior controle sobre elas.

Mídia liberal maldita. Fantoches do ZOG. Ryan sabia que seu avô havia sido assassinado.

Mas por quê? O que ele estava descobrindo?

Havia tantas perguntas girando na cabeça de Ryan que doía. A ATF enviou Lance para descobrir sobre o AR-15. Eles o mataram porque ele falhou? Ou seu avô foi por conta própria? Na esperança de fazer Ryan falar, para que ele pudesse fazer um acordo com a ATF? E isso os assustou.

Claro. Era tudo uma encenação. A investigação, tudo. Eles não queriam que a verdade viesse à tona. E mataram Lance porque ele estava perguntando sobre a arma.

Mas quem eram eles exatamente? Os federais que queriam

confiscar armas, ou talvez as Nações Unidas? E o que eles não queriam que Lance descobrisse?

Tudo voltava ao AR-15.

Os pastores estavam sob custódia e o grande evento de Ryan foi adiado indefinidamente. Alguém não queria que ele falasse. Essa era a única explicação.

Ryan pensou em seu avô, morrendo sozinho. Agonizou sobre quais teriam sido seus últimos pensamentos.

Ele tinha que fazer alguma coisa. Revidar. Honrar seu avô.

Mas ele não confiava naquele idiota do FBI.

Então, ele ligou para Cal.

"Você não é um agente federal", disse Ryan. "E eu preciso de respostas." Ele estava sentado do outro lado do vidro da prisão, em frente a Cal. "Quero pegar as pessoas que assassinaram meu avô. Quero que elas sofram. Que se lembrem do meu nome."

Assassinaram?, pensou Cal. Jesus, o garoto era louco. Mas ele entrou no jogo. "Diga-me o que você quer que eu faça", disse Cal.

"Eles não querem que eu fale sobre a arma. Não querem que a verdade venha à tona."

Cal não se preocupou em perguntar quem exatamente Ryan acreditava que "eles" fossem. "Se encontrarmos o homem que lhe vendeu a arma, poderemos descobrir a verdade", disse ele.

Ryan assentiu. "Eu só fui encontrá-lo para comprar alguns rifles e pistolas. Ele incluiu o Bronco por mil dólares. Era como se estivesse tentando se livrar dele."

"Este foi um dos rifles que ele lhe vendeu?" Cal mostrou-lhe uma foto da prova do AR-15 usado em Arianna. Ryan acenou com a cabeça.

"Tem certeza?", perguntou Cal.

"AR-15 A4. Mira de ferro. Punho personalizado. Nunca esqueço uma arma."

"O que você pode me dizer sobre ele?"

"Branco. Na casa dos trinta. Acho que era um veterano."

"O que o leva a dizer isso?"

"A maneira como ele falava. Como se comportava. Ele usava o horário militar e tinha uma certa calma. Meu pai era assim também. Meu avô também. Não é uma calma pacífica. É mais como a calma no olho de uma tempestade. Entende o que quero dizer?"

Cal sabia exatamente o que ele queria dizer.

"E depois havia o rosto dele. Estava todo estragado", disse Ryan. "Parecia uma cicatriz de bala. Ele não tinha o olho direito."

Cal ligou para Pat Roti e pediu que ele pesquisasse nos registros do VA por homens caucasianos na casa dos trinta com ferimentos de bala de alto calibre no lado direito do rosto.

No dia seguinte, ele estava de volta à sala de visitas. Ele segurou seu iPhone contra a divisória de vidro e percorreu as fotos dos pacientes. Uma apresentação de slides de rostos recém-costurados, vermelhos e inchados.

Após alguns minutos, Ryan sentou-se na cadeira. "É ele", disse ele.

"Tem certeza?"

"Cem por cento. É esse cara."

O HOMEM QUE Ryan identificou era Wyatt Lemieux. Ele era um ex-fuzileiro naval, ferido no Iraque. Um atirador de elite havia destruído metade de seu rosto.

Depois de voltar para casa, o Departamento de Assuntos dos Veteranos observou "instabilidade psicológica caracterizada por um forte sentimento antigovernamental". Ele se declarou um cidadão soberano e desapareceu. Sem endereço atual ou forma de contato, apenas uma caixa postal em Oregon, para onde recebia seus cheques de benefício por invalidez.

Um veterano insatisfeito e sem-teto. Poderia ter escolhido Arianna por causa de quem era seu pai, pensou Cal.

Cal não contou a Miranda. Ele estava trabalhando em uma ordem de morte. Não haveria prisão, nem julgamento. Apenas uma maldita execução.

Ele dirigiu durante a noite, parando apenas para comprar uma garrafa de água e um saco de carne seca em um posto de gasolina nos arredores de Salem.

A agência dos correios de Lemieux ficava em uma cidade-zinha tranquila e antiga, perto da Floresta Nacional Mount Hood. Os cheques do benefício do VA chegavam no dia 5 e no dia 21 de cada mês. Cal chegou na manhã do dia 23.

Passou o dia a observar o local. Talvez tivesse sorte e Wyatt ainda não tivesse levantado o cheque.

A tarde deu lugar ao início da noite e a esperança de Cal de encontrar Wyatt nos correios desapareceu com a luz do dia. Pouco antes do fecho, Cal entrou no edifício dos correios e perguntou à simpática mulher asiática atrás do balcão se poderia falar com o gerente.

O gerente, um homem alto e magro, perguntou a Cal como poderia ajudá-lo.

Cal explicou que era um investigador particular tentando localizar uma pessoa de interesse. "Este homem", disse ele, colocando a foto do VA de Wyatt Lemieux sobre a mesa.

O corpo do gerente ficou rígido. "Você precisa ter cuidado", disse ele, com os olhos cheios de medo.

"Você o conhece?"

O gerente assentiu lentamente.

"Você sabe onde posso encontrá-lo?"

"Você precisa ter cuidado", disse ele novamente, desta vez com mais clareza. "As pessoas não vão lá."

"Ir aonde?"

"Siga pela estrada e vire à direita na Mayapple. Siga por ela até ver a placa."

"Obrigado", disse Cal, virando-se para sair.

"Se você entrar, estará por sua conta. Ninguém irá resgatá-lo."

Cal assentiu e saiu pela porta.

Ele dirigiu pela Main Street, virou à direita na Mayapple Road e atravessou uma densa floresta de abetos. A visibilidade era praticamente nula. Só dava para ver a estrada à sua frente e atrás dele. Quanto mais ele avançava, mais isolado ficava. Não havia casas ali. Nem endereços. A estrada de cascalho deu lugar a uma estrada de terra, que terminava em um grande sinal pintado com spray em uma chapa de metal enferrujada.

TERRA SOBERANA
PROIBIDA A ENTRADA

A PLACA OBVIAMENTE não tinha validade legal. Wyatt reivindicou direitos de posse sobre terras públicas e os moradores locais decidiram simplesmente deixar o maluco em paz.

Cal abriu a traseira de seu Range Rover e equipou sua FN SCAR. Ele examinou o perímetro da floresta. Era um pesadelo estratégico. Os arbustos eram densos e o terreno subia por entre árvores densas e pedras irregulares. Havia inúmeros pontos estratégicos escondidos para o inimigo se esconder, observar e orquestrar uma emboscada.

A ameaça era invisível e, portanto, estava em toda parte.

Cal não era um homem religioso, mas havia uma frase da Bíblia que sempre vinha à sua mente nesses raros momentos em que se sentia impotente.

Se eu perecer, perecerei, pensou ele.

Então ele cruzou a fronteira, um turista sombrio nesta terra chamada soberana.

Ele caminhou com cuidado, observando os locais onde Wyatt havia escondido armadilhas para ursos sob a folhagem caída.

Wyatt havia escolhido um local ideal. A geografia era projetada para manter as pessoas afastadas. Era uma caminhada íngreme traiçoeira e hostil sobre um terreno rochoso e através de matagais densos. O progresso era ainda mais dificultado por árvores derrubadas e deslizamentos de rochas bem posicionados, explodidos das faces das rochas.

E, é claro, Cal precisava estar constantemente atento a quaisquer outras armadilhas que Wyatt pudesse ter deixado.

Foi uma aventura lenta e frustrante, para dizer o mínimo. Mas assim que Cal penetrou nas defesas do perímetro, tanto naturais quanto artificiais, a floresta se abriu para um lago azul espelhado, que refletia as árvores, as montanhas e o céu acima com o dramatismo de um filme de 35 milímetros.

A beleza era simplesmente surreal.

Cal foi seduzido pelo lago. Ele ficou em pé na margem e, embora soubesse que era tolice, largou o rifle e sentou-se em um tronco caído.

O vento que soprava da água massageava seu rosto e couro cabeludo com dedos frios, e a fragrância quente das agulhas de pinheiro ao sol parecia envolvê-lo. O arrulhar calmo de um mergulhão distante desacelerava seu pulso como um metrônomo, levando-o a um estado tranquilo de quase hipnose.

Terra soberana.

Ele pensou no veterano que se matou a tiros em seu próprio celeiro.

Sentiu-se triste e feliz por ele. A guerra dele tinha acabado. Essa é a única maneira de realmente acabar.

Mas aqui. Ele conseguia se imaginar vivendo em um lugar como este. Pelo menos por um tempo.

O barulho era mais baixo aqui. Os pesadelos ficavam mais difusos.

Ele se perguntou por que ainda não havia seguido o mesmo caminho do velho.

Cal acreditava que a maioria dos seres humanos era, na verdade, pelo menos duas pessoas. Havia aquela que queria viver e aquela que queria morrer. Elas estavam constantemente lutando uma contra a outra. Na maioria das pessoas, aquela que queria viver dominava.

Eles a fortaleciam com vários nutrientes: posses, trabalho, status, antidepressivos, meditação, exercícios, família, amor, religião.

Para Cal, tudo isso era Novocaína. Segurança e proteção eram o que levavam você a sonambular até o túmulo.

Ele precisava de um equilíbrio entre seus dois eus. Vida contra morte. Deus e a Morte.

Homeostase era sinônimo de coma. Guerra era vida.

O sol estava alto no céu e logo se poria. Cal arrancou-se de sua meditação à beira do lago, pegou seu rifle e retomou sua missão. Ele imaginou que o acampamento de Wyatt estaria em algum lugar perto da água.

Ele examinou o horizonte arborizado. Seu olhar pousou em um penhasco que se erguia como uma fortaleza de calcário sobre o lago limpo e calmo. Ele partiu nessa direção.

Quando chegou à base do penhasco, o sol estava se pondo. Ele estava em um terreno desconhecido e o caminho à frente provavelmente estava armadilhado. A escuridão não era sua aliada. Sem mencionar que, a essa altura, era muito provável que Wyatt o tivesse avistado, onde quer que estivesse.

Se eu morrer, eu morro. Cal começou a subida.

O caminho para cima era perigoso. Wyatt havia escondido meia dúzia de granadas com fios de detonação, que Cal conseguiu identificar e evitar.

O topo estava escuro. Ele examinou a área com sua mira térmica.

Nenhum sinal de vida. O que não significava nada. Se Wyatt fosse um soldado treinado, saberia como esconder a assinatura infravermelha do seu corpo.

Cal atravessou os pinheiros e chegou a uma clareira onde o solo era macio. Tomates, beterrabas, cebolas, feijões pretos, batatas e repolhos brotavam da terra em fileiras organizadas.

À frente, no meio dos arbustos de pinheiro, Cal avistou um acampamento bem camuflado, construído com galhos e ramos cobertos de musgo. Ele levantou o rifle, mirou no alvo e, inclinando-se para a frente, rastejou em direção ao abrigo.

Logo na entrada, ele encostou o rifle no ombro e segurou firmemente a parte dianteira da arma, mantendo os cotovelos próximos ao corpo e o cano na posição correta.

O rifle estava sob tensão. Sua mira estava um pouco trêmula, mas tudo bem. Ele estava preparado para tiros rápidos a curta distância.

Uma última vez:

Se eu morrer, eu morro.

E ele correu para o acampamento.

Seu corpo reconheceu a sensação do fio de tropeço e reagiu antes que seu cérebro tivesse a chance de processar que o acampamento era uma isca e que ele havia caído em uma armadilha.

Ele foi controlado por reflexo, não por lógica, quando saltou cegamente e o acampamento explodiu em uma bola de fogo.

Ele caiu sete metros em um desfiladeiro rochoso. Suas

costelas se quebraram e seu antebraço esquerdo se estilhaçou. A parte central irregular de seu osso ulna o encarava através da carne vermelha.

Levou vinte minutos para tirar a camisa e o cinto. Outros trinta para encontrar um graveto rígido e fazer uma tala.

Ele examinou os arredores. Estava no fundo de um vaso. A única saída era para cima, mas as paredes do penhasco se projetavam para fora. Ele desejou ter quebrado uma das pernas, porque era fisicamente impossível escalar com apenas um braço.

Era a terceira vez que ele caía em uma emboscada. Primeiro o garoto em South Central, depois o veterano no Arizona e agora isso. Ele estava perdendo o jeito? Ou parte dele queria isso? Ele não era suicida. Mas ser suicida não era o mesmo que ter um desejo de morte. Talvez parte dele acreditasse que seu lugar era ali.

Espancado, quebrado, morrendo.

Estava acabado. Ele seria descoberto e morto por Wyatt ou, mais provavelmente, deixado para morrer sozinho ali embaixo. Ele imaginou que a desidratação o mataria antes da infecção. Descanso eterno no topo das falésias de terras soberanas.

Ele deitou seu corpo maltratado na terra e riu porque se lembrou da Parábola do Burro.

"Eu tentei. Eu realmente tentei. Eles me tiraram do caso. Tudo está tão fodido. Por favor..." A voz de Miranda falhou. "Eu preciso de você." Ela desligou o telefone.

Miranda andava de um lado para o outro no loft. Ela pensou em fumar um baseado, mas esse era um tipo de ansiedade que as drogas não podiam anestesiar. Era ansiedade existencial. Ela sentia como se estivesse sufocando. Ela precisava sair dali.

Ela pegou o elevador até o saguão e segurou a porta do

prédio aberta para um entregador da UPS. Se não estivesse tão chateada, talvez tivesse percebido que nove horas era muito tarde para uma entrega ou que o sol já havia se posto e não havia motivo para o entregador estar usando seu boné marrom da UPS.

Bem, talvez houvesse um motivo. A cicatriz.

Uma deformação horrível no lado direito do rosto do entregador, para a qual ela tentou não olhar.

Ela baixou os olhos e acenou com a cabeça educadamente quando Wyatt agradeceu por segurar a porta, depois continuou seu caminho.

Miranda não tinha um destino em mente, mas acabou indo parar em East L.A., o bairro onde cresceu. Embora fosse a poucos quilômetros de onde morava agora, ela não voltava lá há muitos e muitos anos. Com exceção de algumas das antigas lojas da mãe e do pai, que foram transformadas em Dominos ou T-Mobiles, a área estava essencialmente a mesma.

Ela ficou do outro lado da rua da casa onde morava com a mãe e as irmãs. Ela se perguntou quantas vezes a casa havia mudado de dono depois que elas se mudaram. Uma cerca enferrujada protegia o gramado amarelado. Um carrinho de compras roubado estava estacionado na calçada rachada que levava a uma garagem sem carros, cheia de detritos. A fachada austera e negligenciada da casa, revestida de estuque cinza, olhava para ela como um velho com Alzheimer. Se as luzes das janelas não estivessem acesas, ela teria pensado que o lugar estava abandonado.

Ela decidiu que era melhor não ficar parada. As pessoas poderiam ter uma ideia errada por ali.

Enquanto caminhava pelo seu antigo bairro, as memórias

voltaram à tona. O primeiro beijo, o primeiro baseado, a primeira briga, o primeiro encontro com a polícia. O lugar era como um portal para o seu eu mais jovem. Ela pensou em todas as coisas que queria dizer àquela garota. Mas, acima de tudo, ela queria garantir que tudo daria certo. Aquela garota zangada, assustada e confusa, tentando ser forte. Ela queria abraçá-la da maneira que gostaria que sua mãe tivesse feito, se não estivesse constantemente trabalhando para garantir a sobrevivência delas. Ela queria dizer que tudo ficaria bem.

Mas será que ficaria? Porque, para ser honesta, ela ainda estava zangada, ainda estava assustada, ainda estava confusa.

Quem matou Arianna? E por que essa igreja estava tão empenhada em encobrir o caso?

Não importava. Eles eram ricos e poderosos demais. Ela se iludiu acreditando que tinha saído do leste de Los Angeles. O loft caro, a arma, o distintivo, o *respeito*. Era tudo apenas uma ilusão maravilhosa. A realidade era que você só chega tão alto quanto eles permitem. Os poderosos não abrem mão de seu poder de boa vontade. Eles podem tê-la vestido muito bem, mas ela ainda era e sempre fora uma das pessoas sem voz.

WYATT NÃO TEVE dificuldade em arrombar a fechadura do apartamento de Miranda. Uma vez dentro, ele calçou silenciosamente um par de luvas de nitrilo, sacou sua Beretta M9 e revistou cada cômodo.

Depois de confirmar que o local estava vazio, ele guardou a arma e começou a trabalhar. Abriu o MacBook dela e pressionou um slide de plástico no Touch ID. Ele estava dentro.

Ele conectou um pen drive à porta USB e procurou no disco rígido do Mac qualquer coisa relacionada a "Arianna Barros". Ele arrastou e soltou os resultados da pesquisa no pen drive.

Em seguida, ele desaparafusou a parte inferior do roteador

WiFi. Ele estava na metade da instalação do microfone quando ouviu alguém destrancando a porta do apartamento.

Ele colocou o roteador no chão. Não havia tempo para montá-lo novamente. Ele mal conseguiu entrar no armário quando a porta do apartamento se abriu e Camilla entrou.

"Miranda?", ela disse.

Ele espiou pela fresta da porta do armário. Observou-a colocar a bolsa e as chaves no chão.

Camilla estava diretamente entre ele e a saída.

Camilla olhou para o iPhone e inclinou a cabeça. Ela bateu os dedos na tela e soltou um suspiro pesado. Ela se moveu para o roteador WiFi e verificou os fios.

Wyatt avistou uma escada de incêndio pela janela dos fundos. Sua saída.

Enquanto Camilla examinava o roteador, a parte de baixo dele caiu.

"Que diabos?"

Camilla tirou o roteador, colocou o celular na mesa e tirou o hijab. Era bom soltar o cabelo. Ela se moveu em direção ao armário. Wyatt se agachou como um animal pronto para atacar.

Camilla abriu a porta do armário e Wyatt saltou para a frente e envolveu as mãos em torno do pescoço dela.

Ele não tinha planejado matar ninguém. Então, ele cortou o fluxo de ar por tempo suficiente para que ela perdesse a consciência e, em seguida, fugisse.

Ele nunca imaginaria que uma mulher muçulmana de 1,65 m pudesse dar um joelhada tão forte em suas bolas.

Ele ofegou por ar, perdeu o equilíbrio e caiu para a frente. Ela deu um chute baixo no ponto fraco logo acima do joelho dele e, em seguida, deu um soco direto no nariz dele.

Treino de kickboxing três vezes por semana na Equinox. Melhor remédio para o estresse do que Xanax.

O sangue escorria pelo seu rosto e seus olhos lacrimejavam. Através da visão embaçada, ele viu Camilla correr para a porta.

Droga. Isso deveria ter sido limpo.

Quando Camilla abriu a porta e saiu, Wyatt levantou sua Beretta M9 e deu três tiros nas costas dela. O corpo dela caiu no corredor.

Wyatt pegou o celular de Camilla, depois saiu correndo pela janela dos fundos e desceu pela escada de incêndio.

A Union Station ficava a pouco mais de um quilômetro do apartamento de Miranda. Ele correu. Comprou passagens para o primeiro trem para Chicago.

ELE ENTROU NA CASA DELA. Na porra da casa dela. Agora isso era pessoal.

Camilla estava em cirurgia e Miranda estava em pé de guerra.

As câmeras de segurança do prédio de Miranda capturaram o homem machucado e com cicatrizes no rosto, vestindo o uniforme da UPS, fugindo do local. Eles também tinham o sangue dele, coletado dos nós dos dedos de Camilla.

Não demorou muito para identificá-lo.

Naturalmente, Miranda queria crucificar o idiota, mas Scarpelli não a deixava chegar perto. Conflito de interesses.

"Esta investigação é minha", protestou Miranda.

"Não. Arianna Barros é a sua investigação", disse Scarpelli. "Não sabemos se é isso."

"Que diabos mais poderia ser?"

"Muitas pessoas têm rancor contra os agentes da ATF. Não há provas que liguem esse arrombamento ao seu caso."

Nenhuma evidência, ela pensou.

Ela dirigiu até Victorville e usou suas credenciais da ATF para conseguir uma entrevista de emergência com Ryan. Era pouco depois das duas da manhã. Os guardas arrastaram Ryan, ainda sonolento, para a sala de entrevistas, onde Miranda fervilhava.

"Vou mostrar uma série de fotos." Miranda espalhou meia dúzia de fotos pela mesa. A de Wyatt estava entre elas. Ela perguntou a Ryan se ele reconhecia o homem que lhe vendeu o AR-15.

Ryan sorriu. "Ele não lhe contou."

"O quê?"

"Cal veio me ver. Eu disse a ele de quem comprei a arma. E aqui está você, fazendo a mesma pergunta. Eu estava certo em confiar nele."

Miranda cerrou os dentes. "Você vê esse homem em alguma dessas fotos?"

"Vá se foder."

Ela precisou de toda a força de vontade que tinha para não arrancar os dentes dele.

Antes de sair da prisão, Miranda verificou o registro de visitas e viu que Cal tinha visitado Ryan.

Enquanto dirigia em alta velocidade pela I-15 em direção ao sul, ela tentou ligar para o celular de Cal. O número estava desconectado.

Maldito trapaceiro.

Sem uma identificação positiva de Ryan, ela não poderia ligar Lemieux ao seu caso. O que significava que ela ficaria de fora no que dizia respeito a ele.

Ela estava frustrada. Não apenas porque, no fundo, tinha certeza de que aquele maldito Wyatt estava ligado à conspiração. Se era através da igreja, de Marco Barros, de ambos ou de nenhum deles, ela ainda não sabia.

Mas havia outra coisa.

Ela não conseguia identificar quando ou onde, mas tinha

certeza disso. Ela já tinha visto o rosto dele em algum lugar antes.

MIRANDA VOLTOU A LOS Angeles a tempo de participar da reunião com Scarpelli.

Wyatt Lemieux. Veterano da Guerra do Afeganistão. TEPT. Vagabundo. Frequentador assíduo de feiras de armas. Considerado armado e perigoso.

"Após o assalto, o suspeito fugiu para a Union Station e embarcou em um trem para Chicago. O suspeito também roubou o celular da vítima. O GPS o localiza no trem."

"É muito óbvio", disse Miranda. "Ele está tentando despistar você."

"Miranda..."

"Eu sei, eu sei. Não é minha investigação. Mas, vamos lá. Quem não sabe que celulares podem ser rastreados?"

"Ele está assustado. Não estamos lidando com uma mente estável aqui."

"E quanto à caixa postal em Oregon?"

"Não faz mais sentido para ele fugir do que voltar para onde poderia ser reconhecido?"

Scarpelli tinha razão. Após a reunião, Miranda conversou com ele em particular em seu escritório.

"Olha, digamos que ele seja apenas um fanático por armas com um motivo para se vingar da ATF", disse ela. "Como ele conseguiu o endereço da minha casa? E a lâmina com a minha impressão digital que ele usou para acessar meu computador? Esse cara é um veterano sem-teto e está tentando instalar um microfone no meu roteador? Alguém está ajudando ele."

"Essa é certamente uma possibilidade", disse Scarpelli. "Mas não saberemos até o pegarmos." Ele colocou uma mão reconfortante em seu ombro. "Eu entendo que você queira que esse homem seja levado à justiça, mas você está muito envolvida nisso. Tire um tempo. Deixe-nos fazer nosso trabalho."

Oh, ela tiraria um tempo, com certeza.

Ela teria que ficar de fora dessa, não havia nada que pudesse fazer a respeito, mas ainda era um país livre. Se quisesse tirar férias em Oregon, seu chefe não poderia impedi-la.

É claro que, como ela estaria indo a título não oficial, isso significava que não teria apoio caso as coisas dessem errado, mas, na visão dela, aquele filho da mãe tinha invadido sua casa.

Agora ela iria entrar na dele.

33

Cal sonhou que estava descendo um daqueles
toboáguas tubulares e ele ficava cada vez menor ao
seu redor, até que seus braços ficaram presos ao lado
do corpo e seu nariz pressionado contra a fibra de vidro.
Quando ele se aproximou do fim do toboágua, ele não o expeliu,
mas simplesmente terminou em um beco sem saída, e ele ficou
preso no fundo, incapaz de se mover, com a água se acumulando
e sem conseguir respirar.

A chuva acordou Cal e ele ficou surpreso ao descobrir que
ainda estava vivo.

Estava escuro e o aquecedor soprava ar quente para dentro do
carro. Os limpadores de para-brisa removiam gotas frias de
chuva enquanto batiam contra o para-brisa. Miranda seguiu a
estrada que o gerente dos correios mencionou. Ele disse que um
detetive particular tinha estado por lá, fazendo as mesmas
perguntas. Ele disse que contaria a ela o que tinha dito a ele.
"Tenha cuidado."

À frente, a estrada terminava e os faróis do carro iluminavam a placa Sovereign Land.

Ela encostou e estacionou ao lado do Range Rover de Cal.

Ela saiu do carro e apontou a lanterna para as janelas do Range Rover. Quando se certificou de que o veículo estava vazio, ela verificou sua arma — uma Glock 22 — e passou pela placa, entrando na floresta escura.

A chuva era forte e fria e encharcava o chão coberto de folhas, revelando as armadilhas para ursos. Ao vê-las, Miranda ficou tensa e segurou sua Glock e sua lanterna.

Tenha cuidado.

NÃO HÁ PASSADO. Não há futuro. Apenas o presente.

Cal estava preso entre dois mundos. Seu corpo quebrado estava deitado no abismo chuvoso, mas sua alma estava se afogando em uma ladeira claustrofóbica e sem saída no fundo do mundo.

E se isso fosse a vida após a morte? Uma eternidade de sufocamento frio e escuro. Paralisado. Seus músculos e mente em um estado de atrofia perpétua.

Ninguém para ouvir seus gritos. Nem mesmo capaz de gritar. Era esse o seu castigo? Por sua arrogância. Sua superioridade. Por acreditar que era o deus do seu próprio universo.

Ele estivera errado o tempo todo? A moralidade era, de fato, real?

Se fosse, então isso significava... que Cal era mau.

Ele nunca havia considerado seriamente esse conceito antes, sempre tão seguro, tão certo de sua infalibilidade, mas agora o pensamento se espalhava por sua mente e seu peito como planetas explodindo.

Eu sou mau. E agora estou me afogando. Em algum lugar frio e escuro.

E ele rezou para que alguém o resgatasse.

Então ele viu a figura no penhasco acima, olhando para ele.

QUANDO O TREM Four chegou à Chicago Union Station, Scarpelli estava esperando com uma equipe de agentes da ATF. Eles embarcaram imediatamente, cercaram a cabine de Wyatt e se identificaram. Quando arrombaram a porta, encontraram o quarto vazio.

O celular de Camilla estava sobre a cama, intocado.

Scarpelli soltou um suspiro pesado. "Ele nunca esteve neste trem. Ele nos enganou."

WYATT DESCEU A RAVINA rochosa com uma corda. Um rifle M16 com mira telescópica estava pendurado em seu ombro. Ele se aproximou de Cal e ficou em pé ao lado dele, olhando para ele como se fosse o jantar.

Sem dizer uma palavra, Wyatt amarrou as mãos de Cal e amarrou a corda em volta de seu peito. Em seguida, ele pegou o FN SCAR de Cal, subiu de volta ao penhasco e puxou Cal atrás dele. A pressão da corda contra suas costelas quebradas era agonizante. Cal lutou contra a vontade de desmaiar de dor. Depois de ser levantado da ravina, Wyatt conduziu Cal à força de rifle pela floresta fria e chuvosa.

Quinze minutos depois, eles chegaram ao pé de uma grande rocha coberta de musgo. Wyatt arrancou alguns arbustos em sua base, revelando a entrada de uma caverna.

Wyatt conduziu Cal para dentro com o cano de seu rifle e o sentou no chão frio e duro. Havia uma tenda e uma fogueira artificial. Um varal, uma lanterna elétrica, livros e cadernos de mármore. Muitos cadernos de mármore, que Wyatt começou a recolher.

"Eu precisava voltar. Não poderia ir embora sem meus escritos", disse ele enquanto empilhava os cadernos. "Meu trabalho ainda não está concluído."

Ele empilhou os cadernos em uma mochila militar surrada e então se virou para Cal. "Quem te enviou?"

Cal não disse nada. Então Wyatt pisou em seu antebraço quebrado. Cal gritou.

"Foi ele, não foi?"

Cal cerrou os dentes.

Wyatt examinou o rifle FN SCAR de Cal com um sorriso malicioso. Ele mirou pela mira do rifle.

"Idiotas das Forças Especiais com suas armas belgas sofisticadas", disse Wyatt. Ele jogou o rifle de lado. "Prefiro o M16. Essa é uma arma de soldado americano de verdade."

Ele segurou sua carabina e olhou para Cal com raiva. "Presumo que você tenha sido treinado para resistir a interrogatórios intensivos? Eu poderia torturá-lo até você ficar com danos cerebrais e ainda assim não conseguiria nada, não é?"

Wyatt pendurou seu M16 no ombro e lentamente desembainhou uma faca KA-BAR. "Os homens tendem a ficar mais cooperativos quando veem partes de si mesmos sendo removidas."

Wyatt deu um chute frontal em Cal, derrubando-o de costas. "O que você deu pelo seu país? Por quê?" Ele balançou a faca. "É isso que eles fazem. Eles te destroem, pedaço por pedaço, até não sobrar nada."

Ele aproximou a faca do nariz de Cal.

"Nós dois deveríamos saber melhor, mas nunca aprendemos, não é? Ele te enviou. Ele me traiu", disse Wyatt, olhando Cal diretamente nos olhos. "Você nunca pode confiar em um político."

Cal se contorceu quando Wyatt pressionou a lâmina em seu nariz.

O estrondo foi alto. Mesmo à distância.

Uma granada explodindo em algum lugar. Um fio de detonação.

O TEMPO A SALVOU.

Ela percebeu o primeiro fio de armadilha quando folhas molhadas pela chuva forte ficaram presas na linha, expondo a armadilha. Depois disso, ela ficou meticulosa com cada passo que dava.

Ao se aproximar da base do penhasco que levava ao acampamento de Wyatt, um deslizamento de terra desalojou outro dos fios de armadilha de Wyatt e fez com que ele detonasse.

Droga, pensou Miranda.

Isso certamente chamaria a atenção de alguém.

WYATT CRESCEU ASSISTINDO a filmes de faroeste. Pistoleiros, homens da lei e selvagens.

Ele jogou um laço sobre o galho de uma árvore e amarrou uma ponta ao redor do pescoço de Cal. Em seguida, empilhou três pedras aos pés de Cal. Puxou a outra ponta da corda, levantando Cal pelo pescoço. Cal subiu na torre instável de pedras e lutou para se equilibrar e evitar ser enforcado até a morte.

Wyatt amarrou a outra ponta da corda. Em seguida, colocou sua lanterna elétrica por perto e deixou Cal assim.

Wyatt subiu até o topo de uma colina arborizada e encontrou um ponto estratégico com bastante cobertura. *É como caçar veados*, pensou ele.

Ele se ajoelhou e mirou pela mira do seu M16 na primeira pedra da pilha sob os pés de Cal. Era um tiro de cerca de cem metros.

Ele inspirou, prendeu a respiração e apertou o gatilho.

A primeira pedra voou da pilha e Cal apontou os dedos dos pés para se equilibrar na seguinte.

Ainda está em forma, pensou Wyatt.

MIRANDA OUVIU O tiro do rifle e correu naquela direção. Ela deu passos longos e altos e ficou atenta a mais armadilhas.

Ela se agachou no mato. Havia uma luz à frente. Ela avançou lentamente e viu Cal amarrado e exposto ao ar livre.

As veias do pescoço dele estavam salientes e manchas de sangue se formavam nos olhos.

Ele olhou para ela, morrendo.

Ela olhou para ele de volta, escondida nos arbustos.

Outro tiro.

A próxima pedra voou dos pés de Cal.

Miranda localizou o som. Calculou a localização e a distância do atirador.

Os dedos dos pés de Cal mal tocavam a última pedra agora. Seu rosto estava azul. Mas mesmo assim, ela permaneceu ali. Impassível. Observando-o sofrer.

Os olhos arregalados e vermelhos de Cal imploravam. *Ajude-me. Ajude.*

Wyatt examinou a área com sua mira. Ninguém viria ajudar.

Ele apontou seu rifle para a última pedra e puxou o gatilho.

A pedra voou debaixo dos pés de Cal numa pequena explosão de terra, deixando-o completamente suspenso pelo pescoço. Miranda viu a vida esvair-se do rosto dele e fez uma careta. Ela levantou a sua Glock e disparou contra a lanterna elétrica.

Wyatt colocou seu M16 no modo automático, apertou o gatilho e atirou cegamente no vale escuro. Balas de 5,56 x 45 mm rasgaram a paisagem como papel. O flash do cano brilhava como sinalizadores na crista escura.

Wyatt chegou ao fim do pente, pendurou o rifle no ombro, sacou sua Beretta M9 e marchou em direção à clareira.

Ele encontrou o corpo de Cal caído na terra. Quem quer que tivesse atirado na lanterna também o havia abatido, mas, pelo que parecia, era tarde demais.

"Agente federal." A voz veio de trás dele. "Largue a arma e vire-se lentamente para mim."

Miranda apontou sua Glock para as costas de Wyatt. Wyatt ficou parado, paralisado.

"Não vou repetir."

Wyatt largou a arma e virou-se para ela.

Miranda olhou por um momento com repulsa para o rosto horrível que a encarava. O mesmo rosto que ela tinha visto sob o boné da UPS. Seu dedo ficou tenso no gatilho.

Mas então ela se lembrou de Arianna. Camilla gostaria que ela o prendesse.

"Ajoelhe-se e coloque as mãos na cabeça."

Wyatt obedeceu.

Ela contornou Wyatt, tirou algemas de zíper do bolso e estendeu a mão para o pulso dele. Wyatt rapidamente se virou, agarrou seu antebraço e a jogou por cima do ombro. O corpo dela bateu no chão à sua frente. Ele rapidamente sacou sua faca KA-BAR e a enfiou no peito dela enquanto...

Tiros atingiram as costas de Wyatt.

Ele caiu para a frente sobre Miranda. Morto.

Miranda tirou o corpo pesado de Wyatt de cima dela e olhou para Cal, deitado na terra, segurando a pistola M9 de Wyatt. Ele havia esvaziado o pente.

"Eu precisava dele vivo", disse ela.

34

Não *sei quem sou.* O pensamento girava na cabeça de Cal como uma bala em um cilindro. Ele nunca fazia perguntas. Sempre seguia ordens. Sempre foi um bom soldado. E agora estava deitado em uma cama de hospital e não tinha ideia do porquê.

Não sei quem sou. Não sei nada.

AQUELE FILHO DA *puta sabe de alguma coisa*, pensou Miranda. Ela estava sentada ao lado da cama de Cal. *Aquele filho da puta sabe de alguma coisa que não está dizendo.*

"Por que você não me contou sobre Wyatt Lemieux?", ela perguntou, estreitando os olhos. "Por que você o matou?"

Ela queria esfregar o rosto dele no asfalto até ficar parecido com carne moída e ele gritasse tudo o que sabia.

OLHE PARA ELA ME OLHANDO, pensou Cal. *Há uma sádica por trás desses olhos.*

Ela estava pensando em me deixar morrer naquela floresta. Ela ficou observando enquanto eu estava pendurado naquela árvore. Mesmo depois de saber de onde vinham os tiros. Ela esperou. Observou meu sofrimento. Apreciou isso.

"Eu salvei sua vida", disse ele, com a voz rouca e a garganta queimada pela corda.

"E eu salvei a sua", ela respondeu.

Camilla estava em coma por causa desse filho da puta. Miranda abriu a porta para aquele lunático com cicatrizes no rosto, olhou nos olhos dele e o deixou entrar no prédio, para que ele pudesse invadir o apartamento dela e atirar em Camilla. Cal sabia disso. Ele sabia sobre Wyatt e não disse nada.

CAL SOUBE QUE Wyatt invadiu o apartamento de Miranda e mandou sua amante para o hospital.

Soube que a mulher era muçulmana e que a família dela, que não sabia que ela era gay, agora tinha muitas perguntas.

"Você matou Wyatt. Agora nunca poderemos provar quem realmente estava por trás disso", disse Miranda.

Cal tinha visto o outro lado. A escuridão, o confinamento, o desespero. Ele sabia que era responsável pela dor que Miranda estava sentindo naquele momento. Sabia que era por causa dele que a mulher que ela amava estava em estado crítico. E ele queria ajudar.

"Wyatt disse que havia sido traído", disse Cal. "Ele parecia achar que ele e eu trabalhávamos para a mesma pessoa."

Miranda olhou para ele, insegura.

"Ele disse: 'Você nunca pode confiar em um político'".

NA NATUREZA, quando a comida é escassa, um animal às vezes come seus próprios filhotes. O mais fraco. Aquele com menos chances de sobrevivência em um mundo predatório.

Não existe lobo pacifista. Coma os fracos para que os fortes possam sobreviver. Isso é natural ou patológico?

Marco Barros estava indo bem nas pesquisas. As ações das armas estavam em alta. A influência da igreja estava crescendo. Em seis anos, Marco teria uma chance real de chegar à presidência. Meios, motivo e oportunidade.

Camilla morreu por volta das duas da manhã em sua cama de hospital. Miranda não tinha forças para ficar com raiva. Ela não tinha mais forças para nada. Não tinha mais nada. E nada a perder.

Devore os fracos.

Devoram os fortes.

Coma todos.

Marco Barros não era visto em Washington há três dias e ninguém conseguia entrar em contato com ele. Já fazia oito meses desde o funeral de Arianna, mas parecia que aquilo nunca ia acabar. Ele não conseguia tirar isso da cabeça e a ansiedade estava afetando-o profundamente.

E se, de alguma forma, a verdade viesse à tona? Sua vida estaria acabada.

Ele estava no limite, então, na sexta-feira à tarde, disse a seus funcionários que estaria fora da cidade e sem contato durante o fim de semana, depois entrou em seu Mercedes e dirigiu oito horas até as montanhas Adirondack. Ele ainda estava de terno quando entrou na loja geral. Comprou tudo o que precisava. Mochila de caminhada, botas, roupas, barraca, comida liofilizada, água. Depois, alugou uma canoa e partiu para a natureza.

Ele não chorou no funeral de Arianna, e a mídia percebeu isso. Alguns dos tablóides mais sensacionalistas e sites de teorias da conspiração tiveram a audácia de sugerir que ele não estava de luto pela morte de sua única filha. Ou mesmo que ele estivesse envolvido em seu assassinato.

Mas ninguém levou essas alegações a sério. Pelo menos isso.

Tudo o que ele se lembrava daquele dia era filtrado por uma mistura de álcool, benzodiazepínicos e insônia.

Como tinha chegado a esse ponto?, ele se lembrava de ter pensado no funeral. Como tinha perdido tanto o controle de si mesmo a ponto de estar enterrando sua própria filha?

Jimmy McClean esteve ao seu lado durante todo esse tempo. Confortando-o. Fazendo tudo o que podia para aliviar o sofrimento de Marco. Ele sempre o admirou como um pai.

Ele não sabia o segredo de Marco. Isso o fazia sentir culpado. Esse garoto que o idolatrava, mas não sabia quem ele realmente era.

Ele se perguntou o que McClean sentiria se soubesse a verdade.

Repulsa? Desilusão? Ódio?

McClean era um bom garoto, próximo de Arianna. Ele mantinha uma aparência forte por causa de Marco, mas Marco tinha certeza de que ele estava sofrendo muito com a morte dela. Ele mentalmente decidiu ser mais gentil com ele.

Na primeira noite de Marco, ele fez amizade com uma família de patos no Lago Long. Uma mãe e dois patinhos. Ele sentou-se do lado de fora de sua barraca e jogou-lhes pedaços de lasanha liofilizada.

No dia seguinte, ele subiu o rio Raquette de canoa, passando por abetos, pinheiros e grama alta. De vez em quando, ele passava por outra canoa ou caiaque e acenava para seus passageiros. Era bom não ser reconhecido. Como se fosse outra pessoa.

Qualquer pessoa, menos ele mesmo.

Ele chegou ao Raquette Pond ao pôr do sol. Um brilho laranja vibrante se espalhava pelo lago azul cristalino. Havia tanta beleza no mundo. Por que ele havia desperdiçado sua chance de fazer parte disso? Por quê?

Poder? Dinheiro? Conforto?

Ele poderia ficar aqui, desconhecido, vivendo na selva pelo resto de seus dias. Como os patos. Nunca mais pisar em Washington.

Naquela noite, ao redor da fogueira, ele se lembrou de quando estava em Edinburg, no Texas. Ele não devia ter mais de dez anos. Ele e alguns outros meninos estavam acampando no deserto nos arredores da cidade, assando marshmallows em espetos de metal.

Um menino chamado Roberto encontrou um sapo do deserto e o chutou para dentro do fogo. O sapo tentou pular para fora, mas Roberto continuou chutando-o de volta para dentro.

Marco e os outros meninos apenas assistiram. Por fim, a pele do sapo ficou carbonizada e preta, mas sua bolsa na garganta ainda estava cheia de ar. Queimado, preto e crocante, mas ainda vivo.

Então Roberto empalou o animal com um espeto e o assou como um marshmallow.

Marco não o impediu.

Enquanto observava o sapo queimar com os outros meninos, ele não sentiu quase nada.

O que havia de errado com ele?

Ele vinha de um lugar difícil, cheio de pessoas difíceis com vidas difíceis. Um lugar de lobos. De sofrimento.

Ser gentil era ser *maricão*. Um viado.

A igreja o salvou. O tirou dali. A riqueza e o conforto, ou talvez a idade, o tornaram mais sensível. Porque, olhando para trás agora, ele sentia pena do sapo. Mas também sabia que não era mais aquele menino de dez anos.

O menino podia ver o animal queimar e não sentir nada,

mas aquele menino também era incapaz de segurar o sapo na chama.

O Marco adulto poderia queimar uma vila, enquanto lamentava os habitantes.

Na manhã seguinte, ele voltou de canoa para Long Lake e procurou a família de patos, mas não conseguiu encontrá-los, então não pôde se despedir.

Quando voltou para seu Mercedes e verificou seu celular, tinha dezenas de chamadas perdidas e mensagens de voz. Ele as ignorou.

Ligou para a mãe de Arianna. Após o divórcio, ela insistiu que ele a chamasse pelo nome completo, Cecilia, e não pelo apelido carinhoso que ele lhe dava, Ceci.

Mas, em seu coração, ela continuava sendo Ceci.

Eles não haviam conversado no funeral. Nem depois. Ainda não haviam conversado sobre Arianna.

"Marco?"

"Oi."

"Onde você está?"

Ele a amava como uma irmã.

"A Secretaria de Segurança está me perseguindo", disse ela. "Elián está enlouquecendo."

"Sinto muito por isso."

Após o assassinato de Arianna, o Departamento de Segurança Interna lhe designou proteção, que ele recusou. Seu desaparecimento por três dias deve tê-los incomodado.

"Estou bem", disse ele.

"Que bom para você."

Ele se perguntou se ela sabia quem era realmente o homem com quem se casou e de quem se divorciou. Ele queria dizer a ela que a amava. Ele simplesmente não conseguia amá-la da maneira que deveria. Da maneira que ela merecia. Ele não era capaz.

Ele queria chorar. Mas não conseguia.

Eles eram do mesmo lugar. Ela nunca saiu de lá. E ele sabia como ela o veria.

Um *maricão*.

Ele queria falar sobre Arianna.

"Não sei por que você está me ligando", disse ela. "Arianna se foi. Não há mais motivo para conversarmos."

Ela desligou.

ELE LIGOU PARA todas as pessoas que precisava ligar para avisar que estava bem e continuou recusando a proteção do Serviço Secreto. Ele sabia manusear uma arma melhor do que qualquer agente e tinha várias em casa. Quando chegou à sua casa em Georgetown, eram quase cinco horas, então serviu-se de um uísque.

Seu humor havia mudado durante a viagem de volta de Adirondacks. Ele tentou ver o copo meio cheio. Ceci estava certa. Arianna se foi. Não havia mais nada que o ligasse à sua antiga vida. Os últimos traços do mexicano pobre de uma cidade fronteiriça de imigrantes desapareceram para sempre.

Ele era Marco Barros e, em seis anos, seria presidente.

Tudo o que tenho agora é o futuro, disse a si mesmo. *Posso ser feliz novamente. Posso ser completo.*

As ilusões são como comprimidos que tomamos para passar o dia. Ele serviu-se de outro uísque.

Então Miranda entrou em seu escritório com uma arma na mão.

35

Miranda esperava encontrar algum tipo de segurança. Se ele tivesse a Secretaria de Segurança Nacional, ela sabia que estaria perdida.

Ela vigiou a casa durante todo o fim de semana, sem nenhum sinal de Barros. Então ela soube que o senador havia desaparecido. No terceiro dia, quando ela estava prestes a desistir, Marco estacionou seu Mercedes na garagem.

Ele estava sozinho. Nem sequer trancou a porta da frente. Este era um homem que ou se achava à prova de balas ou não se importava se morresse.

Ela ficou parada na entrada do escritório dele com sua Glock na mão.

Marco olhou ao redor da sala, procurando respostas que não estavam lá. Ela estava sozinha.

"Wyatt Lemieux está morto", disse ela.

"Quem?"

"O homem que atirou na sua filha. Ele foi morto há quatro dias. Pouco antes de você desaparecer."

"Eu não fazia ideia."

"Claro que não."

"Você está insinuando alguma coisa?" Ele olhou para a Glock na mão dela e engoliu em seco. "Desculpe. O que você está fazendo aqui? Achei que tivesse sido retirada deste caso." Ele pegou seu celular.

"Não se mexa, porra", disse ela. "Nem respire."

Com a arma na mão, ela avançou para dentro do escritório e sentou-se na cadeira em frente à mesa dele. Marco permaneceu de pé, com as mãos levantadas à sua frente.

"Wyatt puxou o gatilho, mas ainda não sabemos por quê", disse ela, mantendo a Glock apontada para Marco. "A verdade morreu com ele."

"Agente Lopez. Não faço ideia do que está acontecendo. É a primeira vez que ouço falar sobre isso."

Ela jogou um arquivo em cima da mesa dele. "Leia."

Marco abriu o arquivo, examinou-o e franziu a testa.

"Doações para a WorldMovers há quarenta anos. Primeiro cinco mil por mês, depois dez, depois vinte. Quarenta anos. Foi mais ou menos nessa época que você entrou na política. Pode-se argumentar que foi sua base religiosa que lhe garantiu sua primeira eleição. Vocês enriqueceram juntos. A igreja construiu você e, em troca, você a construiu."

Marco ficou indignado. "O que minha fé tem a ver com isso?"

Agora ela colocou uma fotografia de Kilo em sua mesa. Marco empalideceu.

"Você conhece esse homem?"

Ele olhou para ela, com os olhos arregalados. "Não."

"Tem certeza?"

"Sim."

"Ele era pastor na sua igreja. Um membro desde o início."

"Não o conheço." O olhar de Marco estava confuso e distante. Ele precisou se sentar. "Quer dizer, já o vi antes, sim, mas não o conheço."

"Qual é o nome dele?"

"Victor." Ele limpou a garganta. "Victor Cortes."

"E o que ele fazia?"

"Como assim? Você acabou de dizer que ele era pastor."

"Você sabe o que quero dizer. O que ele fez?"

Marco baixou a cabeça.

"Victor Cortes era um cafetão", disse Miranda. "Ele traficava meninas menores de idade do México."

Marco fechou os olhos e exalou.

"Que igreja é essa?", disse Miranda.

Ela recostou-se na cadeira, mantendo a Glock apontada para Marco. "Há uma coisa que ainda me incomoda. Alguém realmente encenaria um tiroteio em massa, mataria a própria filha, apenas para ganhar apoio?"

Os olhos de Marco se arregalaram. "O quê?"

"Quero dizer, isso é uma loucura um nível abaixo da loucura de Hitler. Sem mencionar que é arriscado. 'Filha de senador pró-armas morta em tiroteio em massa'. Isso não poderia sair pela culatra?" Ela se inclinou para a frente. "Mas você tinha isso sob controle, não tinha? 'Senador Barros reafirma apoio ao direito ao porte de armas após o tiroteio que matou sua filha'. Você saiu como vítima e herói. Sua popularidade nas pesquisas disparou. Foi realmente uma manobra política brilhante.

"A única coisa que não consigo entender. Do que ela estava fugindo? Vocês dois não se falavam. Ela se mudou para o outro lado do país para ficar longe de você."

"Não foi assim."

"O que ela sabia? Por que ela teve que ir embora?"

Ele balançou a cabeça. "Não faço ideia do que você está falando."

"O que você temia que viesse à tona? Você está se preparando para concorrer à presidência daqui a alguns anos. Não pode ter esqueletos no armário. Então, está limpando a casa. Primeiro, Kilo, depois Arianna..."

"Não tenho tempo para isso", disse ele, levantando-se da cadeira.

"Depois, eu."

"O quê?"

"Sente-se."

"Você não vai atirar em mim."

Ela disparou um tiro por cima do ombro direito dele, destruindo a janela panorâmica atrás da mesa. Ele recuou e se abaixou na cadeira.

"Você mandou Wyatt Lemieux colocar escutas no meu apartamento..."

"Eu nem conheço Wyatt Le..."

"Cale a boca."

Marco abaixou a cabeça como um aluno repreendido.

"Você mandou Wyatt Lemieux colocar escutas no meu apartamento", ela continuou. "Ele estragou tudo e matou alguém muito próximo a mim. Então, sim, senador Barros. Eu vou atirar em você. Mas primeiro eu gostaria que você me dissesse por que mandou matar essas pessoas. Vamos começar com Kilo."

"Eu nem sabia que ele estava morto."

"Ele tinha algo contra você, senador?"

"Não."

"Você gosta deles jovens?"

"Nunca! Eu nunca faria isso! Pelo amor de Deus, eu tenho uma filha!" Lágrimas começaram a escorrer pelo rosto de Marco.

Miranda congelou por um momento. Ela não esperava por isso. Então, ela endureceu e levantou a arma. "Última chance de fazer as pazes com o seu criador."

Marco apenas chorou mais.

Miranda suspirou. "Adeus, senador."

"Eu tinha apenas 23 anos. Estava concorrendo pela primeira

vez ao conselho municipal. Iria à igreja todos os domingos. Era virgem, guardando-me para o casamento... Eu não... Eu nunca..."

Ele fez uma pausa, recuperou o fôlego e disse: "Não havia nenhuma mulher." Então, ele engoliu em seco e disse: "O nome dele era Raul."

Miranda estremeceu.

"Eu o conheci na igreja. Nós nos tornamos amigos", disse ele. "Eu não sabia que ele trabalhava para Victor."

"E você e Raul..."

Marco encolheu-se. "Victor filmou. Eu com ele. Só soube depois."

"A igreja chantageou você? Por quarenta anos?"

"Não era assim que eles chamavam. O pastor Beck chamava de 'arrependimento'. Eu pagava meus dízimos mensais e ele mantinha meu pecado em segredo, dizia ele, para me ajudar a permanecer no caminho da retidão. Por um tempo, eu até acreditei nisso.

"Mas então, Arianna começou a se envolver com a igreja. Ela não tinha ideia, é claro. Ela conheceu a igreja no Texas e achou que eles eram legítimos. A ala jovem era dirigida pelo pastor Zach."

"Valoroso."

Marco assentiu. "Tentei proteger Arianna. Não queria que ela se envolvesse com a igreja, mas ela interpretou tudo errado. Sua mãe e eu tínhamos nos divorciado recentemente. Eu tinha me mudado para Washington e não estava muito presente. Acho que ela pensou que eu não queria que ela fizesse parte da minha vida e que era por isso que eu a estava afastando da igreja. Então, ela se mudou para Los Angeles para trabalhar para a Valorous. Agora eles não tinham apenas a mim, tinham minha filha. Os dízimos ficaram mais altos.

"Eu não queria dizer essas coisas. Que eu era a favor das armas logo depois que minha filha havia sido baleada. Eu estava sob pressão da NRA. Eu estava mal nas pesquisas e Billy Beck não estava pronto para perder seu representante no Senado. Se eu perdesse o apoio da NRA, teria sido o fim para mim. Era jogar o jogo ou então..."

"Ou então o quê? Por que não confessar?"

Marco balançou a cabeça.

"Isso me arruinaria. Quando as pessoas veem algo assim, elas presumem que é isso que você é."

"Não é?"

"Não é quem eu sou. É apenas algo que fiz."

As ilusões são como comprimidos que tomamos para conseguir passar o dia.

"Você e a igreja tiveram algum tipo de desentendimento? Você consegue pensar em algum motivo para eles machucarem sua filha?"

Ele balançou a cabeça. "Encare a realidade, agente Lopez. Foi apenas um tiroteio aleatório. Não há nenhuma grande conspiração. Essas coisas acontecem todos os dias nos Estados Unidos."

"Se você realmente acredita nisso, por que contratou um detetive particular?"

Marco franziu as sobrancelhas. Ele parecia genuinamente confuso. "Que detetive particular?"

CAL SENTOU-SE NO banco do parque em Maguire Gardens. O sol havia se posto e os malfeitores de sempre estavam nas ruas, mas eles não o incomodavam.

Os animais conseguem sentir um predador.

Era uma noite quente e, se não fosse pelo mau cheiro e pela falta de alma da cidade, aquele poderia ser um lugar agradável. Não havia como negar que o Maguire Gardens era esteticamente agradável, com suas fontes, gramados bem cuidados e ciprestes.

ALEX DAVIDSON

Era um lugar onde as pessoas literalmente mijavam na cultura.

Eles filmaram a famosa cena do filme *Heat* por aqui, onde Robert DeNiro, Val Kilmer e Tom Sizemore atiraram nas ruas com M16s em plena luz do dia.

Cal sempre achou engraçado como as pessoas viam De Niro naquele filme. Como se houvesse dois heróis. Pacino, o policial, e De Niro, o criminoso. Dois lados da mesma moeda.

Cal duvidava que Michael Mann visse o personagem de DeNiro como um herói quando escreveu e dirigiu o filme.

Não é a mesma moeda, nem mesmo a mesma carteira.

Cal olhou para a 5ª Rua. Lembrou-se de DeNiro descarregando aleatoriamente sua M16, sem se importar.

Por que adoramos sociopatas? Realização de desejos, pensou Cal.

As pessoas estão sempre tão preocupadas com o certo e o errado. Recompensa e punição. São todas espinhas cheias de culpa no traseiro de um Deus imaginário, prontas para estourar.

O que os psiquiatras chamavam de sociopatia, Cal chamava de liberdade. Sua falta de consciência era seu superpoder. Mas isso foi tudo antes de ele ver o fim do slide.

A prisão não tinha conseguido, a meditação consciente não tinha conseguido, virar hambúrgueres não tinha conseguido.

Só a morte conseguiu. Aquele maldito escorregador sem saída no fundo do mundo.

Cal podia sentir sua consciência crescendo. Como um nervo exposto que ele não conseguia proteger. Isso o preocupava.

O Mercedes preto parou. Pat Roti saiu do banco de trás e sentou-se ao lado de Cal no banco.

"Está feito", disse Cal. "O homem que matou Arianna Barros era um veterano mentalmente instável chamado Wyatt Lemieux. Eu o rastreei até Oregon. Ele está morto agora."

"Nosso cliente ficará satisfeito."

"Lemieux puxou o gatilho, mas ele não estava trabalhando sozinho. Você precisa contar a Marco Barros."

"Por que eu faria isso?"

"O senador nos contratou para fazer justiça à sua filha. Ele deve saber que pode haver outras pessoas envolvidas."

Pat Roti balançou a cabeça. "O que eu disse sobre fazer perguntas?" Ele olhou Cal nos olhos. "Quem disse que estávamos trabalhando para Marco Barros?"

O PASTOR ZACH passava muito tempo na praia desde que pagou a fiança. Rezava de manhã, à tarde e à noite. Rezava por Arianna. Rezava pela prosperidade contínua dele, da sua família e da sua igreja. E também rezava pela agente federal que estava tentando destruí-lo.

A agente especial Miranda Lopez.

"Perdoe-a, Senhor. Ela não sabe o que faz."

Mas parte dele queria puni-la por sua arrogância. Essa descrente, essa filistina imunda, desafiando-o. O escolhido de Deus.

Tenho um exército de jovens que me seguiriam até um precipício, pensou ele. *O que ela tem?*

Ele tinha quase certeza de que ela era gay. E, por alguma razão, isso o fazia sentir-se mais seguro.

Ela não merece minha ira, disse a si mesmo. *Ela merece minha piedade.*

Se ao menos ele conseguisse que ela aceitasse Jesus como seu senhor e salvador pessoal.

Essa era uma das diferenças entre sua igreja e a de seu pai. A questão da homossexualidade. Seu pai pregava que ser gay era pecado. Mas o pastor Zach aceitava os homossexuais (embora o sexo antes do casamento fosse pecado e o casamento fosse, é claro, apenas entre um homem e uma mulher).

O pastor Zach acreditava na inclusão das pessoas marginalizadas.

Se ao menos ele pudesse fazer Miranda ver que ele não era o inimigo. Porque ele sabia de uma coisa. Algo sobre Arianna. Algo que ele não tinha contado a ninguém. Arianna tinha compartilhado a informação com ele em confidência e ele se sentia na obrigação de guardar o segredo dela.

Ele estava sentado na praia. O sol o aquecia como o amor de Deus. Ele se lembrava de ir à praia quando era menino. Ficar na areia e se sentir tão pequeno diante do oceano vasto e infinito. Ele não se sentia mais tão pequeno. Ele sempre soube que estava destinado a grandes coisas e estava no caminho certo. Ele sabia que Deus o estava testando com a agente federal lésbica. E ele sabia que triunfaria.

Seu celular tocou. "Oi, pai", disse ele.

Billy Beck estava em seu escritório em Houston. "Acabei de falar com os advogados. Todas as acusações foram retiradas."

"Louvado seja Deus", disse o pastor Zach.

"Eu também conheci essa agente federal."

"Bem, felizmente, não precisamos mais nos preocupar com ela."

"Não seja tolo, filho. Aquela mulher é como um cão com um osso. Eu vi isso nos olhos dela. Ela é pagã", disse Billy Beck. "Preciso que você a faça desaparecer."

"Como?"

"Deve haver algo que você possa dar a ela."

"Pai. Ela é apenas uma mulher. Temos o Senhor do nosso lado."

"Ela não vale o nosso tempo."

"Mas nós não fizemos nada de errado."

"Isso não importa. É a aparência de impropriedade. A Valorous é uma igreja da WordMovers. O que te magoa, magoa a todos nós. A sua pequena paróquia MTV está rapidamente a tornar-se uma mancha na nossa marca."

O pastor Zach pensou no segredo de Arianna. Ele não podia traí-la. "Não posso fazer isso, pai."

"Então não posso permitir que sua igreja se associe à WorldMovers."

"Você está me expulsando?"

"Isso depende de você. Quando um membro está infectado, você o cura ou o corta. Sua igreja está infectada, filho. Reze por isso. Mostre-me como tratá-lo."

Billy Beck desligou.

Isso significaria trair a confiança de Arianna, mas se isso significasse encontrar o assassino de Arianna, que ainda poderia estar por aí, um perigo para a sociedade, não seria isso um bem maior?

Naquela noite, Arianna o visitou em um sonho e disse para ele cooperar, porque ela não queria ver sua igreja sofrendo daquela maneira.

No dia seguinte, ele ligou para Miranda.

Jimmy McClean tinha algumas explicações a dar.

Miranda ligou para ele após sua pequena reunião com Marco Barros e exigiu saber por que o senador não tinha ideia de que Cal estava trabalhando no caso de sua filha.

"Francamente, eu não confiava em você", disse McClean. "Depois do jeito que foi nosso primeiro encontro, você pode me culpar? Eu não queria incomodar Marco, então contratei Cal para complementar a investigação pelas costas dele."

"Complementar, uma ova", disse Miranda. "Você contratou um assassino profissional."

"Wyatt Lemieux matou Arianna e outras doze pessoas", disse

McClean, com a voz embargada pela emoção. "Ele teve o que merecia."

Houve um momento de silêncio na linha enquanto McClean se recompunha. "Preciso que você venha a Washington para um interrogatório, para que possamos finalmente encerrar este caso", disse McClean.

"Posso estar aí depois de amanhã."

"Você tem algo mais importante do que isso?"

"Sim", disse ela. "Tenho." Ela desligou o telefone.

Miranda estava a caminho do Aeroporto Nacional Reagan. Ela precisava estar em Los Angeles pela manhã.

O pastor Zach havia ligado. Disse que tinha informações relevantes para a investigação de Arianna Barros que só daria a ela pessoalmente. Ele queria se encontrar na praia.

Miranda não tinha o hábito de deixar pessoas de interesse darem as cartas, mas, na sua opinião, Huntington Beach era melhor do que uma sala de interrogatório abafada. Além disso, Miranda estava ansiosa para avaliar o quanto o pastor Zach sabia sobre os segredos sujos de seu pai em relação a Marco Barros. Então, ela deixou o egocêntrico idiota fazer o que queria e se encontrou com ele na praia de Humboldt logo após o meio-dia.

Ele usava o cabelo preso em um coque masculino. Calças jeans rasgadas, uma camiseta preta sem mangas tingida com tie-dye e um crucifixo de madeira no pescoço.

Cristianismo patrocinado pela Urban Outfitters, pensou Miranda.

Ele sorriu para ela. "Obrigado por ter vindo."

"Tenho uma agenda muito apertada, então vá em frente e me diga o que precisa me dizer."

O pastor Zach cerrou os lábios. "Quero que você prometa parar de atacar minha igreja..."

Tudo bem", disse Miranda. "Agora, vamos ouvir."

"Mas não é só isso", disse o pastor Zach. "Quero mostrar a você. Antes de lhe contar o que você veio ouvir, preciso que sinta o Espírito Santo."

"Do que diabos você está falando?"

"Agente Lopez." Ele olhou para ela, com os olhos arregalados e uma expressão estúpida, e apontou para o oceano. "Você me permite batizá-la hoje?"

Você deve estar brincando, pensou Miranda. *Eu peguei um voo noturno para essa merda?* "Se você estiver ocultando informações relevantes para este caso, vou acusá-lo de obstrução."

O pastor sorriu. "Você acha que todas as pessoas religiosas são loucas, não é?", perguntou ele. "Você acha que eu sou louco?"

"Pastor." Miranda olhou para ele com olhos de aço. "Acho que você só me deixou ainda mais determinada a acabar com você."

Ela se virou e voltou furiosa para o carro.

"Meu pai ameaçou me expulsar da igreja se eu não fizer você ir embora", disse o pastor Zach.

Miranda parou e olhou para ele.

"Mas não é por isso que estou fazendo isso", disse ele.

"Então por que você está fazendo isso?"

"Porque é o que Arianna gostaria." Ele apontou novamente para o oceano. "Vai levar apenas um momento, e então eu lhe contarei o segredo de Arianna."

Que se dane esse pastor. Ela voltou para o carro, destrancou-o, tirou a arma e o coldre do cinto e os guardou no porta-luvas. Em seguida, trancou o carro e voltou para o pastor Zach.

"Vamos acabar logo com isso", disse ela.

Ele sorriu e pegou a mão dela. Eles entraram no oceano até a água chegar à cintura. O pastor Zach gentilmente colocou a mão esquerda na parte superior das costas dela.

"Miranda Lopez. Em nome do Pai, do Filho e do Espírito

Santo", disse ele, colocando a palma da mão direita no peito dela. "Eu te batizo." Ele a empurrou para trás.

A água murmurava em seus ouvidos como fantasmas silenciosos. Tinha gosto de terra salgada. Ardia em seus olhos. Ela viu a figura sombria do pastor em pé sobre ela. A gravidade de sua mão empurrando-a para baixo, para baixo, para baixo. De repente, ela se sentiu como se estivesse em seu próprio funeral.

Fomos, portanto, sepultados com ele pelo batismo na morte...

Sua infância católica voltou à sua mente. O mistério da fé, que Miranda sempre imaginou como o homem lá em cima jogando a culpa em todas as coisas ruins que acontecem com pessoas que não merecem.

Deus nunca assumiu a responsabilidade, não pelas coisas ruins, então ou Deus era um caloteiro ou ele não existia.

Miranda era uma criança piedosa, então ela escolheu acreditar na segunda opção.

Ela viu o rosto de Camilla, dançando, etéreo e aquoso, e ela ofegou por ar e tentou chamá-la. Tentou se levantar, mas o pastor Zach a forçou a se abaixar com toda a sua força.

Ela não escaparia. Ela não escaparia disso. Ela estava se afogando. Se afogando em Camilla.

Ela gritou e lutou, e ondas e bolhas espirraram na superfície, mas o pastor Zach continuou a segurá-la.

Seus pulmões estavam em carne viva e ela sentia o oceano em sua pele, partículas e moléculas que existiam antes do início e persistiriam muito depois que ela se fosse, e de repente ela percebeu o quão pequena ela era, não apenas neste imenso oceano, mas em um universo de buracos negros e matéria escura e tantas coisas que ela não entendia e em algum lugar lá fora estava...

Camilla.

Arianna.

Ela nunca as conheceu, nunca as entendeu, apenas presumiu que sim. *Quem era eu para menosprezá-las por quererem se sentir conectadas a algo maior?*, ela se perguntou. Por buscarem conforto em algo espiritual neste cubo mágico cruel e insolúvel que é a vida?

O pastor Zach a puxou para cima pouco antes de ela desmaiar. Ela engasgou com o ar e o empurrou... e quis abraçá-lo até quebrar suas costelas e suas entranhas jorrassem pela boca.

Eu não sei nada, ela agora sabia.

O mistério da fé.

MIRANDA SENTOU-SE NA areia com o pastor, ainda torcendo a água salgada do cabelo.

"Ela tinha acabado de começar a falar sobre isso com minha esposa e comigo", disse o pastor Zach. "Mas havia um motivo para Arianna ter se juntado à minha igreja. Um motivo para ela ter vindo para Los Angeles.

"Ela havia sofrido abuso sexual. Tudo começou quando ela era muito jovem. Oito anos de idade. E continuou por anos. É por isso que ela entregou sua vida a Cristo."

"Quem?", perguntou Miranda. "Quem estava abusando dela?"

"Receio que não tenhamos chegado a esse ponto."

"O que o leva a pensar que isso tem algo a ver com o assassinato dela?"

"Não sei se é verdade, mas quando soube da notícia da morte dela, foi a primeira coisa que me veio à cabeça", disse o pastor. "Quem quer que fosse essa pessoa, ela parecia ter muito medo dela. Tanto que não nos deu nenhuma pista sobre quem fosse."

Não importava, porque assim que o pastor Zach lhe contou

por que Arianna tinha vindo para Los Angeles, Miranda percebeu e soube.

Miranda sabia quem havia matado Arianna e por quê.

36

Miranda atravessou a praia em direção ao seu carro.

Ela decidiu que o pastor Zach não tinha nada a ver com a morte de Arianna ou com a chantagem a Marco Barros.

Ela sentou-se ao volante do carro. Além do para-brisa, o céu estava pintado de tons profundos de vermelho, roxo e laranja, enquanto o sol se punha no oceano.

Seus pensamentos voltaram para Camilla. E, através de Camilla, voltaram para Arianna.

Pobre Arianna. Uma jovem garota. Explorada e abusada. Buscando conforto e alívio onde quer que pudesse.

"Por que isso aconteceu com você? Por quê?"

Não era mais apenas uma questão material; era uma questão existencial. Porque agora ela sabia quem era o verdadeiro assassino de Arianna.

Miranda pensou em Arianna antes da igreja. A criança rebelde. Maconha, álcool. Tudo antes dos quinze anos. Tudo se encaixava com alguém tentando bloquear o trauma. Sua mãe, com seu problema com a bebida. Uma longa série de namorados desprezíveis, um após o outro. Poderia ter sido qualquer um deles.

Então, como ela tinha tanta certeza de que foi Elián Killington que molestou Arianna e depois mandou matá-la?

Não era a pornografia. Embora isso certamente fosse um indicador.

Era a bandeira americana pendurada sobre sua cama, com as estrelas azuis e as listras vermelhas e brancas na vertical. Era a placa de carro "EXEMPT" feita à mão em seu Honda surrado.

Elián Killington se considerava um cidadão soberano. Assim como Wyatt Lemieux.

Arianna fugiu de casa. O prazo de prescrição para estupro ou abuso sexual infantil ainda não havia expirado e Elián ficou nervoso. Ela saiu de casa e ele não podia mais controlá-la, e se há uma coisa pela qual os pedófilos são obcecados, é controle.

Então, ele procurou Wyatt, que conhecia do movimento, e mandou cuidar dela. Os corpos extras eram o quê? Camuflagem? Para fazer parecer outro tiroteio em massa, em vez de um assassinato?

No momento, todas as evidências eram circunstanciais. Não eram suficientes para processá-lo.

Então, ela decidiu naquele momento que descobriria os detalhes do motivo pelo qual ele fez isso, mesmo que tivesse que espancá-lo para conseguir.

Talvez McClean estivesse certo. Essas pessoas não mereciam ser presas.

Ela ficou sentada no carro por trinta minutos, observando o pôr do sol.

Chorando um oceano.

ELA NÃO DORMIU no voo de volta para Washington. Tudo o que conseguia pensar era em derrubar Elián. Sua reunião com

McClean era às nove da manhã. Ele iria querer ser informado sobre Lemieux e provavelmente também iria tentar amenizar o fato de ter contratado Cal sem o conhecimento do senador, mas Miranda já tinha superado isso. Ora, ela estava do lado dele.

McClean estava apenas garantindo que Arianna tivesse justiça. A qualquer custo.

Era por isso que ela tinha certeza de que ele ajudaria. Agora que Lemieux estava morto, Scarpelli e os poderosos tentariam encerrar a investigação. Ela precisava que McClean os convencesse a mantê-la aberta. Ela precisava que ele defendesse o envio dela ao Texas, para que ela pudesse prender aquele pedófilo idiota.

Ela precisava estabelecer uma ligação definitiva entre Elián e Wyatt. Ela tinha certeza de que poderia encontrá-la, tudo o que precisava fazer era investigar.

Isso exigiria recursos. As autoridades federais consideravam o movimento dos cidadãos soberanos como a ameaça terrorista doméstica mais imediata. Pior do que o islamismo fundamentalista, pior do que a supremacia branca. Os cidadãos soberanos interpretavam a Constituição seletivamente, da maneira que melhor atendesse às suas necessidades. Eles criavam suas próprias leis. Ela não conseguia acreditar que não tinha percebido isso antes. Estava muito determinada a prender a igreja e Marco Barros. Um cidadão soberano era exatamente o tipo de pessoa que mandaria atirar em um prédio inteiro porque uma garota fugiu dele.

Miranda sentou-se em frente a McClean em seu escritório, com todas as suas fotos emolduradas. Ela ainda achava a sala ridícula, mas de alguma forma o via como menos idiota.

Puta merda. Lá estava aquela sensação novamente. Gostar dele. Não de uma forma romântica. Camilla ainda era muito recente. Era mais um sentimento do tipo "talvez em outra vida".

"O nome dele era Wyatt Lemieux. Ele era um vagabundo",

disse Miranda. "Um frequentador assíduo do circuito de feiras de armas. Comprava e vendia armas de fogo em seu Bronco."

"O Bronco que ele vendeu para o garoto Sheehan?", perguntou McClean.

"Isso mesmo."

"Por que será que ele vendeu?"

Miranda deu de ombros. "Ele era um indivíduo perturbado."

"Acho que as pessoas que cometem tiroteios em massa não pensam de maneira lógica que você ou eu possamos compreender", disse McClean.

Miranda estava prestes a mencionar o motivo e a possibilidade de ele ter sido contratado por Elián quando a jovem e bonita secretária de McClean espreitou pela porta e disse algo sobre fulano precisar de cinco minutos do seu tempo.

McClean pediu desculpas a Miranda e perguntou se ela não se importaria de esperar.

"Sem problema", disse Miranda.

McClean seguiu sua secretária para fora do escritório.

Agora sozinha, Miranda observou a infinidade de fotografias. Oprah Winfrey, Barack Obama, Steven Spielberg, Elon Musk, Lebron James, o papa que renunciou e o atual.

Antes, ela via essas fotos como um monumento à vaidade dele. Agora, percebia que era outra coisa. Algo que ela podia entender. Jimmy era órfão. Ambos tiveram infâncias difíceis e superaram as adversidades. Ambos eram jovens estrelas em ascensão em suas áreas. Ambos conheciam a sensação de ter que compensar excessivamente sua falta de educação e experiência, então ela podia perdoar as fotos ostentosas. Não era arrogância. Era insegurança. Afinal, todos diziam que Jimmy McClean era o futuro. É muita pressão ter tantas expectativas sobre você. Colegas torcendo secretamente para que você fracasse.

O telefone de Miranda tocou. "Alô?"

"Agente Lopez. Aqui é o pastor Kelly, da Igreja Valorous."

A esposa do pastor Zach? Miranda estremeceu.

"Ouvi dizer que você falou com meu marido sobre Arianna?"

Miranda não sabia como responder. Aonde isso iria dar? Seus olhos percorreram a prateleira de fotos enquanto ela pensava em como responder.

"Como posso ajudá-la, Pastora Kelly?", ela disse.

"Nunca soubemos o nome do agressor de Arianna."

"Sim. Seu marido mencionou isso."

"Mas a Arianna me contou algo sobre ele. Um apelido."

Seu olhar pousou na foto de McClean e seus colegas soldados posando com suas M-27s no Iraque. O que Miranda considerava "a foto do pênis".

"Ele tinha um apelido?"

"Não. Ela tinha. O agressor dela tinha um apelido para ela."

Os olhos de Miranda se concentraram. Em seguida, arregalaram-se. Ela pegou "a foto do pênis". Olhou para ela com os olhos semicerrados. Havia um soldado ruivo com bigode vermelho, um soldado negro corpulento com um moicano ao estilo Travis Bickle, um soldado com cara de rato e olhos pequenos.

"O que era isso?", disse Miranda.

Miranda sabia que já tinha visto aquele rosto antes. Na época, ela não conseguia lembrar onde e isso a incomodava muito.

"Angel Eyes", disse o pastor Kelly.

Posando logo acima do ombro direito de McClean na foto, com o rosto ainda sem cicatrizes, estava Wyatt Lemieux.

"Seu agressor a chamava de Olhos de Anjo."

37

"'O lhos de Anjo'", disse Marco. "Era assim que Jimmy a chamava. 'Olhos de Anjo'."

Miranda estava se lembrando de seu primeiro encontro com Marco. Essas foram as únicas palavras que ele disse antes de Jimmy os convidar a sair.

Suas mãos estavam suadas e ela se sentia tonta. Ela jogou "a foto do pênis" no chão e saiu correndo do escritório. Ela precisava ir para um lugar seguro. Um lugar onde pudesse pensar.

"Não há descanso para os malvados", disse McClean com um sorriso, enquanto voltava para o escritório momentos depois. Ele parou quando viu que Miranda tinha ido embora.

"Agente Lopez?", perguntou ele, olhando à sua volta. "Huh."

Então ele percebeu que uma das fotos em sua estante estava virada para baixo. Quando ele a pegou, seu coração parou.

Como ele pôde ter se esquecido disso? Ele sabia que o diabo estava nos detalhes. Então, ele havia planejado todos os ângulos. Todos os resultados possíveis. Pelo menos ele achava que sim.

Seu velho amigo Wyatt Lemieux olhava para ele da foto.

Miranda tinha visto. Ela sabia o que ele tinha feito.

O rosto de McClean se contorceu em uma careta.

À vista de todos. O melhor lugar para se esconder.

Ponto, o diabo.

MIRANDA TRANCOU A PORTA do seu loft com duas travas, andou de um lado para o outro com a arma na mão e tentou entender tudo na sua cabeça.

Era McClean o tempo todo. Ele a matou não apenas porque ela era um risco político, mas também porque ela o rejeitou. Ela se mudou para Los Angeles para fugir dele.

Ela se lembrava do desdém na voz de McClean quando ele falava sobre "aquela seita" que levou Arianna para longe dele.

McClean a matou não apenas porque tinha medo do que ela poderia dizer, mas também porque não podia tê-la. Controlá-la.

Poucas coisas são mais perigosas do que um homem rejeitado com uma arma.

Mas então, e quanto à WorldMovers? Billy Beck? Por que essa igreja estava tão empenhada em encobrir tudo?

Às vezes, a resposta certa é a mais óbvia. A igreja nunca tentou proteger o assassino de Arianna. Ela só queria a publicidade da confissão de Ryan.

Os poderosos só querem uma coisa. Mais publicidade = mais seguidores = mais dinheiro = mais influência = mais poder. O poder era o que importava.

A única coisa que ela não conseguia entender era como Cal se encaixava em tudo isso. Por que McClean enviaria seu amigo Lemieux para matar Arianna e depois contrataria alguém de fora para matar Lemieux?

De qualquer forma, Lemieux estava certo sobre uma coisa. Ele deveria saber. Nunca se pode confiar em um político.

· · ·

Seu celular tocou. Era McClean. Ela tentou soar casual.

"Agente especial Miranda Lopez."

"Não conseguimos terminar nossa reunião. Espero que esteja tudo bem." Não havia tensão em sua voz. Ele estava amigável.

"Desculpe por isso. Surgiu um imprevisto."

"Você caça?" A pergunta foi abrupta. Isso a deixou desconcertada.

"Vou caçar codornas amanhã. Adoraria que você viesse comigo."

Sua mente disparou. Ela estava tão atordoada em seu escritório, tão desprevenida. Ela simplesmente colocou a foto na mesa e fugiu. Seu único pensamento era sair dali e ir para algum lugar onde pudesse pensar. Droga. Por que ela não conseguiu manter a calma?

Ela limpou a garganta. "Nunca fui caçar antes."

"Ah, você vai adorar. Tenho uma espingarda que posso emprestar para você." Ele fez uma pausa. "Que tal ao meio-dia? Vou enviar o endereço por e-mail." Ele fez outra pausa. "É uma reserva particular. Muito particular." Ele fez uma última pausa e disse: "O lugar perfeito para uma conversa particular."

Espingardas carregadas no meio do nada com um assassino sociopata que a queria morta. O que poderia dar errado?

Ela descobriu quem e por quê, mas ainda tinha um problema, e era um problema grande. Ela não podia provar nada disso. O pastor não iria depor, então ela não podia nem mesmo provar o abuso e, mesmo que pudesse, o fato de McClean ter abusado sexualmente de Arianna não significava que ele a tivesse matado.

A essa altura, McClean já teria destruído a fotografia. Ela provavelmente poderia ligá-lo a Lemieux através dos registros militares, mas havia mais de duzentos fuzileiros navais em uma companhia e ninguém iria falar contra um irmão de armas. Os militares adoravam McClean.

O caso era circunstancial. Ela precisaria de muito mais para derrubar alguém como McClean. Precisaria de uma confissão.

Ela sabia que era arriscado, mas esse filho da puta era responsável por Arianna. Por Camilla.

O que lhe restava?

Ela estimava em cinquenta por cento a chance de McClean estar planejando matá-la. Era isso ou ele tentaria suborná-la e, se ela recusasse, ele a mataria.

O FIO ERA um resquício da operação de contrabando de armas no México. Ela nunca tinha conseguido devolvê-lo.

Ela dirigiu por uma estrada remota na Virgínia. Abetos altos e uma densa floresta a cercavam dos dois lados. Ela se perguntou se essa seria a última viagem que faria.

A estrada se transformou em um caminho de terra. Miranda fez uma curva suave com o carro e a floresta se abriu para um grande campo de grama alta que margeava um milharal. Ela parou em uma clareira ao lado da reluzente picape Mercedes-Benz cinza de McClean.

McClean estava esperando com uma espingarda pendurada ao lado do corpo e outra pendurada no ombro. Miranda saiu do carro e ele sorriu para ela.

"Que bom que você conseguiu vir", disse ele. "Você não vai precisar disso." Ele estava se referindo à arma de serviço dela.

Miranda olhou para as espingardas, virou as costas e colocou a arma no porta-luvas do carro. Ela se virou e encarou McClean.

Ele levantou uma das espingardas. "Presumo que você saiba como usar uma dessas?"

Miranda pegou a arma e a examinou. Era uma Mossberg 500

Classic de ação por bombeamento. Ela verificou a câmara. Estava carregada.

McClean observou-a com um sorriso irônico. Quando Miranda ficou satisfeita com a arma, ele disse: "As codornas estão esperando."

Miranda seguiu McClean pela grama alta. O vento agitava a grama como fantasmas.

McClean a conduziu até uma faixa de proteção coberta de arbustos, que margeava uma cerca velha e lascada na borda do milharal.

"As aves terrestres adoram coberturas lineares", disse McClean, enquanto caminhava ao longo da cerca. "Vou espantá-las."

De repente, uma agitação caótica de penas e bicos irrompeu da faixa de proteção. McClean levantou sua espingarda e mirou no par de codornas em voo. Ele disparou uma rajada e uma das codornas caiu no chão. A outra escapou.

"Você não atirou", disse ele, virando-se para Miranda.

A espingarda dela estava apontada para o peito dele. "Eu não vim aqui para atirar em pássaros."

McClean abaixou a cabeça, virou-se e caminhou calmamente até o pássaro abatido. Miranda manteve a arma apontada para ele o tempo todo. Ele pegou e examinou sua presa.

"Você acredita que as pessoas são animais?" Ele colocou a codorna morta em sua bolsa de caça. "No final das contas, todos nós fazemos o que precisamos para sobreviver, certo?"

Ele se virou e olhou para o cano da espingarda dela.

"Então, quanto?", ele disse.

Miranda fez uma pausa. *Faça-o falar*, pensou ela. *Coloque-o na linha.*

"Antes de discutirmos números, preciso que você me conte tudo. Deixar aquela foto no seu escritório foi um descuido.

Preciso ter certeza de que não há mais nada que você tenha esquecido."

McClean a estudou. Ele parecia imperturbável com a espingarda apontada para seu coração. Ele se virou e olhou para o horizonte.

"Não acho que sejamos animais", disse ele. "Acho que temos almas. Os animais não são capazes de amar."

"Nem todas as pessoas são, também."

"Talvez." Ele sorriu, mas não estava feliz. "Eu já lhe disse antes, só me apaixonei por uma pessoa em toda a minha vida. E agora ela está morta."

McClean voltou-se para ela e encontrou seu olhar. Seus olhos brilharam. "Vou lhe dar um milhão de dólares", disse ele.

Ela sabia que, se aceitasse o dinheiro, estaria se implicando no crime. Eles estariam juntos nisso.

Miranda abaixou a espingarda. "Comece do início. Se vamos fazer isso, preciso ter certeza de que posso me proteger. Preciso saber tudo."

McClean respirou fundo. "Tudo começou com a igreja. WorldMovers, Valorous ou qualquer que seja o nome que você queira dar. Marco recomendou que eu me aproximasse deles. Ele me disse que o apoio deles poderia fazer meu sucesso ou meu fracasso. Billy Beck tinha um homem chamado Victor Cortes."

Kilo, pensou Miranda.

"Eles me disseram que ele era um ministro, mas ele não era ministro", disse McClean. "Havia uma garota. Ele me apresentou a ela." Ele fez uma pausa. "Eu não sabia que ela era menor de idade."

"Cortes gravou você. Com ela. E então a igreja tentou chantageá-lo", disse Miranda.

McClean assentiu.

Billy Beck tentou fazer com McClean o mesmo que tinha feito com Marco quarenta anos antes.

"Então mandei Wyatt recuperar a fita." McClean limpou a garganta. "Por todos os meios necessários."

McClean fez uma pausa. "Wyatt me disse que 'conversou' com Cortes e recuperou a fita. Ele me disse que Cortes não sobreviveu à 'conversa'. Fui levado a acreditar que a fita havia sido destruída e que Cortes estava morto."

"Mas Wyatt mentiu", disse Miranda. "Ele estragou tudo e Cortes passou a viver na clandestinidade."

McClean assentiu. "Seu orgulho maldito. Acho que foi por isso que ele exagerou tanto no trabalho seguinte."

"Arianna", disse Miranda.

McClean olhou para o chão.

"Você mandou Wyatt Lemieux matar Arianna", disse ela.

"Entrei em pânico. Depois do incidente com Cortes, fiquei preocupado que, se a igreja descobrisse sobre Arianna, eles a usariam contra mim também. Wyatt deveria ter feito isso de forma rápida e indolor. Não era para ter acontecido daquela maneira. Aquelas outras doze pessoas. Wyatt fez tudo isso por conta própria."

"Por quê?"

"Ele sempre foi um filho da puta louco. Depois que foi ferido no Iraque, ele só piorou. Ele simplesmente enlouqueceu. Ele matou todas aquelas pessoas, depois vendeu o Bronco e a arma do crime e desapareceu. Ele sabia que você o encontraria. Ele estava procurando briga. Ele não queria que a guerra acabasse.

"Então descobri que Wyatt tinha mentido e que Victor Cortes ainda estava vivo, e percebi que precisava de ajuda profissional. Eu tinha muitos amigos nas Forças Armadas e na CIA. Eles me apresentaram ao Cal."

"Cal eliminou Victor Cortes e Wyatt Lemieux para você", disse Miranda. "Mas se você sabia que foi Wyatt quem matou

Arianna, por que não contou logo ao Cal? Por que mandou ele para ajudar na minha investigação?"

"Eu não o conhecia, nem esse tal de Pat Roti para quem ele trabalha. Ele é um sujeito suspeito. Quase um gângster, na minha opinião. Eu não queria que eles soubessem dos detalhes. A última coisa que eu precisava era ser chantageado por esses dois, além de tudo o mais. Encontre a pessoa que atirou em Arianna e mate-a. Esse era o limite do conhecimento deles sobre o assunto."

"E quanto ao meu apartamento?"

"Isso foi tudo obra do Wyatt. Como eu disse, ele estava travando uma guerra sozinho."

"Bobagem. O cara está cagando na mata e, de repente, está coletando impressões digitais e instalando escutas em roteadores?"

"Wyatt vivia daquela maneira por escolha, não por necessidade. Na Marinha, ele se especializou em comunicações e trabalhou como mercenário por um tempo. Apesar do seu estilo de vida, ele tinha o conhecimento e a tecnologia para grampear o seu apartamento."

Miranda não tinha certeza se acreditava nele, mas isso não importava, porque em cinco minutos ela teria o idiota algemado.

"Então você contratou Cal porque não queria que capturássemos Wyatt e corríssemos o risco de ele falar. Você não queria ter nenhuma ligação com ele. Você queria ele morto."

McClean olhou para o horizonte. Ele não olhou nos olhos dela.

"E Lemieux deveria apenas matar Arianna. Para você."

"Sim."

"Por quê? Arianna não tinha falado nada. O que o fez pensar que ela falaria?"

"Aquela igreja estava mudando ela." Ele implorava para que

ela entendesse. "Ela não era mais a mesma pessoa. A garota que eu amava já estava morta e enterrada."

Você quer dizer que a pessoa que você podia controlar se foi, pensou Miranda.

Miranda fez uma pausa por um momento. Então ela disse: "Tudo bem. Vou aceitar seu dinheiro."

McClean assentiu, ainda incapaz de olhar nos olhos dela, e eles voltaram para seus veículos.

Miranda devolveu a espingarda a McClean.

"Vou transferir o dinheiro esta tarde", disse ele.

Miranda se virou para o carro.

"Respondi todas as suas perguntas", disse ele. "Você responderia apenas uma para mim?"

Miranda voltou-se para ele.

"Você realmente achou que ia sair daqui com essa maldita gravação?"

Miranda pensou que ficaria com medo, mas não ficou.

Ela ficou furiosa.

Ela se virou e correu até o carro, abriu a porta, mergulhou sobre o console, abriu o porta-luvas e procurou sua arma. Mas ela não estava lá.

Ela olhou para trás e McClean não se tinha mexido. Ele estava a olhar para ela, sorrindo. Depois assobiou.

Três homens surgiram do milharal atrás de McClean.

Miranda reconheceu os rostos deles. Agora ela nunca mais os esqueceria.

O ruivo tinha deixado a barba crescer. O que antes era um bigode agora era uma barba cheia de homem das montanhas. O negro musculoso ainda tinha seu moicano *à la Taxi Driver*. E o cara com cara de rato tinha engordado um pouco.

Era o resto da "foto do pau" de McClean. Em carne e osso. Armados com rifles do tipo AR-15.

Os homens cercaram o carro. Miranda saiu do veículo e encarou McClean. "As pessoas sabem onde estou", disse ela.

"Duvido", disse McClean. "O caso Barros está encerrado. Scarpelli disse para você ficar longe. Além do seu escritório, para quem mais você poderia contar? Você não tem mais ninguém."

Miranda cerrou os dentes e apertou os punhos.

"Mas mesmo que você tivesse contado a alguém para onde estava indo, quem poderia dizer que você chegou lá? Não há torres de celular para localizá-la aqui. E tenho três testemunhas que dizem que você nunca chegou."

Miranda olhou para os homens assustadores que a cercavam.

"Você reconhece meus amigos? Nós éramos uma equipe. Wyatt era um de nós. E você o matou."

"O quê? Não, eu não matei", disse ela.

A Unidade Dick Pic olhou para ela com raiva.

"Eu não matei Wyatt!", disse ela. "Foi ele quem matou."

McClean inclinou a cabeça. A afirmação não parecia dirigida a ele.

Foi então que a bala rasgou a garganta de Barba Ruiva.

Após o telefonema de McClean, Miranda foi imediatamente ver Cal no hospital. Ela agora sabia que Cal não tinha ideia de que estava trabalhando para McClean, mas ainda não tinha a menor ideia de quem era esse homem. Em que ele acreditava ou a quem era leal.

Parecia que quanto mais ela descobria sobre Cal, menos ela sabia. Ele era o que sempre fora. Matéria escura. Um mistério.

Ele estava deitado em sua cama de hospital, ainda todo ferido, quando Miranda lhe contou sobre McClean e o abuso que Arianna havia sofrido e que, ao matar Lemieux, ele não estava fazendo justiça por Arianna, mas sim permitindo que seu verdadeiro assassino escapasse impune.

Cal não disse nada.

Ela não sabia o quanto suas palavras o deixaram arrepiante. A lembrança sombria daquele toboágua sem saída.

Ela não sabia que Cal agora compreendia a verdade no dogma de Pat Roti. Quanto menos você sabe, melhor.

Porque agora que Cal sabia, ele iria fazer algo muito estúpido.

CAL ESTAVA ESCONDIDO em um bosque sob uma rede de camuflagem, agachado atrás de um carvalho, com o olho na mira do rifle, observando a névoa rosa jorrar do pescoço de Red Beard com o impacto da bala.

Mesmo com o braço engessado e alguns Vicodin para suas costelas quebradas, Cal era um excelente atirador.

A primeira é de graça, pensou ele.

Agora que ele havia perdido o elemento surpresa, os outros não cairiam tão facilmente. Esses caras eram ex-soldados. Treinados e experientes. Cal realmente desejava estar cem por cento.

ANTES MESMO DO corpo de Barba Ruiva cair no chão, o treinamento da Unidade Dick Pic entrou em ação. Eles se lançaram atrás da picape de McClean. Balas de 5,56×45 mm rasgaram a estrutura do veículo como um abridor de latas.

Miranda aproveitou a breve oportunidade para fugir para a grama alta. Os tiros de Cal continuavam a ecoar. Dando cobertura.

Atrás dela, a Unidade Dick Pic se espalhou e respondeu com tiros aleatórios em direção ao bosque. Seu objetivo imediato agora era expulsar o atirador.

Enquanto isso, McClean observou Miranda se agachar e se esgueirar pela grama alta, pular a cerca quebrada e desaparecer no milharal.

Os tiros cessaram quando Mohawk e Ratface convergiram para o bosque. O atirador estava lá em algum lugar e eles o tinham cercado pelos dois lados.

O idiota é um amador, pensou Ratface.

Ele estava escondido sob uma rede de camuflagem, mas não tinha usado um cano camuflado. Uma pessoa comum não teria percebido, mas não dois caras que já passaram por situações difíceis. Eles o avistaram imediatamente, sobressaindo da rede de camuflagem como um pau duro em um baile de colégio.

Mohawk fez um sinal com a mão para Ratface e eles flanquearam ambos os lados e, quando estavam em posição, abriram fogo e explodiram o atirador.

Ratface arrancou a rede de camuflagem e teve uma fração de segundo para perceber que o idiota não era um amador antes de explodir em chamas.

A rede de camuflagem estava conectada a granadas incendiárias.

O atirador estava em outro lugar, mas Mohawk nunca descobriria onde. Uma das balas do atirador Cal rachou sua cabeça.

McClean chegou à beira do milharal e seguiu um rastro de talos quebrados e remexidos.

O caminho tornou-se mais obscuro. Miranda deve ter percebido que estava deixando rastros e passou a ter mais cuidado.

Ele foi levado para o labirinto e depois abandonado. Ele olhou ao redor e tentou encontrar o rastro dela novamente, e foi então que pensou ter visto o padre Balliston se movendo entre os talos de milho.

Ele sabia que isso era impossível.

O padre Balliston estava no inferno agora, mas antes disso ele era padre no lar do menino.

Ele tinha um joguinho engraçado que brincava com todas as crianças durante o estudo da Bíblia. "Dedos Bobos". O padre perseguia as crianças pelo quintal. Oh, como elas brincavam e riam. E quando ele pegava uma delas, "Dedos Bobos!".

Bem na bunda. Bem no traseiro.

ELE NÃO CONSEGUIA MAIS RASTREÁ-LA. O caminho havia desaparecido. Ele olhou ao redor, cercado por palhas de milho secas. Tonto e perdido. Ele sentiu o cheiro da natureza queimando. Erguendo os olhos para o céu, ele viu fumaça preta.

O fogo estava chegando.

McClean fugiu, quebrando talos, arranhando arbustos espinhosos. Ele sabia que o padre Balliston não estava perseguindo-o, mas parecia que sim.

ELE ERA APENAS UMA CRIANÇA. Disseram-lhe que era apenas um jogo. Que era divertido. Sua jovem mente estava confusa porque não parecia divertido. Mas um adulto disse que era, então ele riu e brincou como as outras crianças.

Ele sempre quis ser padre.

Mas então, uma noite, o padre Balliston o levou para o quarto dele e ele não quis mais ser padre.

Ele queria poder, para nunca mais se sentir impotente.

Foi uma transição fácil para a política. A duplicidade, a manipulação e a hipocrisia estavam enraizadas nele.

Os poderosos pegavam o que queriam. Levaram-no.

Assim como o padre Balliston, Marco Barros viu em McClean algo que poderia usar. Um republicano que poderia atrair o voto dos jovens.

Marco nunca soube que McClean estava ciente de seu segredo. Sua grande mentira.

Todas as figuras de autoridade que McClean conhecera eram mentirosas de uma forma ou de outra. Então, o que isso dizia sobre a autoridade máxima, Deus Todo-Poderoso?

O FOGO ATINGIU o milharal e McClean ainda estava perdido. Ele apertou os olhos por causa das lágrimas que coçavam e engasgou com a fumaça preta. Ervas daninhas pegajosas grudavam nele como parasitas.

ELE SÓ QUERIA algo puro em sua vida. Ele nunca conhecera a alegria, o calor humano ou a compaixão até conhecer Arianna. Ele se sentia atraído pela inocência dela. Algo que ele sentia que nunca tivera. Ele tirou isso dela, assim como o padre Balliston tirou dele.

CAULE DE MILHO amarelo seco tremia ao seu redor, transformando-se em cinzas. Ele não conseguia mais enxergar. As chamas crepitavam como se fossem o ponto alto de sua vida.

MAS, apesar do padre Balliston. E apesar de todos os erros pessoais de McClean. Ele nunca desistiu de sua fé católica.

Ele não teve forças para se confessar. Para dizer em voz alta a Deus o que tinha feito a Arianna.

. . .

ELE VAGOU CEGAMENTE pelo milharal em chamas.

Rezando.

Ele só queria sair dali e se confessar. Para finalmente enfrentar Deus e confessar o que havia feito. E então, ele aceitaria qualquer destino que lhe estivesse reservado.

OS BOMBEIROS LEVARAM dois dias para extinguir o incêndio. O fogo devastou quase cem acres e eles recuperaram quatro corpos até então. Miranda não sabia se um deles era o de Cal.

McClean sobreviveu ao incêndio e foi tratado por inalação de fumaça. Ele deu alta a si mesmo do hospital GW antes que o mandado de prisão fosse emitido. Ele foi direto para a Igreja Saint Stephen Martyr, na Pennsylvania Avenue, onde se confessou. Por volta das 12h30 da tarde, ele voltou para casa. A autópsia determinou que a hora da morte foi aproximadamente às 13h.

O tiro foi considerado autoinfligido.

A arma usada foi uma Colt Peacemaker antiga. Era a mesma arma que Marco Barros tinha em exposição em seu escritório.

Barros se aposentou da política, colocou sua casa em Georgetown à venda e desapareceu nas montanhas Adirondacks, nos lagos Finger ou em algum outro lugar.

D'ANDRE SAIRIA da prisão após cumprir 717 dias.

Uma longa investigação federal levou à prisão do defensor do controle de armas e vereador democrata de Chicago, Charlie Yu. A acusação formal imputava a Yu o tráfico de armas de grupos extremistas muçulmanos da Indonésia para gangues de rua de Chicago.

A principal testemunha em seu julgamento foi esse cara, D'Andre.

Ele delatou e saiu. Nas ruas, delatar geralmente resulta em

um TOS (Terminate On Sight, ou "eliminar à vista") contra você. Mas D'Andre tinha uma conexão com o cara que estava no comando agora.

Chamavam-no de "Thrown", ou "King", ou "King Thrown". D'Andre conhecia-o como Russ. Depois de Russ ter matado AK, ganhou o controlo dos territórios de AK e Spooky.

E, claro, ele protegeu seu amigo.

Por sua vez, D'Andre não queria fazer parte dessa vida.

Agora havia um Capitão América negro. D'Andre dedicou sua energia à escrita. Quadrinhos, histórias, roteiros. Seu único refúgio. Por mais finito que fosse. Por mais temporário que fosse.

Mas não é tudo assim, D'Andre dizia a si mesmo.

RYAN NÃO CONSEGUIRIA LIBERDADE CONDICIONAL. Mas estava tudo bem.

Ele tinha Tom Wiggles. E um doutorado em Ódio.

Mesmo depois que todos lá fora se esqueceram dele e o rancho foi executado, tudo estava bem.

Ryan continuaria acreditando em sua Guerra Santa. Deus o libertaria um dia. A revolução estava chegando.

O DEPÓSITO DE provas no escritório regional da ATF em Los Angeles era como uma biblioteca de armas de fogo, que abrigava de tudo, desde armas caseiras de tiro único até armas anti-aéreas e tudo mais.

Miranda ponderou sobre essas criações.

Ela tinha ouvido dizer que a diferença entre uma ferramenta e uma arma é que o único propósito de uma arma é incapacitar ou matar outros seres vivos. Já uma faca, por exemplo, pode matar, mas também cortar um bife.

Tudo dependia da intenção.

A Colt Peacemaker que matou McClean foi etiquetada e lacrada em um saco de provas. Ela a colocou na prateleira designada. A poucos metros da AR-15 que matou Arianna Barros.

Ela olhou para o rifle e pensou em D'Andre, Ryan, Lance e Lemieux.

Quem mais a espingarda havia encontrado?

Ela examinou as prateleiras e prateleiras de armas. Todas testemunhas das intenções do homem. Se ao menos elas tivessem voz. As histórias e segredos que poderiam contar.

Ela se lembrou de quando McClean perguntou se ela achava que os humanos eram animais.

Ela não achava. Mas não sabia se eles eram necessariamente melhores.

Miranda voltou para casa, para seu loft vazio. O hijab de Camilla estava sobre o encosto de uma cadeira. Ainda tinha o cheiro dela e, embora cada baforada trouxesse mais lágrimas, ela continuava a respirar seu aroma.

Ela se agarrou ao aroma e temeu o dia em que ele desapareceria.

Então, ela deitou a cabeça no travesseiro e, embora sempre sentisse saudades dela, finalmente conseguiu descansar um pouco.

EPÍLOGO

Brandan não via o cara do hambúrguer há algum tempo. Ele estava mais irritado do que o normal porque tinha sido reprovado na academia de polícia pela segunda vez, depois que seu tio, que era capitão do Departamento do Xerife do Condado de Los Angeles, usou sua influência para lhe dar outra chance.

Ele tinha que usar mangas compridas e maquiagem para esconder as tatuagens nas mãos e no pescoço, o que não o deixava muito feliz. Além disso, os outros cadetes zombavam dele por causa das pernas depiladas, mesmo ele explicando que era para competições de fisiculturismo. A gota d'água foi quando ele não conseguiu terminar a corrida de aquecimento de 1,6 km e um cadete menor riu pelas costas, então ele tentou brigar com ele.

Foi a primeira vez que alguém quase foi preso no primeiro dia na Academia.

Então ele não seria policial. Tanto faz.

Ele finalmente conseguiu sua Kimber 1911, igual à do John Wick, e gostava de exibi-la. Ele contava às pessoas que fazia tiroteios e outras coisas do tipo e tentava construir uma reputação que o ajudasse a transar, mas também tentou conseguir um encontro uma vez dizendo que sua mãe tinha morrido de câncer, então ninguém mais acreditava em nada do que ele dizia.

Que se danem. Que se danem todos.

Ele sabia que estava desperdiçando sua vida trabalhando nesse restaurante. Ele estava destinado a grandes coisas. Todos veriam.

Ele não sabia na época, mas foi nesse momento que a semente foi plantada para ele sair e atirar em policiais.

Quando o cara do hambúrguer entrou para fazer seu pedido absurdamente grande, Brandan foi mais rude do que o normal. Ele apenas apontou para as bandejas de comida para viagem e foi embora.

Cal não falava com ninguém desde o incêndio. Nem com Miranda. Nem com Pat Roti. Ele não deixou ninguém saber que ainda estava vivo.

Ele levou as bandejas de alumínio com hambúrgueres para seu Range Rover e dirigiu até Skid Row. Um guerreiro solitário em um campo de batalha perdido.

Ele alimentou os feridos e guardou o último hambúrguer, mas não conseguiu encontrar o fuzileiro naval. Ele perguntou por aí e descobriu que o fuzileiro naval tinha morrido de overdose na semana anterior.

O vício é como a roleta russa. Um jogo para ser jogado, mas nunca ganho.

O fuzileiro naval finalmente perdeu.

Cal sentou-se na caixa de leite vazia do fuzileiro naval. Pensou na morte, no exorcismo e nos demônios.

Ele era ninguém. De lugar nenhum. Vivendo apenas no presente.

Mas, naquele momento, sentado no lugar do fuzileiro naval morto, ele pensou em seu passado. Pavimentado de cadáveres.

Então ele pensou no futuro. E foi quando Pat Roti ligou.

"Não quero mais matar pessoas", disse Cal.

"Você acha que pode simplesmente ir embora? Depois do que você fez?", disse Pat Roti. "Há dor no seu futuro."

Cal desligou o telefone.

Pat Roti mandava homens para machucá-lo. Para tentar matá-lo.

Mas tudo bem.

Deixa eles tentarem.

A dor é inevitável. Mas ele podia escolher viver.

A guerra sempre estaria lá.

SEM TÍTULO

Obrigado pela leitura! Se você gostou do meu livro e tem um tempinho disponível, eu ficaria muito grato se você pudesse escrever uma breve resenha, pois isso ajuda novos leitores a encontrar meu trabalho.

Cal retornará em *The Padre*.
EM BREVE

Para atualizações, visite:
Alex-Davidson.net

AGRADECIMENTOS

Gostaria de agradecer à minha família, tanto imediata quanto extensa, por sempre me apoiar, mesmo que eu tenha tendência a desaparecer. Mark Schorr, por sua orientação. John Glenn, por ser um grande aliado criativo e professor. Bob Teitel, por me mostrar que é possível ter sucesso em Hollywood e ainda assim ser uma pessoa íntegra. Russell Hollander, por sempre acreditar na ideia deste romance. Todas as pessoas talentosas que tive o privilégio de conhecer e com quem trabalhei na NYU.

E, finalmente, a vocês, leitores que se arriscaram a ler meu romance.

SOBRE O AUTOR

Alex Davidson é um roteirista, dramaturgo e autor multipremiado. Ele obteve seu mestrado em escrita dramática pela Tisch School of the Arts da NYU em 2009. Ele mora em Boston.

Saiba mais sobre Alex e seu trabalho em: Alex-Davidson.net

eISBN-13: 979-8-9946846-4-1